谨以此书献给我挚爱的父母

The LOST APOTHECARY

消失的药剂师

Sarah Penner
[美] 莎拉·彭纳 著

陈晓颖 译

中国出版集团
中 译 出 版 社

药剂师古训

我愿向上帝起誓，
我愿在造物主面前郑重承诺……

我永远不会向忘恩负义之人和愚蠢之人
透露我们行业的秘密……

我永远不会把别人告诉我的秘密泄露给他人……
永远不会给任何人下毒……

我会像远离瘟疫一般
坚决摒弃江湖庸医和炼金术士惯用的
可耻行径……

我绝不在自己的店内销售变质药物。

愿上帝保佑我，
我将永远信守以上承诺！

第一章

第一回
奈拉

1791年2月3日

她说会在破晓时分来找我，我手里拿着她留给我的信，却还不知道她姓谁名谁、多大年纪、住在何处。我不清楚她的社会地位，更不了解夜幕降临后，她内心深处不可告人的秘密。她或许是个受害者，但也可能害过他人；她或许是个新婚燕尔的年轻太太，但也可能是个苦大仇深的寡妇；她或许是个给人看孩子的保姆，但也可能是个侍奉权贵的名媛。即便我对她一无所知，但有一点我十分清楚，她之所以找我，是要置他人于死地。

借着蜡烛的微光，我再次拿起那张淡红色的信纸，用手指摩挲着她留在上面的字迹，思忖着一个女人是在何等绝望的心境下，才会向我这样的人寻求帮助。我是一个女药剂师，但我更是一个精于伪装的"杀手"。

她在信中提出的要求简单而直接：请想办法弄死她家太太的丈夫，给他的早餐下毒，2月4日破晓时她会来取货。看到这里，我脑海中立即浮现出一个中年女佣的形象，她是在为家里的太太办事。凭借在这行干了二十年的直觉，我当即想出了合适的办法——在鸡蛋中掺入有毒的马钱子。

准备这个方子花不了我几分钟的时间，马钱子这种毒药我店里就有，但不知为何，读过这封信后，我内心陷入一种隐隐的不安。让我起疑的倒不是羊皮信纸上散发出的木头气味，也不是信纸微微翘起的左下角像极了被泪水打湿后又风干的样子，莫名的不安来自我的内心，它不断郁积、酝酿，直觉告诉我，这次我一定要小心行事。

可我又转念一想，这不过是一张写了字的羊皮纸，能说明什么？什么也说明不了。这么简单的一封信，怎么可能是什么凶兆。我心神不宁，不过是因为我太累了，毕竟天色已晚，再加上我关节痛的老毛病，任谁也会感到心里难过。

我看到桌上那本小牛皮封面的登记簿，里面记录的都是生死，有太多女性曾来过我这里寻医问“药”。

翻开登记簿的前几页，各条记录的墨迹很淡，笔触轻柔，字里行间看不出丝毫的难过或不甘。那几页的记录出自我母亲之手。岁月久远，纸张已泛黄，字迹已褪色。我这里是一家专治妇科疾病的药房，位于后巷三号，之前一直由我母亲掌管，她去世后才传到我手上。

闲来无事我会翻看她的记录——1767 年 3 月 23 日，兰福德夫人，欧蓍草，十五打兰[1]，三份。她的文字总能勾起我对她的满满回忆，让我想起她研磨蓍草梗时垂落在肩上的头发和她从花朵上摘下花种时皮肤紧绷的双手。母亲打理的店铺跟我经营时的状态截然不同，她从不挂着羊头卖狗肉，也从不帮人在红酒中下毒。她一直光明磊落，没什么需要藏着掖着的。她开出的药方都是为了治病救人，要么是为了缓解产妇私

1　打兰：英语“drachm”的音译，亦作液体打兰，是药剂师从前使用的液量单位，等于六十滴量或八分之一盎司。——译者注

处的疼痛，要么是帮助本已绝经的妇女重新来潮。总之，她给别人用的都是治病救人的药，登记簿上的每条记录都经得起推敲。

等翻到我登记的部分你会发现，上面记录的药材除了有荨麻、牛膝草和苋草等一些常见药，剩下的大都是些见不得光的猛药，比如龙葵、藜芦和砒霜等。我的每条记录都隐藏着不可告人的秘密，书写着世间女子所遭受的痛苦和背叛。

活蹦乱跳的年轻人为何会在婚礼前夕出现心绞痛？身体健康的年轻父亲为何会毫无征兆地突发高烧？……所有这些困惑，你都可以在我的登记簿中找到答案。他们猝死的真正原因根本不是什么心脏病或发烧，而是因为食用了掺入曼陀罗汁和龙葵的葡萄酒和馅饼，对他们下此毒手的都是些狡黠的女人，她们的名字也都记在了我的登记簿上。

对了，登记簿上你唯一找不到的是我自己的秘密，而那才是一切的始作俑者。我记录下了所有受害者的名字，除了弗雷德里克。但这又何妨，他的名字早已深深烙印在我阴郁的心灵，永久地污损着我那伤痕累累的子宫。

我轻轻合上登记簿，今晚没有什么要记录的。我再次拿起那封信，自己究竟在担心什么？羊皮纸的边缘再一次引起了我的注意，它翘起的样子好像有只小虫子正从下面爬过。我在桌边坐了太久，肚子越发胀痛，手指也抖得厉害。远处，药房外面，马车上的铃铛听起来像极了警察皮带上挂着的手铐撞击的声响，让人不寒而栗。我劝自己冷静，整整二十年了，法警从未来过我这儿，今晚也不会来。我的药房和我投的毒一样，都伪装得很好、很巧妙。这里地处曲折小巷的尽头，隐蔽在伦敦最黑暗的角落，再加上有一道暗墙做掩护，不了解情况的人根本不可能找到我这里。

我看了一眼被煤烟熏黑的墙面，实在没心情，也没精力把它们清理干净。架子上的一个空瓶子把我的思绪拉回了过去。曾经的我也跟母亲一样，有着一双炯炯有神的蓝色眼睛，而如今，我眼中已毫无生气；曾经的我，也面颊红润，而如今，我却瘦骨嶙峋、眼窝深陷，看上去像一个巫婆，又老又丑，没人会相信我只有四十一岁。

我轻轻揉搓了两下左手腕，骨头突起的位置又红又肿，像一块被遗忘在火堆里，烧得滚烫的石头。关节痛已经困扰了我很多年，如今越来越严重，简直令我寝食难安。每次我开出一张有毒的方子，就会遭受新一轮升级的痛苦。好几个晚上，我看着肿胀、僵硬的手指，甚至担心皮肤很难再包裹住里面的骨肉，仿佛整张皮马上就要爆裂开似的。

多年来，我一直帮人投毒，替人保守秘密，自己的身体却因此变得越来越糟，从内向外一点点地腐烂，体内一股邪恶的力量似乎终将把我撕成两半。

蓦地，房间里的空气开始凝重起来。袅袅烟雾飘向密室的石头棚顶，蜡烛即将燃尽，鸦片药剂很快就会把我带入温暖的梦乡。夜色已深，再过几个小时那名女子就会来找我，到时候，我就算内心有再多的不安，也会照例把她的名字登记在册，抽丝剥茧般解开她内心深处的秘密。

第二回
卡洛琳

时间回到现在，星期一

终于来到了伦敦，我却孤身一人。

这次来伦敦本是为了庆祝我和詹姆斯的结婚纪念日，我们俩本该双宿双飞，可此刻我走出酒店大门，沐浴在伦敦夏日午后的阳光下，为何身边却空无一人。今天是我们结婚十周年纪念日，按照既定计划，我和詹姆斯本该携手登上伦敦眼，俯瞰美丽的泰晤士河，我们还特意预订了观赏夜景的VIP舱位，不仅可以获赠一瓶气泡酒，还有专人为我们服务。一连几个星期，我都在幻想我们约会的美好画面：夜空星光熠熠，摩天轮的坐舱缓缓移动，舱位里面灯光幽暗，我们二人把酒言欢，你侬我侬。

可如今我却与詹姆斯天各一方。我独自一人走在伦敦的街头，怨恨命运对我的不公。我忍受着时差带来的种种不适，心里思忖着未来该何去何从。

我放弃了去伦敦眼和泰晤士河的既定路线，刻意朝着相反方向的圣保罗大教堂和鲁德门走去，一路上都在留意沿途有没有酒吧。我脚上穿着一双灰色运动鞋，身上背着斜挎包，一副游客的打扮。背包里放着我的笔记本，上面的蓝色字迹是我事先计划好的，我们这十日的行程，我还特意在上面点缀了无数颗象征甜美爱情的心形图案。我刚到伦敦，人生地不熟，却始终不忍翻看那份我为两人制订的旅游计划，那些有来有往、打情骂俏的注释，此刻更是令我心如刀绞。南沃克，浪漫花园之旅，这是我计划中的行程之一。

看过我的计划，詹姆斯在旁边潦草地补了一句：同时完成野外造人计划。看到他如此疯狂的计划，我还特意想着当天要穿条裙子，万一呢。

如今，那笔记本对我来说已经毫无意义，我决定放弃里面的所有计划。忽然间，我嗓子开始火辣辣地疼，泪水不由分说地涌了出来。我要放弃的，除了计划好的行程，还有别的吗？是我们的婚姻吗？我读大学时就跟詹姆斯在一起了，我无法想象没有他的人生。如果我选择放弃他，是不是意味着也要放弃生儿育女的想法？想到这里，我的胃一下子痛了起来。对啊，我已经好几天没正经吃饭了。我一直渴望做母亲，我想亲吻我宝贝那可爱的小脚丫，我想朝他圆滚滚的小肚子上吹气，这一切还能实现吗？

刚走了不到一个街区我就看见一家酒吧，门口的招牌上赫然写着“老舰队酒馆”几个字。我鼓足勇气准备进去，忽然看到路边有个家伙在朝我挥手。那人五十多岁的年纪，相貌粗犷，穿着一条脏不拉叽的卡其裤，手里举着一块板子，笑盈盈地对我说：“您愿意跟我们一起去清沟吗？”

清沟？什么是清沟？我心里琢磨着。清沟不是一种衔泥筑巢的鸟吗？我礼貌地笑了笑，摇摇头说：“不了，谢谢。”

对方似乎仍不死心，“您读过维多利亚时代的作品吗？”他问我。正赶上一辆红色的观光巴士从我们身边呼啸而过，我算是勉强听清了他的问题。

我停下脚步。十年前，我大学读的专业就是英国历史，虽说我每科成绩都不错，但其实课外知识才是我的兴趣所在。比起教科书中那些干巴巴的文章，我更痴迷于古老的档案室里落满灰尘的旧画册，还有我在网上找到的那些记录了历史的图片，包括戏单、户口登记、旅客名录等。我可以沉浸在那些看似毫无意义的文献中动辄几个小时无法自拔，而同时我的同学却都忙着在咖啡馆里刻苦学习。我也不知道自己这怪异的兴趣从何而来，但有一点我很清楚，课上讨论的那些关于人民革命和权力本位领袖的话题，我一听就犯困。在我看来，历史的魅力在于那些承载着过往生命的细枝末节，还有那些普通人极力掩饰的私人秘密。

"嗯，我读过一些。"我这样回答他。许多英国经典小说都是我的最爱，上学期间我就读过不少，有好多我都爱不释手。我有时甚至希望自己读的是文学专业，似乎文学才是我的兴趣所在。可如今，我已经很多年没再接触维多利亚文学了。何止是维多利亚文学，过去这些年，我连一部钟爱的英国作品也没读过。对方若是突然考我几个相关的问题，我肯定回答不上来。

"那个时代的作家写过很多关于清沟者的故事，写的就是那些在河道边搜寻宝贝的人。这项活动或许会让您不小心弄湿了鞋子，但绝对也会带您沉浸在漫漫的历史长河中，体会历史的魅力。潮起潮落，每次您都会有惊喜。您要是感兴趣，喜欢冒险，欢迎您跟我们一起去。第一次活动免费，您要是改主意了，就直接去那边红砖房子找我们，就在那儿……"他一边说，一边指给我看。"那儿有一段台阶能一直下到河边，我们下午两点半集合，那会儿河水刚好退潮，更容易发现宝贝。"

我冲他笑了笑。他虽然外表邋遢，但那双深邃的眼睛却散发着温暖的光。他旁边是"老舰队酒馆"的木头招牌，固定在铰链上吱吱作响，好像在勾引我走进去喝上两杯。"谢谢您，"我跟他说，"我……我已经跟人约好了。”

我当然没跟人约好，我只是想喝酒罢了。

他点点头，“嗯，没关系，如果您改主意了，随时来找我们，五点半之前我们都会在那儿。”

“你们好好玩。”我一边低声说，一边把挎包换到另一侧肩上，心想，这辈子应该再也不会见到这个人了。

说罢，我走进昏暗潮湿的酒吧，找了个吧台边的高脚椅坐下。我朝前探了探身，想看看吧台后面都有什么桶装啤酒，结果手臂不小心碰到了吧台上的一摊水，也不知道是汗还是啤酒。我跟酒保要了一杯宝汀顿啤酒，还没等到啤酒的白色泡沫完全沉淀，我就迫不及待拿起酒杯喝了一大口。我太累了，身心俱疲，如果说喝啤酒上头，那就让它上头，口感不够冰凉也没关系，如果说会让我肚子疼，就让它疼，我什么都无所谓，我现在只想喝酒。

维多利亚时代，我想起查尔斯·狄更斯。自从进了酒吧，他的名字就一直在我耳边回响，仿佛是我昔日的恋人，被我尘封在了记忆的深处，他是个有趣的家伙，只可惜我们有缘无分。我读过狄更斯的很多作品，《雾都孤儿》是我的最爱，其次是《远大前程》。想到这儿，我心头莫名掠过一丝尴尬。

按照刚才外面那人的说法，维多利亚时期的作家写过很多关于清沟人的故事，而我竟然对此一无所知，听都没听过。如果詹姆斯在我身边，他肯定会调侃我的无知。他总爱唠叨我，说我大学期间应该把时间花在查阅学术期刊、撰写有关历史和政治动荡的论文上，而我却愚蠢地沉迷于书友会，读了一些没用的哥特式神话，还一读就读到半夜。在他看来，学历史的唯一出路就是搞研究，这样才可能最终得个博士学位或教授职称。

詹姆斯的话不无道理。十年前，我刚大学毕业就发现自己学的历史专业不如詹姆斯学的会计专业好找工作。当我还在求职路上漫无目的地奔波时，詹姆斯已经锁定了辛辛那提一家四大会计师事务所的好差事。我也向当地的高中和社区大学投了几份求职申请，结果都如詹姆斯预言的那样，人家只聘用高学历人才。

然而，找工作碰壁并未让我气馁，反而坚定了我继续深造的决心。我带着对未来的不安和期许，开始申请剑桥大学的研究生项目，剑桥离伦敦不远，也就一个小时的车程，交通也很方便。我没想到詹姆斯竟然对此极力反对，不过我很快就知道了其中的缘故。毕业后没过几个月，他把我带到俄亥俄河边的一个码头，他单膝跪地，流着眼泪向我求了婚，说希望我能答应做他的妻子。

就这样，为了爱人，我放弃了剑桥，从此它便成了我心中无法实现的梦想。剑桥求学、出国深造，连同查尔斯·狄更斯的所有作品，通通成了我的过去。从那天我在码头搂着詹姆斯的脖子，低声说出那句“我愿意”开始，我对自己的身份认定便发生了天翻地覆的改变，我不再期待自己成为一个伟大的历史学家，我只想嫁给詹姆斯，做他的妻子。我把研究生院的申请书丢进垃圾桶，迫不及待地开始筹备我们的婚事。请柬用什么字体，礼堂中心的牡丹花束该选择哪种粉色，很多事无巨细的安排让我忙得团团转。终于忙完了这一切，婚礼也成了一段波光粼粼的河畔记忆。于是，我又把全部精力投入买房子的事情上，最终我们把家安在了一个理想的社区。小区里住的都是年轻的父母，我们那套三室两卫的房子位于巷子的最深处。

婚后的生活很快就归于平淡，一切都按部就班、井然有序，像我们社区街道两旁的山茱萸树，直接明了、毫无悬念。再后来，詹姆斯的工作有了些起色，我的父母又向我发出了一份诱人的工作邀约。他们在辛辛那提有一座农场，想让我去帮他们管管农场的账目和日常的运营。这份工作可以说既稳定又可靠，毕竟是知根知底。

收到工作邀约的那几天我一直在心里掂量这件事。有那么一瞬间，我想到了家里地下室的那几箱书，那些都是我念书时喜欢的作品，有《诺桑觉修道院》《蝴蝶梦》和《达洛维夫人》，它们于我究竟有何裨益？詹姆斯说得没错，终日沉浸在古老的文献和闹鬼庄园的故事中，对我一点好处也没有，不但无法帮我找工作，还浪费了我不少银子，那可都是我日后要还的学生贷款啊。我开始厌恶那几箱书，心里越发明确，剑桥求学实为不切实际的梦，是我作为一个大学毕业的待业青年内心不安分的狂想。

詹姆斯的工作已经非常稳定了，所以对我来说，最正确的选择，也即最成熟的做法，就是老老实实待在辛辛那提，守着我的新婚丈夫和我们的爱巢。

就这样，我接受了父母的工作邀约，詹姆斯对此十分欣慰。至于说我的勃朗特、狄更斯，还有多年来我心心念念的文学和历史，就让它们继续尘封在地下室的箱子里吧，终有一天我会将它们彻底遗忘。

酒吧里灯光昏暗，我又喝了一大口啤酒，心里想着当初詹姆斯答应跟我一起来伦敦时我就该看出端倪。之前我们商量结婚纪念日去哪儿时，他特别直白地告诉我他想去弗吉尼亚的海岛度假酒店。在那里，喝完鸡尾酒可以随时打个盹，好不容易休几天假，他想好好放松放松。可去年圣诞节的时候，我们已经在海边泡了好几天，所以这次我恳请他换个花样，比如去趟英国或爱尔兰。最后，他答应跟我去伦敦是因为我一再保证绝不浪费时间做任何与学术相关的事，比如图书珍本修复工作。不过他也说，他让步是因为去英国旅行也是他曾经的梦想。

但就在我们出发前的几天，他却亲手毁了他曾经的美丽梦想，梦想像盛满香槟的水晶杯从他的指间滑落，掉到地上摔了个粉碎。

酒保看见我的酒只剩下半杯，示意要给我倒满，我冲他摇摇头，一杯就够了。我拿出电话，内心充满了不安，打开脸书私信，是我的好闺密罗丝发来的消息：你好些了吗？爱你哟。

紧接着又发来一条：给你发一张安思丽的照片，她也很爱你，么么。

我终于又见到了小安思丽。她才出生没多久，生下来有七磅重，身体十分健康，我已经把她认作我的干女儿。照片中的她裹着灰色的毯子，甜美地睡在我好朋友的臂弯里。我很感激老天让我在这个小家伙降生后才发现詹姆斯的秘密，否则我恐怕没心思跟她共度那么多甜蜜而美好的时光。看着她的照片，我内心虽然苦涩，嘴角还是会不自觉地上扬。就算全世界都背叛我，还有这两个人会对我不离不弃。

如果社交软件反映的都是人们真实的生活，那我的朋友圈中唯一没有小孩的夫妻恐怕只有我和詹姆斯了。身边所有人都在发小孩的照片，有的推着婴儿车散步，有的亲吻着宝贝沾着奶酪的小脸。其实我们也想要个小孩，但现实情况不太允许。詹姆斯事务所的工作需要他经常陪客户，一周算下来工作时长经常超过八十个小时。我是想早点生小孩的，但詹姆斯不想压力太大，他说自己每天工作那么长时间，恐怕很难兼顾家庭和孩子。就这样，婚后十年，他每天都在为事业打拼，而我每天都不忘服用粉红色的避孕药。每次服药的时候我都想，不用着急，总有一天我们会有属于我们的孩子。

我看了看手机上的日期，6月2日，距詹姆斯晋升为公司合伙人已经过去了整整四个月，成为合伙人后他终于不用每天陪客户应酬。

距离我们开始认真备孕也过去了整整四个月。

距离我的总有一天也过去了整整四个月。

然而，我们的孩子并未如期而至。

我不安地咬着拇指的指甲，闭上了双眼。四个月来，今天是我第一次感谢老天没让我怀孕。几天前，我们的婚姻终于不堪重负，在我发现了他的秘密后彻底崩溃，我们之间出现了第三者。怎样的孩子才能承受关系如此窘迫的家庭？我的孩子承受不起，任何人的孩子都承受不起。

可眼下出了一个状况，我本来应该昨天来月经的，可直到现在仍毫无动静，我真希望只是因为时差和压力才导致我月经延后。

我最后看了一眼好友发来的干女儿的照片，心里感觉怪怪的。我并不嫉妒闺密有了自己的宝宝，只是身处这种境遇的我，看了孩子的照片后，对自己的未来感到愈加茫然。想当初，我多么希望自己的孩子可以跟安思丽成为一辈子的好朋友，可以像我和罗丝一样亲密无间，而自从发现了詹姆斯的秘密后，我觉得自己会孤独终老，怎么还可能生儿育女。

十年来，我第一次重新思考自己当初在码头的决定，或许我答应他的求婚是个巨大的错误。如果我当初拒绝他，一切又将会怎样？我恐怕不会留在俄亥俄州一直做自己不喜欢的工作，我也不用为眼下岌岌可危的婚姻惶惶不可终日。或许，我早就来到了伦敦，在这里找了个教书或做研究的工作；或许，我会像詹姆斯开玩笑时说的那样，终日沉浸在神话的世界里，但那至少也好过我现下噩梦般的人生。

丈夫的实用主义和精明一直都令我艳羡。婚后，我一直认为是他的这种态度才让我过上了踏实而安稳的生活。每次，只要我突发奇想，只要我的所作所为和他预设的目标或期望不一致时，他就会迅速将我拉回到现实，他会一直跟我分析其中的风险和问题，直到我改变自己的想法。没错，正是他的这份理性让他拥有了如今傲人的事业。而我呢？现在的我与詹姆斯天各一方，我第一次开始认真思考自己的人生，我的人生梦想真的不如他的财务问题重要吗？他关心的永远都是投资回报率和风险控制，至于我的幸福，他似乎并不在乎。詹姆斯那些曾经的明智之举，真的都是为我好吗？我第一次觉得他所做的一切不过是为了扼杀我的梦想，摆布我的人生。

我转了转身，从皮革座椅上抬了抬我汗涔涔的大腿，随手关掉了手机屏幕。如今我身在伦敦，为什么还要想家里的事？为什么还要纠结无法改变的过去？

老舰队酒馆里似乎没人觉得一位三十四岁的女性独自在酒吧饮酒有何不妥，我倒是十分喜欢这种混迹人群，不被关注的感觉。宝汀顿啤酒已经融入我的血液，我那被漫长旅途折磨的疲惫的身体似乎也得到了些许的放松。我两手紧紧握着酒杯，左手无名指的戒指硌在玻璃杯壁上，有一点儿痛。我举起酒杯，将剩下的酒一饮而尽。

我从酒吧走了出来，接下来能去哪儿呢？要不干脆回酒店补一觉。我走到之前被那位穿着卡其裤的男子拦下的地方——清沟。清沟到底是什么？他说过，集合的地方就在前面不远处，下了台阶就是，时间是两点半。我拿出手机看了一眼，现在的时间是下午两点三十五，我竟不由自主加快了脚步，觉得浑身有着使不完的劲儿。十年前的我最喜欢这种冒险活动，在一位和善的英国长者的带领下沿着泰晤士河清沟，一起回顾维多利亚时代的历史，那将是多么宝贵的人生经历啊！如果詹姆斯在这儿，他肯定会反对我的这种突发奇想，但事到如今，他再也无法阻止我做的任何决定。孑然一身，我现在想做什么就能做什么。

我路过已经办理入住的嘉岚酒店，那是我父母送给我们的结婚纪念日礼物，可现在的我，一眼也不想多看。我径直来到河边，一眼就看到向下通往河堤的混凝土台阶，混浊的流水裹挟着泥沙，在海峡的最深处翻滚，似暗流涌动。我一路向前，周围的人似乎也都在朝着自己既定的目标前进。

台阶很陡，想不到如此现代化的大都市竟然还有这样残破的工程。

台阶由碎石垒成，每级至少有十八英寸高，我小心翼翼地往下走，心想多亏穿了运动鞋，背包也很轻便。泰晤士河对面的南岸，车水马龙，行人如织，相隔这么远，那边的动静我一点儿也听不见，耳畔只有河水轻柔拍打河堤的声音，河里的鹅卵石打着漩儿地磕碰着彼此，奏出风铃般美妙的乐章，头顶还有海鸥孤寂的叫声。

我刚走下台阶就看到不远处站着一群准备去清沟的人，每个人都在认真听着向导的讲解，向导不是别人，正是之前我遇到的那位先生。我鼓起勇气朝人群走过去，小心地绕过松动的石头和泥泞的水坑。我来到人群中间，强迫自己忘掉烦心的事，詹姆斯和他的秘密，还有我们久未完成的生孩子的心愿。这些事我都不要想，我要给自己留个喘息的空间。愤怒带来的伤害太过锋利、太过突然，已经把我折磨得无法呼吸。不管接下来的十天我将如何度过，至少有一点我内心十分清楚，纠结于我两天前发现的詹姆斯的秘密已经毫无意义，除了让我难过不会有任何好处。既然已经只身来到伦敦，我必须搞清楚自己真实的想法，我是否还愿意詹姆斯参与我未来的人生，我是否还渴望与他生儿育女。

若想得出这些问题的答案，我首先要认清真实的自己。

第三回
奈拉

1791年2月4日

我这儿位于后巷三号，在我母亲掌管期间，它曾是一家有名的专卖妇科病药品的药房，虽然只有一个房间，面积不大，但房间里总是点着很多蜡烛，顾客络绎不绝，有些人来的时候还带着小宝宝，小小的药房给人一种温馨而踏实的感觉。那时候在伦敦，所有人都知道我们的药房，迎来送往的顾客很多，厚重的橡木大门总是开了关，关了又开。

然而，很多年前，在我先后遭遇母亲去世、弗雷德里克背叛后，我开始向伦敦各地的女性售卖毒药，无奈之下将药房拆分成了两个独立的房间，这倒不是什么难事，只需在原来的大房间中安一面墙柜即可，房间自然就被隔成了两间。

一个房间在房子的前面，依旧可以从后巷径直进来，外面的大门谁都能打开，几乎从不上锁，进来的人都以为自己走错了地方，因为在前面那个房间除了一个旧米缸外什么也没有，谁会对一缸快要发霉的大麦动心思呢？当然，运气好的话，来访者还会在房间的角落里看到一窝老鼠，这刚好成了药房废弃、不营业的证据，可以更好地为我打掩护。

许多母亲那个时代的老顾客都已不再登门。看见这里空空如也，任谁都会以为药房已经关门大吉了。

可终究还是有些好奇和好事之人，比如一些偷鸡摸狗的半大小伙子，即使看到房间里什么也没有，他们依然会进来搜罗一番，每个角落都不肯放过，总想在架子上找些值钱的东西。他们自然是白费力气，外面确实没什么有价值的东西，一件正经玩意儿也没有，他们也只能败兴而归。

这都是些蠢货，根本不可能找到我。能找到我的都是经由朋友、姐妹、母亲介绍，而且事先跟我约好的女性，只有她们知道我那缸大麦并非什么摆设，其重要功能就是帮我与访客传递信息，对方会把说不出口的内容写在信上，把信藏在米缸的麦子里留给我。也只有她们知道墙柜后面隐藏着一道暗门，穿过那道门才能来到我这家专门解决女性问题的药房。而我则一直在墙那边默默等待，手上或许还沾着残留的毒药。

此刻，我就在墙的那边等着我的新客户到来，她会在破晓时分如约而至。

外面的房门吱吱作响，我知道她来了。我透过书架上一道难以察觉的缝隙向她那边窥视，想看看她大致的模样。

这一看竟吓了我一跳，我颤抖地捂住嘴。我是不是搞错了？这哪是什么女子？分明是一个小女孩，最多十二三岁，穿着一件灰色的羊毛长袍，肩上披着一件破旧的海军斗篷。她是走错地方了吧？又或许是个小偷，误打误撞进了我的储物间想试试手气？如果真是这样，她着实应该去偷一家烘焙店，至少可以偷些樱桃面包，吃多一点，好让自己长胖些。

但这丫头来的时间确实是在破晓时分，她站在那儿一动不动，丝毫不像是走错了地方，两眼直勾勾地盯着我面前的这道假墙。

没错，她并非什么不速之客。

我心想，干脆把她打发走算了，就说她年纪太小，我这里不接待小孩。不过我转念一想，她在留言中明确表示是帮她家太太做事，如果她家女主人身世显贵，一气之下再把我将这孩子打发走的消息传出去，那我以后的生意还怎么做？我透过缝隙继续窥视对面的女孩子，她高昂着头，一头乌黑的秀发格外引人注意。她的双眼炯炯有神，目光坚定，既不低头躲闪，也不东张西望。不过，她的身体似乎在发抖，我知道那不是因为她心里有多慌张，而是因为外面天气寒冷。她亭亭玉立地站在那儿，给人一种高高在上的感觉，我确定，她内心没有一丝惧怕。

是什么给了她如此坚定的勇气？她的冷静究竟是必须听命于他人的无奈之举，还是另有其他什么更为可怕的原因？

我按下机关，把整面墙柜向里拉，示意那姑娘到我这边来。她环顾四周，房间很小，眨眼的工夫就已尽收眼底。我这房间的确太小了，如果我和那姑娘并排站好，伸开胳膊，估计我们能碰得到两面的墙。

她继续打量我这半边的屋子，房间里摆满了玻璃瓶、锡制漏斗、药罐和磨石。离炉子最远的那面墙边上放着一个橡木柜，那是我母亲的柜子，上面摆着各种陶器和瓷罐，里面盛的是些怕光的酊剂和药材，放在罐子里面以防变质。门口那面墙边摆着一张狭长的柜台，高度都快赶上那姑娘的身高了，台面上放着金属天平、玻璃和石头砝码，还有几本治疗妇科病的参考指南合订本。若是那姑娘拉开柜台下面的抽屉，她会发现里面都是些杂物，有勺子、瓶塞、烛台、锡盘和几十张写着潦草笔记和算式的羊皮纸。

我小心地绕过那姑娘，回手将门锁好，我此刻首要的任务是让顾客放下对我的戒备。不过，我的担心实属多虑，那姑娘毫无顾忌地一屁股坐在了椅子上，那架势好像之前已经来过我这儿上百次似的，自在得很。

她坐在灯光下，我正好可以看清她的样子，她身材苗条，长着一张巴掌大的小圆脸，让她那双大大的褐色眼睛更显清澈明亮。她把两手放在桌上，不停地摆弄着手指，笑着对我道了句“您好”。

“你好，”我回应道，完全没想到她竟如此沉稳大气。有那么一瞬间我真觉得自己是个智力障碍者，之前竟还猜测那封粉红色信纸会带给我什么厄运，眼前这么一个小姑娘能有什么危险？不过不得不说，她这么小的年纪，竟然写得一手漂亮的字。我卸下防备，内心对眼前这个小姑娘充满了好奇。

我转过身，走向墙角的炉子，我在上面放了一壶水，刚刚烧开，正往外喷着热气。“我煮了茶。”我对那丫头说，说罢倒了两杯茶，一杯放在她那边，一杯放在我这边。

她说了句“谢谢”，把茶杯拽到自己跟前。她开始打量眼前的桌子，上面除了我俩的茶杯还有一根燃着的蜡烛，另外就是我的登记簿和她留在米缸里的那封信，信上写着：“请想办法杀死我家太太的丈夫，给他的早餐下毒，2 月 4 日破晓时我会来取货。”眼前这姑娘双颊红润，进门后一直如此，年轻就是好，总是红光满面的。“这是什么茶？”她问我。

“缬草，”我回答道，“另外，我又加了点桂皮。少喝几口你会觉得身子暖暖的，多喝点儿有助于改善心情、放松情绪。”

我们两个沉默了有整整一分钟的时间，不过气氛并未因此而显得尴尬，可能是因为我面对的是一个小姑娘。我想这孩子或许需要先喝点茶暖和暖和，于是便趁着这工夫到柜台那边继续打磨我的那些小黑石头，我要用磨石把它们一个一个打磨光滑，然后做成大小合适的瓶塞。我拿起一块石头，发现那女孩儿正盯着我看，我用手掌使劲儿把石头往下按，滚一下，转一转，然后再滚一下，这动作我只能坚持十到十五秒，然后就得停下来喘口气。

一年前，我的身体比现在好多了，揉搓石头的动作坚持个几分钟不在话下，不需要动不动就停下来休息，捋捋头发什么的。而眼下，即使在小姑娘的注视下我也坚持不了多久，刚弄一会儿就感觉肩膀疼得厉害。疼痛已经是我的老毛病了，几个月前，我只是感觉一个胳膊肘有些不适，可很快疼痛就转移到了另一只手的手腕。最近，这种火烧火燎的疼痛已经蔓延到了我手指的各个关节。

小姑娘依然不动声色地坐在那里，两手紧紧握着茶杯。“那杯泡沫一样的东西是什么？火炉旁边那个。”

我抬头看了看火炉，“药膏，”我回答道，“猪油和洋地黄混合制成的药膏。”

“你给那个药膏加热是为了让它凝固吗？”

我停下手里的活儿，“你说得没错。”我一边说，一边感慨于她的聪慧。

“那药膏是治什么的？”

我的脸开始发烫。洋地黄的叶子晾干磨碎后可以缓解皮肤的红肿和灼烧，所以对产妇私处的恢复很有帮助，可这些话我怎么能对眼前的小姑娘说呢，她这个年纪不该知道这些。于是我回答她：“它有助于缓解皮肤干裂。”我一边说一边坐下。

“哦，是能缓解皮肤干裂的毒药膏吗？”

我摇摇头说道：“孩子，这药膏没毒。”

她后背一紧，“可是，我家安维尔太太说您这儿卖的都是毒药。”

“我这儿是卖毒药，但不只卖毒药。那些找我买毒药的女人来到这儿，看到满架子药材，回去后会把我这儿的情况告诉信得过的朋友。除了毒药，我这儿也卖各种药油、汤药和药水，那些光明正大的药房出售的药，我这儿都有。”

老实讲，很多年前，我刚开始售卖毒药时也没想过要清空架子，只留下砒霜和鸦片，我一直保留着治疗常见病症的药材，比如毫无毒性的香紫苏和柽柳等。没错，有些女性来找我确实为了解决心头大患，比方说出轨的老公，但这不意味着她们就不会受到真正疾病的困扰，我的登记簿就可以证明这一点，上面除了记录了我开具的毒药方，中间还穿插着很多真正治病的药方。

“来您这儿的都是女孩子吗？”她问我。

“这是你家太太告诉你的？”

“是的。”

“嗯，她说得没错，来我这儿的都是女孩子。”除了很久以前的一次特例，确实再没有男性涉足过我的药房，我只帮助女性朋友。

我母亲生前一直恪守这个原则。在我很小的时候她就一直告诉我，我们的药房要为女性提供一个避风港，一个可以供她们治愈疗伤的地方。伦敦这座城市给予女性的关爱实在太少了，对那些需要细心呵护的女性尤其如此；而城里为男性提供服务的医生却比比皆是，个个不择手段，个个贪得无厌。我母亲一心想为女性提供一个避难所，让她们可以卸下心防、袒露伤口，在她这里，女性患者不用忍受男性医生那淫邪的眼神和不公平的评判。

那些男性医生的用药理念也与我母亲格格不入，母亲相信肥沃土地上天然生长的生物就是行之有效的治疗方法，她从不迷信书本上给出的既定药方，更看不上那些戴着眼镜、喝着白兰地的绅士研究出来的办法。

小姑娘在我店里四处打量，眼里闪烁着火焰般的光芒。“真好呀，我真喜欢您这里，不过您这里有点暗，连一扇窗子也没有，您是怎么判断白天和夜晚的呢？”

我指了指墙上的钟。“判断时间的方法又不止看太阳一种，”我说，“窗子对我来说没什么用。”

“您在这儿待了这么久，一定很讨厌黑暗吧。”

有些日子，我确实无法分辨黑夜和白昼，因为很久以前我就丧失了生物钟，一直处于疲惫的状态，少有清醒的时候。“我已经习惯了。”我这样回答她。

好奇怪呀！我对面竟然坐了个孩子！要知道，上一个坐在这里的孩子是儿时的我，那已经是几十年前的事了。我记得自己小时候总是坐在母亲对面看她认真工作的样子，如今我对面坐着的并不是我的孩子，我再次对她的到来感到一丝不安。她虽然天真可爱，招人喜欢，但她的年纪实在太小了，着实不该出现在我这样的地方。无论她多喜欢我这儿，她自己完全用不到我开出的任何方子——治疗不孕不育抑或是解决痛经的办法，没一样她能用得上。她来我这儿只有一个目的，就是取毒药。既然如此，我跟她多说无益，不如说些无关痛痒的闲话。“你的茶，你还没有喝。”

她用怀疑的目光看了一眼手中的茶杯，开口说道：“您别介意，我家太太告诉我在您这儿还是小心为好。”

我示意她打住，她很聪明，当即了解了我的意图。我拿过她手里的茶杯，喝了一大口，然后又把杯子放回到她跟前。

她立刻拿起杯子，把剩下的茶一口气喝光了，一滴也没剩。“我太渴了，”她说，“谢谢您，这个茶很好喝！我可以再来一杯吗？”

我费了好大劲儿站起身，朝火炉那边走了两步，茶壶对我来说太沉了，给她续水时，我尽量不做出龇牙咧嘴的痛苦表情。

“您的手怎么了？”她问我。

“你想问什么？”

“您手的姿势一直都怪怪的，好像很疼的样子，您是受伤了吗？”

“没有，”我回答说，“不该问的就别问，话太多没礼貌！”这话刚出口我就后悔了，她并无恶意，不过是好奇而已，我小时候不也一样吗？“你多大了？”为了缓和气氛，我温柔地问她。

“我十二了。”

我点点头，跟我心里猜的差不多。“真小呀。”

她欲言又止。我看到她晃动的裙摆，猜到她正用脚尖拍打着地面。“我从来……”她犹豫片刻，继续道，“我从来没杀过人。”

我差点儿笑出声来。“你还是个孩子，这么小的年纪，能杀什么人？”我的目光落在她身后的架子上，那里摆放着一个乳白色的小瓷盘，盘子里有四枚红皮鸡蛋，我已经在里面下好了毒。“你叫什么名字？”

“伊丽莎·范宁。”

“哦，伊丽莎·范宁，”我重复了一遍，“今年十二岁了。”

“是的，小姐。”

“今天是你家太太派你来的，对吧？”伊丽莎的女主人肯定十分信任伊丽莎，否则不可能把这么重要的任务交给她做。

没想到那孩子迟疑了片刻，眉头紧锁，接下来的话把我吓了一大跳。“嗯，最初下毒的想法是太太的，不过给鸡蛋下毒的法子是我想出来的。我家先生总喜欢和狐朋狗友在外面大吃大喝，有时一两天都不回家，所以我想给他的早餐下毒才是最稳妥的办法。”

我看了一眼桌上伊丽莎的来信，用大拇指按了按信纸翘起的边缘。她年纪尚小，所以我觉得有必要多嘱咐她几句。“你明白吃了这个药的后果吧？他可不只是大病一场这么简单，而是……”我放慢语速继续说道，“这个药会置他于死地，就像杀死一只小动物一样，你明白吗？你和你们家太太确定要这么做吗？”

小伊丽莎抬头看看我，目光如炬。她双手合十，放在胸前，坚定地说：“是的，小姐。”说这话时，她的语气没有丝毫的犹豫。

第四回
卡洛琳

时间回到现在，星期一

“看来，您还是无法抵御来自泰晤士河的古老呼唤啊！”我耳边响起熟悉的声音，抬头一看，人群中朝我走来的正是那位向导，他穿着超大的及膝胶鞋，戴着一副蓝色的清洁手套。

“或许是吧。”老实讲，这群人到底要沿着河床做什么我依然一无所知，但这正是这项活动吸引我的神秘之处。我不由自主地朝他咧嘴微笑，“我也需要一身您这样的装备吗？”我冲着他脚下的胶鞋努了努下巴。

他摇摇头，“你穿运动鞋就行，不过你得戴上这个。”他一边说，一边从背包里翻出一副旧橡胶手套，跟他手上戴的那副差不多，上面也沾满了泥。“把这个戴上，省得刮伤手。大家注意，我们现在就准备出发了。”他带领大家朝目标方向前进，不过又马上转过身对我说：“哦，对了，我叫阿尔弗雷德，他们都叫我‘光棍阿尔弗’，真是搞笑，我结婚都四十年了，他们竟然还管我叫光棍。不过，我得了这个外号是因为我捡了太多先人丢弃的戒指。”

看到我一边戴手套一边流露出不解的神情，他继续解释道：“几百年前，男性在向心仪的女子求婚时，会当着对方的面徒手掰出一个戒指，以此展示自己的力量。但如果对方不接受这门婚事，就会把戒指从这座桥上扔下去，目的是用这种决绝的方式让男子死心。我就是在这儿找到了无数枚这样的戒指，估计这里是好多光棍的伤心地，你懂的，当时的风俗还真是奇怪。”

我低头看看自己的手，婚戒已经被我刚戴上的脏手套藏得严严实实。我发现所谓传统习俗在我这儿似乎也没落下什么好结果，就在几个星期前，我还拥有看似正常的婚姻，为了庆祝结婚十周年，我给詹姆斯买了一个复古的名片夹，希望他能用来装他的新名片。那是一个锡制的小盒子，据说是结婚十周年纪念的传统礼物，寓意婚姻长长久久。我特意找人在名片夹上刻下了詹姆斯名字的首字母，礼物寄来得很及时，刚好在我们启程出发的前一晚寄到。

可谁能想到，我的生活竟然从那一刻起慢慢坍塌。

名片夹一寄到，我就跑到楼上把它藏进了行李箱。我在衣帽间继续搜罗，有好几样东西我还没有打包放进行李箱：内衣、系带高跟鞋和精油。我整理了一下，特意把薰衣草、纯玫瑰和甜橙味的精油放进箱子，詹姆斯最喜欢的就是甜橙味。

我盘着腿坐在步入式衣帽间的地板上，手里拿着一套大红色内衣，心里犹豫着该不该把它也带上。与其说它是内衣，不如说它就是几根缝在一起的带子，不过整体设计却十分服帖，穿上刚好能遮住关键部位。我耸耸肩，还是带着吧，顺手把它也扔进了箱子，刚好落在我事先装好的验孕棒旁边。我多希望等我们到了伦敦，如果我的月经还没来，我可以用它来做测试，或许会迎来一个好消息。哦，对了，我还得带上孕妇维生素。自打备孕以来，我一直听从医嘱，坚持每天服用维生素。

我站起身准备去洗手间拿药，突然听到詹姆斯放在梳妆台上的手机嗡嗡地响了几声。我漫不经心地瞥了一眼，刚好又进来一条信息，屏幕上的两个字母引起了我的注意——XO，我知道网络用语中X代表亲吻，O代表拥抱。

我打了个冷战，俯身仔细看了看之前几条信息，它们都发自同一个人，詹姆斯在通讯录里为对方标注的称呼是B。

第一条：我会想你的。

第二条：别喝太多酒，我可不想你这么快就把我们上周五的美好时光给忘了，XO。

第二条信息还附带着一张照片，拍的是一条摆放在抽屉里的黑色内裤，我彻底慌了。内裤下面是一本彩色手册，上面印着詹姆斯事务所的标志。这照片肯定是在他工作的地方拍的了。

我看着他的手机，整个人呆若木鸡。上周五是罗丝的预产期，我整晚都和她丈夫待在医院陪产。詹姆斯说他一直在办公室加班，现在看来他应该不是在工作。

不，不，这信息肯定是发错了。我的手心开始冒汗，听见楼下詹姆斯还在厨房里忙活，我深吸了几口气，拿起他的电话，死死地攥在手里，好像攥着的不是手机，而是我战斗的武器。

我冲下楼，“B是谁？”我举起他的电话给他看。

他脸上的表情已经说明了一切。

“卡洛琳，”他的语气依然沉稳，像是在回答客户的询问，像是要好好给我做一番盘点，“不是你想的那样。”

我的手一下子变得不听使唤，一直在发抖。我打开第一条消息，大声读给他听。“‘我会想你的’。”

詹姆斯把手放在操作台上，探着身子对我说：“那就是一个同事。最近这几个月她好像对我有点儿爱慕之情，有时候我们也会跟对方开开玩笑，都是逢场作戏，真的，卡洛琳，我们什么都没有。”

这个大骗子。我并没有直接给他看第二条消息。“你们两个之间真的什么都没有？”我继续问他，极力克制自己的情绪，尽量保持冷静。

他缓慢地调整呼吸，挠了挠脑袋，终于开口说道：“我和她是几个月前在一次晋升大会上认识的。”他的公司曾在芝加哥为新晋升的员工举办过一次巡游晚宴，公司规定可以携带配偶出席，但配偶的费用要自行负担。这件事我是知道的，当时我们正计划着攒钱去伦敦，所以我就没有跟他去。“那天晚上我和那个人也就接了个吻，就那一次，当时大家都喝多了，失去了理智。”他一边说一边朝我走过来，目光是从未有过的温柔，像是在求得我的理解。“那次绝对是我一时糊涂，后来我们什么事也没有，从那次之后我再也没见过她。”

好啊，你还在骗我。我再次把手机举到他面前，指着照片上的黑色内裤让他看。“你确定？这是她刚刚发来的照片，嘱咐你别忘了上周五你俩的幽会。我没理解错的话，她是把她的内裤留在你的抽屉里了吧？”

这回他真是急了，不知该如何解释，急出了一脑门子汗。“那都是闹着玩的，卡洛琳。”

“放屁！”我打断了他的话，泪水喷涌而出。我不知道她是谁，但脑海中已经浮现出了她的形象——那条黑色内裤的主人。有生以来，我终于理解为什么有人会在盛怒之下冲动杀人了。“你上周五晚上也没加班，对吧？”

詹姆斯没吭声，不说话就等于默认了。

他再说什么我也不会相信了，我甚至怀疑那条黑色内裤他不仅看过，而且还是他亲手从那个女人身上脱下来的。詹姆斯很少有词穷的时候，如果他和那个女人之间真没什么实质性的事情发生，他早就义正词严地为自己辩解了。可此时此刻他却一句话也说不出来，脸涨得通红，上面写满了歉疚。

他出轨的这件事已经让我十分难过，但更令我心碎的是他竟然瞒了我好几个月。我不想追问他关于对方的一切，又或是他们两个已经发展到了什么程度，我只想问他怎么忍心把我当个傻子一样瞒了这么长时间。如果不是我今天碰巧看到他的信息，他是不是还打算继续瞒下去？还想瞒我多久？昨天晚上我们两个还你侬我侬，云雨之间他心里想的不会是那个人吧？他怎么可以用小三玷污我们孕育生命的神圣使命？

我止不住地浑身发抖。“这么多天，我们每次做爱你心里想的都是她吗？完全没想……”我本来想说“我”，但却说不出口。我无论如何也无法将他的丑行与我们及我们的婚姻联系在一起。

他似乎没想好该如何回答我。我胃里忽然一阵恶心，立即冲进厕所，砰的一声关上浴室的门，并从里面把门锁好。我吐了十多次，吐到胃都空了。

河面上船只马达发出的巨大声响将我从回忆拉回到现实。我抬眼发现光棍阿尔弗正在看我。他张开双手问我：“你准备好了吗？”

我多少有些尴尬，点点头，跟着他赶上了前面的五六个人。河边的岩石中间已经蹲了几个人，认真地在鹅卵石间寻觅。我快走了几步，跟上了我的向导，低声对他说：“抱歉，我还不是特别明白清沟到底是什么意思，我们究竟要找什么东西？”

他看了我一眼，笑得前仰后合。“我一直都没跟你说明白，是吧？嗯，你就记着泰晤士河横穿整个伦敦，绵延不绝，所以只要你搜寻的时间足够长，就能从泥泞的河畔找到罗马时代留下的历史遗迹。很久以前，清沟的人曾在这里发现过古币、戒指、陶器，都卖出了不错的价钱。维多利亚时代的很多作家都写过类似的故事，很多人来清沟不过是为了弄点钱养活一家老小。时至今日，我们来清沟的目的已经截然不同，我们完全是出于爱好，东西谁捡到就归谁所有，这是我们这儿的规矩。你看那儿！”他一边说一边指了指我的脚下，“你差点踩到一个陶制烟斗。”他俯下身把烟斗捡起来，那烟斗在我看来与一颗细长的石头几乎没什么区别，但光棍阿尔弗却高兴得嘴都咧到了耳根。“一天下来，你可以发现很多这样的东西，特别容易。不过你这是第一次来，可能稍微有一点儿难度。这烟斗里曾经塞满了烟叶，你看这些凸起的纹路，从这些纹路判断，这东西应该是十八世纪八十年代到十九世纪二十年代之间的物件。”他停下来，等着看我的反应。

我惊讶地挑高眉毛，凑近那烟斗想看个仔细，眼前竟然是一件几个世纪以前的东西，我内心突然澎湃起来。光棍阿尔弗之前就跟我讲过，每次潮起潮落，浪潮都会把新的奥秘呈现在世人面前。在这近在咫尺的河岸，我还会发现怎样的老物件呢？我看了看自己的手套，嗯，戴好了，于是也学着别人的样子蹲下身。或许，我也能像光棍阿尔弗说的那样捡到几个烟斗，又或是古币或戒指什么的；或许，我也可以把自己的戒指摘下来，扔进河里，让它和其他无数失败爱情的证物一起，成为尘封的历史。

我的目光在岩石中间缓缓逡巡，指尖摸索着闪闪发光的棕色小石子。可是，这样找了不到一分钟，我就皱起了眉头，清沟似乎是个一成不变的动作和过程，就算淤泥中埋着一颗钻石戒指，我恐怕也很难发现。

“您有什么诀窍吗？”我大声问光棍阿尔弗，“或者能不能借我一把铲子？”他站在距我几米以外的地方，正在仔细打量手里一个鸡蛋大小的东西，那是我们一个同伴的新发现。

他笑着回答我说：“抱歉呀，伦敦港务局禁止清沟者使用铲子或其他挖掘器具。我们只能在河床表面搜寻，不能往深处挖，能不能找到东西靠的全是运气，至少我这么觉得。”

运气？那不就等于说我是在浪费时间吗？我哪有什么运气？不过我转念一想，反正都是消磨时间，比起回到冰冷的酒店，独自面对空荡荡的豪华大床，还不如留在河边继续淘宝。于是，我又朝前走了几步，在更深的河床边蹲下，脚边盘聚了一群小飞虫，我挥挥手把它们赶走。我在小石子中间仔细地找啊、找啊，突然看到一个亮晶晶的反光物，我激动地倒吸一口气，想喊光棍阿尔弗过来帮我看看。不过待我走近几步，把那亮晶晶的东西拽出来后才发现，我不过是空欢喜一场，那闪闪发光的根本不是什么宝贝，而是一条死鱼的尾巴。

“妈呀，太恶心了。”我嘟囔了一句。

突然，我身后响起一声尖叫。我转过身，发现同队的一位中年女性手里举着一块棱角分明的白色石头状的物体，她身体俯得很低，发梢几乎垂到身下的水坑里。她用戴手套的手疯狂地擦蹭石头表面，看清楚后把它高高地举起来，满脸抑制不住的骄傲。

“哎呀，你这可是代尔夫特精陶的碎片！”光棍阿尔弗激动地大喊。“太漂亮了。现在在市面上已经很难再见到这样的蓝色陶瓷了，这种蔚蓝的处理是十八世纪晚期的典型特征，比现在廉价的染色精美太多了。你看这里……”他为那位兴奋的女士指了指瓷片上的花纹，然后继续道：“你看，这儿画的像是一艘独木舟，也可能是一条龙舟。”

那位女士开心地把瓷片放进自己的口袋，大家一阵儿兴奋过后又开始了各自的搜寻。

“大家听好了，”光棍阿尔弗提醒大家说，“所谓窍门，就是充分利用你的下意识，仔细感受，感受淤泥中有没有什么特别的东西。我们的大脑能在规律的事物中感知出不同，经过几百万年的繁衍，我们每个人都能做到这一点。记住，与其说你在找一样什么东西，不如说你在寻找某种规律的变化，抑或是某种规律的缺失。”

好吧，眼下我缺失的东西实在太多了，尤其缺乏的是对未来生活的安全感和希望。得知詹姆斯出轨后，我把自己反锁在卫生间，蜷缩在浴室的地垫上，任凭詹姆斯怎么想方设法要破门而入，我都对他置之不理。我求他让我自己待会儿，可我每次开口，他都会换着花样来求我，说什么他会好好补偿我，他会用一辈子弥补过错，诸如此类的话，而我只希望他能让我一个人静静。

我给罗丝打了电话，给她讲了整个事情的经过，她听后惊讶得说不出话来。虽然新出生的婴儿一直在旁边哭，她还是耐着性子听完了我所有的唠叨。我跟她说，我无法想象第二天跟这个人去伦敦庆祝我们的结婚十周年纪念日。

“那你就别跟他一起去，”她对我说，“你自己去。”这段时间，我和罗丝可以说是生活在了两个完全不同的世界，但在我最伤心绝望的时候，她还是能清楚地看到对我最有益的决定，我此刻需要的正是远离詹姆斯，离他越远越好。我无法忍受他身体的任何部分靠近我，包括他的手、他的唇，他所有的一切都会让我胡思乱想，让我感到撕心裂肺的痛。这样想来，独自一人的伦敦之旅竟然成了向正在海里溺水的我抛来的救生衣，我拼了命地游向它，要想活命，我必须抓住这根救命稻草。

还有几个小时就要登机了，詹姆斯眼看着我把最后几件衣服塞进行李。他抬头看了我一眼，默默摇头，我能看出他的内心也十分煎熬，而我，虽然已经哭了很久，也已经连续两天没合眼，但怒火还是抑制不住地从我的内心向外喷涌。

没错，我现在需要的是时间和空间，可无论我走到哪里，还是会想起詹姆斯。机场办理登机的工作人员用奇怪的眼神打量着我，她一边用她亮橘色的指甲敲打着柜台，一边问我同行的帕斯韦尔先生怎么没有来。

在酒店办理入住时，我跟前台说我只需要一张门卡，对方也皱起眉头，向我投来困惑的眼神。只是，此情此景我事先绝想不到，我竟然蹲在污浊的河边寻找什么老物件，这难道就是阿尔弗所说的规律的变化吗?

“我们必须相信直觉，直觉有时比我们的眼睛更可靠。”光棍阿尔弗继续说道。

我认真思考着他的话，突然闻到下游某处污水泛起的硫酸味，又是一阵反胃。很明显，有这样反应的不只我一人，同行的几个队友也发出了抱怨。

“这也是我们不建议用铲子之类的工具的又一个原因，”光棍阿尔弗解释说，“河床深处的味道实在太难闻了。”

我沿着河边继续搜罗，走到一片未被同队人开发过的区域，结果我一步踏错，陷进了一个没过脚踝的淤泥坑。鞋子里顿时渗进了冰冷的河水，害我打了个激灵，看来我得提前脱队了，不知道光棍阿尔弗会做何反应。我觉得这次清沟之旅一点价值也没有，忍受难闻的气味还是其次，关键是我的心情似乎变得更糟糕了。

我看了看手机，算了算时间，心想，我再坚持十二分钟，坚持到三点整，如果到时候我依旧没有任何收获，连一样小东西也没找到，清沟之旅依然索然无味，那我再离开也就没有什么遗憾了。

十二分钟，在漫漫人生长河中可谓须臾即逝，但没想到，它却改变了我未来人生的走向。

第五回
奈拉

1791年2月4日

我绕过伊丽莎走到她身后的架子旁，把那个乳白色的小盘子取下来放到桌上，里面盛着四枚红皮鸡蛋，两枚个头略大，两枚稍小。

伊丽莎凑到跟前，仔细打量了一番，她用手撑着桌子，不知她手上沾了什么，湿湿的，在桌面上留下了印记。

老实讲，我从伊丽莎身上似乎看到了年少的自己。那时的我跟她一样，只要看到什么新鲜事物，总爱把眼睛睁得大大的，当然，我的所见所闻完全超出了一个正常孩子该有的经历。只是如今，那个对世界充满好奇的我似乎已经消失不见，被留在了遥远的过去。我和她也有不同之处。她是在十二岁走进了我的药房，而我却是在更小的年纪就见识了这里的一切，这里的瓶瓶罐罐，这里的天平和砝码。在我刚刚有能力帮忙拿些小东西，刚刚有能力区分、整理不同的物件时，母亲就把我带进了这个神秘的世界。

我记得，六七岁时我还很难长时间地集中注意力，但那时母亲已经开始教我一些简单的技能，比如颜色分类。蓝色和黑色的瓶子必须放在这个架子上，而红色和黄色的则要放在另一个架子上。待我进入青春期，具备了更强的分辨力，手法也更加熟练时，母亲交给我的任务也增加了难度。比方说，她可能会把一整罐晾干的忽布花倒在桌子上，把它们打散后让我根据其颜色重新排列。我干活时，母亲总是在我身边忙着煮汤药什么的，一边做着手里的活，一边给我解释微量与打兰的区别，以及药罐和坩埚的差异等。

药房里的东西就是我每天摆弄的玩意儿，别的孩子都喜欢在泥泞的街巷里玩积木、小木棍或卡片，而我的童年就是在这间屋子里度过的。渐渐地，我会的东西越来越多，能区分出好几百种药材的颜色、味道和黏稠度。我研究过许多伟大的药剂师，我也记得住药典中罗列的拉丁药名。真的，我小小年纪就知道自己有朝一日会继承母亲的药房，传承她对女性释放的所有善意。

我从没想过自己会打破母亲的光荣传统，更没想过要改变其初衷或败坏其声誉。

“鸡蛋。”伊丽莎轻声嘀咕了一句，把我从思绪中拉回现实。她抬头看了我一眼，一脸困惑，“您养的鸡能下出有毒的鸡蛋吗？”

本来跟伊丽莎的会面是一件非常严肃的事，可我还是被她的话逗笑了，这不正是小孩子的逻辑吗？我向后挪了挪身体，回答她说：“不是的。”我拿起一枚鸡蛋，让她仔细看过后又放回盘子里。“你看这四枚鸡蛋中，哪两枚个头要大一些？”

伊丽莎皱了皱眉，凑到跟前，眼睛就快要贴到鸡蛋上了。研究了片刻，她突然站起身，自信满满地指着其中的两枚说：“这两个。”

“很好。”我点点头，“就是这两个大的，记住了，这两枚大的是有毒的鸡蛋。”

“嗯，两枚大的。”她重复了一遍。喝了一口茶，问我说：“您是怎么做到的呢？”

我从盘子中把最大的那枚鸡蛋拿了出来，将其大头朝下放在手掌上，“伊丽莎，这枚鸡蛋的顶部有一个小孔，你现在看不到是因为我已经用一样颜色的蜡将其封上了。你若是昨天来这儿，还可以看见这上面有一个小黑点，我是用针头将毒药注射进去的。”

“啊？那鸡蛋都没有破吗？”她颇为震惊，好像我在给她变魔法一般。“就算你现在跟我说了，我还是看不出哪里被蜡封上了。”

“看不出来就对了。不过，你要记住，这枚鸡蛋已经被下了毒，药量足以让一个人毙命。”

伊丽莎点点头，始终无法将目光从鸡蛋上移开。“您用的是什么毒药？”

“马钱子，俗称老鼠药。这种毒下在鸡蛋里再合适不过了，因为蛋黄的黏性和低温可以很好地保持其毒性，跟破壳前保护小鸡是同样的道理。”说罢，我把鸡蛋放回盘子里。“你们是马上就要用这个毒吧？”

“嗯，明天早上就用，”伊丽莎回答道，“他早上一回来就会跟我家太太一起用早餐。”她迟疑片刻，仿佛在脑子里勾勒着主人吃早餐的画面，然后继续说：“我会把两枚小的鸡蛋给我家太太。”

“打开鸡蛋，再用煎锅煎，你还能区分出来哪两枚大、哪两枚小吗？”

她先是一惊，不过很快就有了法子。“我先把两枚小的煎熟，盛进太太的盘子，然后再煎那两个大的。”

“非常好，”我说，“他吃了毒鸡蛋后用不了多久，也就几秒钟的工夫，就会感觉嘴里有强烈的灼烧感，所以，你要确保他趁热把鸡蛋吃完，这样他就会以为嘴里的不适是因为鸡蛋太热造成的。另外，保险起见，你可以在煎蛋上多给他加点儿肉酱或辣椒酱。毒药下肚后，他很快就会觉得恶心，你们就让他躺一会儿。”我朝前探了探身子，提醒伊丽莎，我下面的话非常重要。“我跟你说，他中毒后你最好不要在场。”

“是因为他会很快丧命吗？”她面无表情地问我说。

“他不会当即死亡，”我跟她解释道，“马钱子进入体内几个小时后，大部分人都会感觉背部僵硬，有些人还会出现脊柱后弯的症状，身体会被拉扯成弯弓的形状。我也是听说，自己没见过，但据说非常恐怖，看过后一辈子都要做噩梦。”说完这话，我又靠回到椅背上，目光也柔和起来。“当然，等他死了，他身体的僵硬就会缓解，面目看上去也会平静许多。”

“那事后呢？如果有人要在厨房取证，或者要查验煎锅，我们该怎么办？”

“不用担心，他们什么也找不到。”

“因为您用了魔法吗？”

我把两只手放在腿上，摇摇头。“伊丽莎，我再跟你说一次，你记住了，这不是什么魔法，更没有什么符咒或咒语。这些东西再平常不过了，真实得就像此时你脸上的小脏点儿一样。”我一边说，一边舔了一下自己的拇指肚，在她的脸上蹭了两下。看到她的小脸干净了，我才安心地坐回到椅子上。“伪装只要做得好，就能起到和魔法一样的效果，但我必须得说清楚，它们根本不是一码事。”看到她脸上掠过一丝不解，我又补充道：“你知道什么是伪装吗？”

她摇摇头，耸了一下肩膀。

我指了指她刚进来的那道暗门，说道：“你今天早上走进墙那侧的储物间后，我透过墙上的小孔一直在观察你，你知道吗？”

“不知道，”她答道，“我根本不知道你在墙的这边。我刚进储物间时发现你不在，我还以为你会从巷子尾随我进来呢。等有一天我有了自己的房子，我也要在里面建一间密室。”

我歪歪头，回应她说：“嗯，如果你也有不想让人知道的秘密，确实可以给自己建一间密室。”

“这间密室之前一直都有吗？”

“没有，我小时候跟母亲在这个药房干活时，这里并没有什么密室，因为当时根本不需要。那时候，我们药房里不卖毒药。”

小姑娘眉头紧锁，“您不是一直都在卖毒药啊？”

“不是。”我回答她。我知道没有必要跟她解释太多，但她的问题的确把我带回那段痛苦的回忆。

二十年前，母亲染了风寒，刚开始只是咳嗽，没过两天就高烧不退，再之后没两天就离开了人世，也就是说，母亲从生病到去世仅仅用了六天。二十一岁的我一下子失去了一切，母亲就是我的全部，我唯一的家人、朋友和师长。于是，我被迫继承了母亲的工作，除了配制汤药，我对这个世界一无所知。刚开始那段时间，我真希望自己能跟她一起离开，我实在不想在这世上独活。

药房在我的手中每况愈下，最后几近破产，这让我非常痛苦。我也不能给父亲打电话求助，我连他是谁都不知道，只知道几十年前他还是个船员的时候来伦敦住了几个月，刚把我母亲勾引到手就随船再次起航，从此便不知去向。我没有兄弟姐妹，连个说得上话的朋友也没有。药剂师的生活怪异而孤独，母亲从事的行当大多数时候都在与酊剂、汤药打交道，很少有机会与人接触。她离开后，我悲痛欲绝，很担心母亲一手创下的家业最终毁在我的手上。

但没想到，一个名叫弗雷德里克的黑发青年走进了我的生活，在我悲恸欲焚的火焰上泼洒了一剂灵丹妙药。我当时一度以为我们的邂逅是命运的馈赠，但后来他变得越来越冷淡，我才发现自己过于天真了。他做的是卖肉的生意，母亲死后，当我整个人陷入难以自拔的绝望时，是他的出现让我脱离了苦海。他的脑子很灵光，很快就把我的财务问题梳理得清清楚楚：我欠别人多少钱，有哪些没清的账，别人又欠我多少钱，诸如此类。后来，我的药房在他的帮助下重新走上了正轨，而弗雷德里克说他已经离不开我，所以要留下来跟我一起打理药房，而我，也早已离不开他。

我本来以为我这辈子唯一在行的就是药房的工作，没想到我很快发现了自己的其他技能，身体的释放带给我的慰藉是架子上的那些小药瓶无法取代的。接下来的几个星期，我们疯狂地爱上了彼此，我痛不欲生的悲伤似乎得到了缓解，我感觉自己又可以轻松地呼吸了。我甚至开始憧憬未来——那是我和弗雷德里克的未来。

可是，我哪能想到，与他相爱仅仅几个月后，我竟然用老鼠药亲手毒死了他。

那是我经历的第一次背叛，他也即成了我的第一个受害者。我就这样开始了这门不光彩的营生。

“这药房以前肯定特别没意思，”伊丽莎猜测说，她扭过头，好像很失望的样子。“没有毒药，也没有密室？哎，谁不想要个密室呢。”

她的天真着实令人羡慕，但她真的太年轻了，根本无法理解在一个曾经充满爱的地方，无论有没有密室，爱一旦消失，剩下的便只有无尽的诅咒。“伊丽莎，有密室不是为了好玩，而是为了隐蔽，为了更好地伪装。你可以买到毒药，但你不能把药随意混进炒鸡蛋里给人下毒，那样的话，警察就会从鸡蛋或是垃圾桶的药盒里发现毒药的残留。所以，我们必须做好伪装，要非常巧妙，让别人无从追查。把毒药藏在鸡蛋里就像我把我的药房藏在老储物间里一样，正是因为我隐藏得好，即使有人不小心走进来，也会转身离去。可以这样说，前面的储物间就是对我的一种保护。”

伊丽莎点点头，后颈处的发髻跟着她上下晃动了几下。她面部轮廓清晰，长长的睫毛，用不了多久就会出落成一个大美人。她把鸡蛋捧在怀里，“嗯，没有别的事了吧？”她从衣服口袋里掏出几枚硬币，放在桌上。我快速扫了一眼：四先令六便士。

她站起身，捂住嘴，好像突然想起了什么重要的事。“我该怎么把它们带回家呢？放在衣服口袋里我担心把它们压碎了。”

我的顾客中有很多比她年长两倍的女人，但从没有人想过装在衣服口袋里的药瓶可能被打破，伊丽莎真是太聪明了，比其他女人加在一起还要聪明。我给她拿了一个红色的玻璃罐儿，她小心翼翼地把鸡蛋一枚一个放进去，稳妥起见，还在每个鸡蛋之间铺了一厘米厚的草木灰。“你还是得小心点。”我叮嘱道。“还有……”我握着她的手说，“其实一枚鸡蛋就够了。”

她脸上仿佛掠过一丝阴云，直到这一刻我才意识到，她虽然年纪不大，在我面前一直表现得也很轻松，但其实她非常明白自己所做的事情将带来的严重后果。“谢谢您。”

“奈拉，”我自报家门。“我叫奈拉·克莱温格。你家先生叫什么名字？”

“汤普森·安维尔，”她回答得非常痛快。“太太家的住址是沃里克巷，旁边就是大教堂。”她抱起罐子，想看看里面的鸡蛋是否安全，结果目光却被罐子上的图案吸引了，她皱了皱眉，“这上面有只小熊。”她说。我母亲很早以前就选定了小熊的图案，我们这附近有好多条街的名字都叫后巷，但只有我们家这儿离熊巷最近，这么一个小标记便于有需要的人找到我们，而且又不至于招惹什么麻烦。

“嗯，有了它，你就不会把这个罐子跟别的罐子搞混了。”

伊丽莎出了药房的门，在门口被熏黑了的石头墙上狠狠地划了一道，露出了一指宽窄的石头原貌。她开心地笑了，仿佛在一张白纸上为我作了一幅画。“谢谢您，奈拉小姐。我非常喜欢您煮的茶，更喜欢您的密室，希望有机会能再见到您。”

我朝她扬了扬眉，我大多数的顾客都不是职业杀手，所以除非有人再来找我开些治病的药，否则我想我们不会有机会再见面了。话虽如此，我还是微笑地看着眼前这个小姑娘，羡慕她对世界无限的好奇。“好的，”我回答说，“或许我们还会再见面。”我打开门闩，把大门拉开，目送伊丽莎穿过储物间走上小巷，她小小的身影很快就消失在了巷子尽头。

她离开后，我回想了一下我们之间的碰面，她真是一个小奇葩。我相信她一定能顺利完成任务，也感谢她带给我的片刻欢乐，让我这死气沉沉的药房暂时有了一丝生气。我庆幸自己没有将她拒之门外，没把自己最初不祥的预感太当回事。

我在桌旁坐下，把登记簿拿到近前，翻到靠后的位置，找到第一个空白的地方，准备记录下今天的状况。

我把笔尖蘸饱了墨，在纸上写道：

汤普森·安维尔，鸡蛋中掺入马钱子，1791 年 2 月 4 日，经办人：伊丽莎·范宁，十二岁。

第六回
卡洛琳

时间回到现在，星期一

我使劲儿甩掉鞋上的泥，继续沿着河床搜寻，与其他队员渐行渐远，耳边他们说话的声音也变得越来越模糊，只听得见河水轻柔地拍打着堤岸，像是在召唤我朝河水更深的地方不断迈进。我抬头仰望天空，头顶刚好飘过一片乌云。我打了个寒战，心想着它应该很快就会飘走，但却发现它后面跟着更大一片乌云。这下糟了，估计马上就要下一场大雨。

我抱着肩膀瞥了一眼脚下，还是那一成不变的灰棕色的岩石。我想起光棍阿尔弗的话，寻找规律的变化。我朝着河里又走了一步，低低的海浪才刚向我涌来而后又稳稳地退了回去。突然，一艘大船从我面前快速驶过，荡漾起一股水浪向我喷涌而来，紧接着我就听到汩汩的水声，好像瓶子里的水冒泡发出的动静。

等到水浪退去，我朝着汩汩的声响走过去，发现两块石头中间夹着一个蓝色的玻璃器皿，或许曾经是个装苏打水的空瓶。

我蹲下来认真看了一眼，伸出手想捏着瓶口把它拉出来，但瓶子的底部却紧紧卡在两块石头之间动弹不得。我晃动着瓶口，希望能松动两边的石头，还没等我把瓶子拉出来，就看到瓶子外壁上似乎有一个小图案，或许是商标吧？最后，我终于把旁边一块较大的石头拽了出来，解救出了这个我好不容易才发现的瓶子。

玻璃瓶高不过五英寸，从它的个头判断应该是一个小药瓶，半透明，天蓝色，上面还沾着淤泥。我把瓶子浸到河水里涮了两下，又用戴着橡胶手套的大拇指把上面的泥巴刮掉，最后才把它拿到眼前仔细打量了一番。瓶子外壁上的图案应该是手工刻上去的某种动物的形象，不如机器雕工的那般精细。

我也不知道自己找到的是什么，不过觉得无论如何应该把光棍阿尔弗喊过来让他看一眼，没想到还没等我张开口，就看到他已经朝我走了过来。“找了个啥呀？”他问。

“我也说不好，”我答道，“像是个小药瓶，上面刻着一个动物图案。”

光棍阿尔弗接过瓶子，举到眼前，又将其转到背面，用指甲划了划瓶壁，“真奇怪，这明明像是一个小药瓶，但通常情况下装药的瓶子上都会有些标志——公司名字、生产日期、地址等。按照这个逻辑，这应该是一家私人药房的东西，上面的图案应该是谁练手刻上去的，雕工还有待提高。”他把瓶子倒过来，默不作声地看了一会儿。“你看这个瓶子两边有点儿不对称，所以肯定不是工厂生产的，而且应该有些年头了。如果你喜欢，你就留着吧。”他两手一摊，“清沟还是挺好玩的，对吧？我觉得这是世上最好的工作，我真的这么认为，可不是在自卖自夸。”

我苦笑了一下，要是我对自己的工作也有这种感觉就好了。我上班的地方是一个家庭农场，工作职责就是用一个老得不能再老的软件把数据输入一台老得不能再老的台式电脑里，面对这样一份工作，我怎么可能开心得起来？终日坐在一张破旧的橡木桌边，我记得三十多年前我妈妈在那儿工作时用的就是那张桌子。十年前，我和詹姆斯刚刚买了新房，在家待业的我欣然接受了农场的工作，当时还觉得是个不容错过的好机会，但有时我也会问自己，为什么这样一份工作我一做就做了十年呢？没错，我的学历不高，没办法在当地中学找一份教历史的差事，但这也不是说我就毫无其他机会可言了，这世上，总有一些工作要比在农场做行政管理有趣吧。

但孩子……每每想到孩子，似乎什么都不如工作稳定来得重要，詹姆斯也一直在提醒我这一点。就这样，十年了，我一直保持原地不动，每次想到自己或许错过了更好的人生，我也会沮丧难过，但这么多年过去了，我已经学会了接受现实。

看着身边的光棍阿尔弗，我心想，或许很久以前他做的也是无聊的案头工作，而最终，他是不是意识到人生苦短，才决定放弃每天煎熬八小时的差事？又或许，他本就是一个勇敢无畏的人，竟然能把清沟的爱好变成自己的事业。我本来想问问他，但还没等我开口，他又被另一个队友喊走了。

我从他手里接过那瓶子，俯下身想把它埋回原处，但内心却有一种强烈的感性力量告诉我不要这样做，我似乎和上一位拿着这个瓶子的人产生了某种莫名的联系——仿佛上一位在这瓶子留下指纹的人跟我有着某种无法割舍的渊源。这天蓝色的瓶子里装过什么药？它曾帮助了谁？治愈了谁的病痛？

想到是什么样的机缘巧合我才可能在河里发现这样一个老物件，我不禁鼻子发酸。这是一件历史文物，它曾经的主人或许无足轻重，或许不会出现在历史的教科书上，但谁能否认其人生的精彩。在我看来，这就是历史的魅力所在，也是我喜欢研究历史的原因。纵使我与上一个拿着这个瓶子的人远隔千秋，但我们拿着它时却都能同样感受到它冰凉的玻璃外表。那种感觉就像宇宙在用它神秘而独特的方式向我靠近，提醒我自己曾经也是一个对过往时代的点滴饱含热情的人。当初，我为何选择放弃，为何不继续深入挖掘呢？

我突然意识到，自从上午抵达希思罗机场以来，我还没为詹姆斯流过一滴眼泪。我一个人跑来伦敦的目的不就在于此吗？哪怕只是片刻也好，我不就是要忘记悲伤吗？为了给自己留一个喘息的空间，我千里迢迢来到伦敦，不过现在看来我做得没错，虽然一部分时间是在泥坑里摸爬，但那又有什么不好呢？

我必须留下这个瓶子，不仅是因为心里觉得自己跟之前拥有这个瓶子的人有种莫名的缘分，还因为它纪念了我的清沟冒险之旅。我打破了当初与詹姆斯制订的计划，这件事当然值得纪念。我依照自己的意愿来到河边，主动把手伸进石头间满是淤泥的缝隙，亲手翻出了这个瓶子，不是吗？整段时间，我没有为詹姆斯流一滴眼泪。我手里的玻璃瓶虽然脆弱，但却依旧完好，这似乎跟我有点像，这不是刚好可以证明我也可以变得更加勇敢，也可以独自完成艰难的事情吗？我心里这样想着，便把这个小瓶子放进了衣服口袋。

头顶的乌云越积越厚，河道拐弯处传来轰隆隆的雷鸣声。光棍阿尔弗喊大家到他那儿集合，“抱歉呀，大家，”他提高了嗓门，“打雷了，我们不能再继续了，咱们都收拾收拾，今天先回去，想来的明天再来，时间还是下午两点半。”

我一边摘手套一边朝着光棍阿尔弗走过去。没想到我终于摸到了点门道，清沟活动却要提早结束了，我心中不禁冒出一丝遗憾。我刚刚找到一件宝贝，才来了兴致，特别想继续搜罗下去。现在我终于知道这原来还真是个容易让人上瘾的消遣。

“换作是您，”我问阿尔弗说，“去哪里才能了解到关于这个瓶子更多的信息？”如阿尔弗所说，这瓶子不像传统的药瓶，上面没有什么明显的标志，但或许我也能收集到一些相关信息。毕竟瓶壁上刻有一个动物的图案，有点儿像一只爬行的小熊。

阿尔弗笑着看看我，甩了甩我刚递给他的手套，然后把它们扔进桶里。“嗯，你可以把它带去给玩家或收藏人士看看，那些专门研究玻璃制品的人。时代不同，打磨、塑形和其他工艺都可能有区别，或许有人能帮你鉴定出这个瓶子的年岁。”

我表面上点了点头，但其实心里根本不知道去哪儿才能找到一个玻璃制品“玩家”。“您觉得这东西是这儿的吗？是伦敦这里的吗？”我之前听光棍阿尔弗跟一位队友说过，温莎城堡就在伦敦往西四十公里的地方，谁知道这瓶子到底是从哪里漂了多远才漂到这里的呢？

他扬了一下眉毛，“瓶子上没有地址，也没有任何文字，所以很难判断它的历史时期”。我们头顶上雷声滚滚，光棍阿尔弗犹豫了一下，不知道该继续为我这个对知识充满渴求的清沟新手做解释，还是该先带我找一个安全的地方避雨。“你看，”他继续道，“你可以去趟大英图书馆，找一下地图阅览室的盖尔娜，你就说我让你去找她的。”他看了看表，“很快就闭馆了，你最好现在就动身。坐地铁泰晤士线，到圣潘克拉斯火车站下车，这么去最快，也不会淋雨，图书馆可是个躲雨的好地方。”

我谢过他后便飞快地离开了，看样子雨马上就要下起来了，我最多还有几分钟的时间。我拿出手机，查到车站离我不远，心里松了口气。毕竟我还得在伦敦住十天，所以还是趁早学会如何使用交通工具为好。

下了火车，我在滂沱大雨中出了站，一眼就看到前面的大英图书馆。我一溜小跑，拉紧了衣领，好像这样就能少淋些雨一样，然而事实并非如此。最惨的是我的鞋，本来在河边就已经渗进了不少水，现在已经彻底湿透了。终于跑进了图书馆，我看到窗上映着的自己的影子，长长地叹了一口气，我真担心盖尔娜会因为我衣冠不整而把我撵出来。

图书馆的门口聚集了很多躲雨的行人、游客和学生，但我觉得自己的加入显得那么格格不入，我真不知道自己是中了哪门子邪，非要到这儿来。别人来这儿，要么背着书包，要么拿着相机，只有我口袋里装着一个来历不明的玻璃瓶，只知道要找一个叫盖尔娜的人，我甚至连她是不是这里的正式员工都不知道。有那么一刻，我真想放弃算了，买个三明治，一边吃一边坐下来好好计划一下接下来的伦敦之行。

不过这种想法只是一闪念，当即就被我否决了。我要是就这么放弃了，不正是合了詹姆斯的意？雨水拍打着图书馆的玻璃窗，我看了看窗外的雨，打定了主意，我不想再去管什么理性不理性。想当初，正是所谓的理性让我亲手撕毁了剑桥大学的申请书，接受了家庭农场的工作。我问自己，年轻的卡洛琳会做什么选择？十年前的卡洛琳，那个充满斗志的、还在读书的卡洛琳，那个还没有被一枚钻戒蒙蔽了双眼的卡洛琳，她究竟会做何选择？

我朝台阶的方向走去，那里聚集着一大群兴奋的游客，他们面前摊着游客手册，脚边放着套着塑料袋的雨伞。台阶旁边有一个服务台，里面坐着一位年轻的姑娘，我走过去，看到她并没有嫌弃我落汤鸡的模样，终于松了一口气。

我跟她说我要找盖尔娜，听了我的话，她咯咯地笑出了声。“我们这儿有一千多个员工，”她解释说，“您知道她是哪个部门的吗？”

“她负责的是地图部分。”我回答道，心里想着，是呀，刚才自己真的够蠢。那姑娘把名字输入电脑，点了点头，地图阅览室的咨询处的确有一个叫盖尔娜·贝蒙特的工作人员，就在三楼，她示意我可以坐电梯上去。

没过几分钟，我就站在了地图阅览室的咨询处。我面前是一位三十岁左右的美女，她正一手拿着放大镜，一手拿着铅笔研究一幅黑白地图，眉头紧锁，褐色的卷发垂落在地图上。一两分钟后，她站起身想要舒展一下后背，一抬眼刚好看到我，把她吓了一跳。

“对不起，打扰您了，”我压低声音，“我想找盖尔娜。”

我俩四目相对，她笑了。“那您来对地方了，我就是盖尔娜。”她放下手里的放大镜，捋了捋垂下来的头发，“您找我有事吗？”

此时此刻我就站在她面前，本来可以直接发问，但突然觉得自己要问的事情特别荒唐。很明显，她面前摆着地图，上面勾勾画画做了好多标记，肯定是在做什么重要的研究。于是我说：“您要是忙，我可以下次再来找您。”心里竟然希望她能同意我的提议，尽快把我打发走，这样一来，剩下的时间我还可以做些真正有意义的事。

“不不不，没关系的，这地图已经有一百五十年的历史了，耽误几分钟，它也不会有任何改变。”

我把手伸进口袋，盖尔娜脸上闪过一丝不解的表情，或许来找她的大多是拿着一卷羊皮纸地图的学生，像我这样一个从口袋里拿出个小物件，被淋成落汤鸡的女子或许很少见。“这是我刚刚在河边捡到的，我跟着一队人一起去了清沟，我们的向导是阿尔弗，是他让我来找您的，您认识他吧？”

盖尔娜笑着说：“他是我爸。”

“哦，天哪！”我忘记控制自己的音量，声音可能太大了，引来了旁边一位读者的侧目。光棍阿尔弗竟然没跟我说盖尔娜就是他的女儿。“嗯，是这样，这个瓶子上有一个图案。”我一边说，一边指给她看，“除了这个，别的什么也没有。我觉得刻的是一只熊，我就想知道这个瓶子的由来。”

她歪了歪头，似乎对这瓶子也十分好奇。“大部分人对这么个东西都不会有什么兴趣，”她张开手掌，我把瓶子放在她手里，“你一定是研究历史的吧？”

我笑着说：“我不是专业做这个的，只是对历史感兴趣。”

盖尔娜抬头看了我一眼，“看来我们是志趣相投呀。我的工作是研究各种地图，但我最爱的却是那些不起眼的古老版本，总觉得老地图里才有故事。因为随着时间的推移，空间也总会发生变化，而那些变化就是我们研究的方向。”

变化的不仅是空间，还有生活在空间里的人，我在心里念叨着。我感觉自己就在发生变化，对生活的不满让我抓住了这次冒险的机会，让我重温了自己对过往时代的热情。

盖尔娜把小瓶子拿到灯光下，“我见过许多类似的古老瓶子，不过个头大多比你这个大一些。我总是觉得这类瓶子挺让人抓狂的，因为你没办法知道之前它是用来盛什么的,是血还是砒霜？我总是像孩子一样，爱胡思乱想。”她仔细地研究着上面的图案，用手指认真触摸着那个小动物形象。“您说的没错，这图案确实像是一只小熊。真奇怪，除了这个，瓶子上竟然什么其他标志也没有。不过我确定，这瓶子以前的主人应该是一个什么店的店主，比如是一个药剂师。”她一边叹气，一边把瓶子交还给我。“我爸爸肯定是出于好心让您来找我，但我也判断不出这个瓶子的用途或来历。”她低头看看自己的地图，似乎在委婉地告诉我，她只能帮我到这儿了。

哎，还是毫无头绪，我脸上难掩一丝失望。我谢过盖尔娜，把小瓶子放回口袋，正打算转身离开，她又把我叫住了：“对不起小姐，我还不知道您贵姓？”

“卡洛琳，卡洛琳·帕斯韦尔。”

“您是美国人吗？”

我笑着说：“嗯，看来我的口音出卖了我，我是来伦敦旅行的。”

盖尔娜拿起笔，准备重新埋头研究她的地图。“嗯，卡洛琳，如果有什么我能帮上忙，您可以随时来找我。如果您有了关于这个瓶子的消息，可以麻烦您告诉我一声吗？”

“当然。”我答道。我的内心多少有点失望，心想还是别再惦记这个瓶子和清沟的事儿了，就凭我这个命，怎么可能找到什么有价值的东西呢？

第七回
伊丽莎

1791年2月5日

早晨醒来，我感觉肚子疼得厉害，以前从来没有过。我把手伸进衣服里，用手指按着自己的小腹，感觉身体暖暖的，但似乎有些肿胀。疼痛渐渐蔓延到了全身，我咬着牙，强忍着身体上的痛苦。

此时的疼痛与以往不同。以前，我吃多了甜食或是在夏日的花园与萤火虫玩久了，回到家后也会感到肚子痛，但这次的感觉完全不一样。这次的疼痛主要集中在小腹，总感觉要上厕所，但跑了好几次，下腹的负担并没有得到任何缓解。

眼下，我有一件非常重要的事情得做，那是我家太太迄今为止交给我的最重要的任务，可不是什么刷盘子、烤布丁、寄信这类的小事，所以，我无论如何也开不了口说我不舒服。如果我告诉她想请一天假卧床休息，她肯定会对我特别失望。以前，我在农场干农活时，如果我父母使唤我干点儿什么，比如让我给马梳洗、采摘成熟的豆子，我或许会找个肚子痛的借口跑去偷懒，但眼下，我所在的地方是安维尔家的高宅大院，所以我别无选择。

我挣扎着脱下衣服，走到洗脸盆前洗漱。疼就疼吧，别理它。我趁着洗漱的时候，顺手整理了自己住的阁楼，抽空还安抚了一下那只在我床尾呼呼大睡的，连名字都没有的肥猫。我低声对自己说："我今天早上就给他下毒。"似乎要是不说出声，我自己都不相信这件事是真的。

鸡蛋呢？它们还在我长袍口袋的罐子里，里面放了草木灰，绝对安全。我把罐子拿出来抱在怀里，隔着衣服我也能感受到玻璃罐子的冰凉。我紧紧地抱着那罐子，手一点儿也没抖。

我真是个勇敢的姑娘，对于某些事情尤其如此。

两年前，只有十岁的我跟着母亲一路从我们那位于斯温顿的小村子来到了车马喧嚣的伦敦。那是我平生第一次来伦敦，之前只是听人描述过这里的珠光宝气、灯红酒绿。"伦敦那种地方，可不是咱们这样的人能去的。"我那农民出身的父亲总爱这样念叨。

不过我母亲不这么看，她私下里经常给我讲述伦敦五光十色的生活——金色的教堂尖顶和孔雀蓝色的礼服，那里有琳琅满目的商店，出售各种罕见的东西。伦敦城里的宠物都穿着马甲，主人经常牵着它们招摇过市；伦敦城的市场摊位会出售刚出炉的杏仁樱桃面包，经常有几十名慕名而来的顾客排着队购买。

对于我这样一个终日围着牛马干活，和野草、野花打交道的姑娘来说，流光溢彩的伦敦完全超出了我的想象。

我有四个哥哥，他们都在家里的农场帮忙，我母亲一直说等我到了合适的年纪，一定要在伦敦给我找份差事。她心里明白，如果我不趁着年轻离开农村，我这辈子就交待在田埂上和猪圈里了。父母因为这件事争执了好几个月，但母亲毫不退让，坚持一定要把我送出去。

我记得自己离家的那天上午，家里的气氛非常紧张，可以说是涕泪交加。父亲不愿失去我这个帮手，自然十分难过，就连提出这个想法的母亲也因即将与她最小的孩子分离而万分痛苦。“你可是我的心头肉呀，我怎么舍得你离家呢，”她一边哭，一边帮我把放在箱子里的被子按平，“但我无论如何也不能让你像我一样，窝在这里一辈子。”

我们的目的地是伦敦的用人登记中心。马车刚进城时，母亲紧紧搂着我，但我能明显感觉她语气中的难过已经被激动所代替。“不管命运给你安排了怎样的人生，你都不可以自暴自弃，”她双手抚着我的膝盖告诉我说，“人往高处走，洗碗工、女佣都不是什么丢脸的工作，只要你肯努力，就一定会拥有美好的未来。伦敦，是一个有魔法的地方。”

“妈妈，你说它有魔法是什么意思？”伦敦的繁华令我目不暇接。那一天，天空晴朗蔚蓝，我想象着自己未来的日子，感觉手上的茧子似乎都变薄了。

“魔法的意思就是说，在伦敦，只要你肯努力，就一定会梦想成真，”她回答说，“如果你一直待在农村，你的生活会一成不变。要知道，农场的围栏拦住的不仅是骡马，还有你的人生。而在伦敦，只要你聪明、努力，过一段日子你就能发挥自己魔法师一样的力量，成就自己的梦想。这座城市如此繁华，到处都是机会，哪怕再穷苦的姑娘也能在这儿实现梦想。”

“破茧成蝶吗？”我说，心里想到夏日沼泽里看到的那些发光的蚕茧，也就几天的工夫，蚕茧就会变成炭黑色，我还以为里面的生命已经萎缩消失，没想到，黑色褪去后很快就能看见里面的蝴蝶扇动蓝色的翅膀，过不了多久，蝴蝶就会扇动着一双有力的翅膀穿透干瘪的外壳，飞向高远的蓝天。

“没错，就像破茧成蝶，”母亲重复着我的话，“哪怕是最了不起的人都无法解释破茧成蝶，这个过程本身就是魔法。从今以后，伦敦就是你的蚕茧。”

从那一刻起，我就对所谓的魔法充满了无尽幻想，恨不得马上开始对这座神秘城市的探索。

终于到了用人登记中心，两位女士认真研究了我的情况，而母亲则站在一边耐心等着。两位女士中的一位就是安维尔太太，她当天穿着缎子质地的粉红色长袍，戴着蕾丝的帽子。我这辈子第一次见到有人的穿着如此精美，忍不住一直盯着她看。

安维尔太太好像一眼就相中了我，她俯下身，温柔地跟我讲话，我们两个几乎是脸对着脸交流，很快，她就跟我母亲达成了共识，给了母亲一个大大的拥抱。母亲看到我刚来伦敦工作就有了着落，激动得热泪盈眶。随后，安维尔太太牵着我的手，把我带到中心的前台，让工作人员帮我办理了登记，我真是太开心了。

安维尔太太填写登记信息时，我注意到她的手抖得厉害，看得出她在尽力控制手中的笔，但收效甚微。她写的字七扭八歪，但对我来说并没什么区别，因为当时的我还不认字，写成什么样子于我自然都无所谓。

我含泪与母亲告别，之后，我的女主人便带我乘着四轮马车回到了她家，那是她和安维尔先生共同的家。

最初，我被安排在了洗涤房，在莎莉的手下干活，她是家里的厨师兼帮佣。

接下来的几个星期，莎莉几乎没怎么跟我讲话。在她眼里，我就是一个什么也不懂的乡下姑娘，不知道怎么洗坛子，也不知道怎么把马铃薯从根上完好地摘下来。她教了我“正确”的做法，我内心没有丝毫的抱怨，我太喜欢安维尔家的这份差事了。我在阁楼上拥有了属于自己的房间，比母亲预期的情况还要好。从自己的阁楼上我能看到街上形形色色的人和事：轿子疾行而过，搬运工抬着巨大的箱子，不知道里面装着什么，还有刚刚坠入爱河的年轻情侣来来回回地压马路。

终于，莎莉再也挑不出我的毛病，开始让我帮她一起准备餐食，这算是我取得的第一个小进步吧。母亲说得没错，我觉得生活有了希望。有朝一日，我也要在繁华的伦敦街头游走，我的生活绝不会止步于马铃薯和泡菜坛子。

一天早晨，我正小心翼翼地往盘中摆放香料，一个女仆急匆匆地跑下楼，告诉我安维尔太太让我去她的房间见她。我心中慌乱，一定是我做错了什么事。我慢慢爬上楼，内心充满了恐惧，脚步也异常沉重。我来这里还不到两个月，如果现在就被辞退，我该怎么跟母亲交代。

我走进太太的房间，她随手关上房门，微笑着让我在她身边坐下。她翻开一本书，又找来一张白纸和笔墨，指着书上的几个字让我把它们抄在纸上。

我笨拙地拿起笔，把白纸往身前拽了拽，认真地开始抄写。虽然我不擅长用笔，但我还是尽量控制着自己的力道。安维尔太太托着下巴，仔细地盯着我，眉毛都拧到了一起。我抄完那几个字后，她又找了几个字让我写，我当下就觉得自己笔画写得顺畅了许多。太太肯定也注意到了我的进步，满意地点了点头。

写完了，太太把纸笔推到一边，从一旁把书拿了过来。她问我认不认字，我冲她摇摇头，于是她找了几个简单的字教我认——“她”“车”之类的。她不仅给我解释字的发音，还告诉我该怎么样将不同的字组合在一起，表达自己的想法或讲述故事。

或许这就是魔法吧，我心想。魔法其实无处不在，只要我们有一双善于发现它的眼睛，就一定能看得到。

那天下午，我在太太的房间上了有生以来的第一节课。在后来的日子里，这样的课不计其数，有时她一天甚至会给我上两次课。可能是因为她手抖的毛病越来越严重，所以希望尽早教会我替她写信吧。

日子一天一天地过去，我待在厨房的时间越来越少，安维尔太太动不动就把我叫到她的房间里教我认字，这似乎引起了其他帮佣的不满，尤其是莎莉。不过，这对我并不构成什么困扰，毕竟家里做主的是安维尔太太，又不是莎莉。再说了，我怎么可能拒绝得了在壁炉旁边上课边吃零食的诱惑呢?

好几个月过去了，我终于学会了读书写字，而后，又用了更长的时间，改掉了乡下人说话的口音。安维尔太太真是个好老师，温柔和善，总是手把手地教我写字。有时，我不小心把笔掉在地上，她不但不会生气，还会跟我一起笑得前仰后合，我简直乐不思蜀，一点儿都不想家，这话说出来有点惭愧，但老实讲，我真的再也不想回乡下了，一天也不想在那儿待。我要留在伦敦，享受太太家的奢华，那些和太太在写字台前度过的漫长的午后时光，那些遭到其他帮佣嫉妒的上课经历，成了我人生最美好的记忆。

然而，世事无常。一年前，我渐渐失去了脸上的婴儿肥，束身衣也变得越来越紧，我发觉不能再继续无视别人的眼光了，尤其是一种特别奇怪的凝视，一种无时无刻不在的凝视。

那目光来自安维尔先生，他是家里的男主人。他开始特别关注我，我也说不太准具体的原因。不过我确定，安维尔太太也注意到了丈夫行为的异样。

早餐时间快到了，我忙着在厨房做准备，反倒感觉肚子不太疼了。太好了，否则我还真不一定能像奈拉嘱咐的那样做到不慌不忙、万无一失。今天，我无论如何也不能失手。若是放在平时，失个手也没什么，写字的时候掉了笔，最多也就引来太太一通大笑，但今天我一点儿错也不能犯。

两枚小的鸡蛋已经下锅，边缘处鼓起的气泡吱吱作响，溅出来的热油崩了我一围裙。我非常冷静，一动不动地守在锅边，等到鸡蛋煎得焦黄，便用勺子将煎好的鸡蛋盛进盘子，这是太太最喜欢的火候。我把刚出锅的煎蛋盖好，放在一边，接下来我要按照奈拉的提醒制作一些酱汁，以防万一。

酱汁逐渐黏稠，我没有时间再犹豫，我必须当机立断。如果我执行计划，那我就跟那些在泰伯恩刑场受刑的罪犯成了一类人。想到这儿，我起了一身鸡皮疙瘩，不如我跟太太撒个谎，就跟她说毒鸡蛋的毒性不够强？

我摇摇头，不行，撒谎绝非君子所为。再说，只要安维尔先生继续活着，我们的问题永远无法解决，我不能让安维尔太太的计划因为我而“胎死腹中”。

今天本来不该我在厨房当班的，但是上个星期莎莉跟安维尔太太请了几天假，说是要回家看望生病的母亲，太太听后二话没说就同意了，随后就把我喊到她的房间继续给我上课。不过，当天的课跟以往不同，她教我的不是如何写字，而是如何找到一家隐蔽的药房。她让我先找到后巷三号，进门后在米缸里留张字条，说清楚下次来取药的具体时间。当然了，那不是普通的药，而是致命的毒药。

我并没有跟太太追问毒害先生的原因，我猜是因为上个月发生的一件事。那是新年过后的一天，太太离开家去朗伯斯附近的冬季花园游玩。

太太出门前交代我在家帮她整理好信件，一共好几十封信。可是当天不知怎么搞的，我头特别疼，迟迟未能完成太太交给我的任务。快到中午了，想到还有那么多工作没做，我急得流下了眼泪。刚好被安维尔先生撞见，他让我停下手里的活，赶紧回房间睡一觉，还特意给我拿了一杯喝的，说喝了我就会好受点儿。我接过那杯和蜂蜜水一样颜色的东西，虽然被呛得直咳嗽，但还是一口气把它喝了个精光。那不会就是太太经常喝的白兰地吧？真不明白为什么有人爱喝这种东西。

我回到自己温暖、安静的房间，沉沉地睡了一觉，醒来时闻到猪油的味道，那其实是房间里点着的油脂蜡烛。太太摸着我的额头，她的手凉丝丝的。我的头痛似乎好了，安维尔太太问我睡了多久，可我自己也不知道，我记得自己不到中午就躺下了。现在是晚上十点半，她告诉我说，我已经睡了整整十二个小时。

安维尔太太问我做梦了吗？我摇摇头，不过脑子里却出现了一些模糊的记忆，应该是我几个小时前做的一个梦。我迷迷糊糊地记得安维尔先生来到我的房间，把我的大肥猫从床上抱走，放到了走廊，然后关上门走到我的床边。他坐在我身边，把手放在我的肚子上，跟我说了句什么话，我想不起来了。我就记得他一边说，一边抚摩着我，绕着我的肚脐来回揉搓了好几下。就在那个当口，楼下传来马夫的通报，说家里来了两位客人，有急事找安维尔先生。

我把自己的模糊记忆讲给太太，跟她说我也不知道那是真的，还是梦境。后来她一直陪着我，一脸担心的表情。她指了指我旁边的空杯子，问我是不是安维尔先生让我喝的，我说是。她凑近我，握着我的手低声问道："这是他第一次给你酒喝吗？"

我点点头。

"头还疼不疼？"

我摇摇头，感觉头已经不疼了。

太太仔细端详着那只酒杯，而后给我盖好被子，跟我道了声晚安就走了。

她离开后，我听到我的猫在门外“喵喵”地叫，它还被关在门外，应该是在喊我给它开门，让我把它放进来。

现在，终于轮到那两枚大个鸡蛋了，我格外小心，生怕出什么岔子。我以前从没想过打鸡蛋竟然也能成为什么难事。煎锅还热着，鸡蛋的蛋黄部分很快就熟了，我不敢靠得太近，生怕把毒药吸入体内。我把胳膊伸得老长，没过一会儿就觉得两只胳膊酸痛无比，好像刚爬了树那么累。

大个儿鸡蛋也煎熟了，我把它们盛进另一个盘子，上面倒了一层厚厚的酱汁，然后把四枚蛋壳扔进了垃圾桶。我整理好自己的围裙，再三确认托盘右边放的是毒鸡蛋，然后，端着托盘走出了厨房。

太太和先生已经就座，正低声讨论今天要出席的一场晚宴。“贝特福德先生说他们会展示一些雕像，”安维尔太太说，“他说是从世界各地收集来的精品。”

安维尔先生哼哼哈哈地应和着，抬头看见我走进餐厅，便开口说道：“啊，开饭了。”

“他说了，每个雕像都很精美。”太太一边说，一边揉搓着自己的脖子，揉搓的地方好像起了个小疙瘩，被她揉得通红。虽然端着毒鸡蛋的人是我，但她看上去比我还要紧张，这是什么道理？她吓得甚至不敢把煎蛋从托盘上端下来，神经极度紧张。

“嗯嗯，”先生随声附和着太太，但他的眼睛却没离开过我，“快点，姑娘，快把鸡蛋端给我们。”

我走到他身后，把托盘右边的盘子小心翼翼地放到他面前。他竟然趁机偷摸我的大腿，还把手伸到我的裙子底下，从膝盖后面一路往上试探。

“亲爱的。”他终于把手从我的裙子下面拿开，拾起了刀叉。我感觉大腿奇痒无比，恐怕是起了疹子。我从他身后走到太太那边，把第二个盘子也放在了桌上。

太太点了点头，我看到她脖子上的红印子还没有消。她眼窝深陷，黑眼圈非常严重，像她身后壁纸上的褐色花朵图案一般暗淡。

我像平常一样在一边站好，一动不动地看着事态的发展。

第八回
卡洛琳

时间回到现在，星期一

后半夜我醒了，看到床头钟显示的时间是凌晨三点。我哼唧着翻了个身，本想再睡一觉，但忽然感觉恶心和心慌，浑身直冒汗。我掀开被子，拂去脸上的汗，站起身查看室内的温度，上面显示的是摄氏温度，或许我之前错把它当成华氏度，把室内温度调得太高了。我拖着脚走在地毯上，感觉身体有点儿打晃，赶紧伸手扶住了墙。

反胃的感觉又来了，非常强烈。

我冲进浴室，根本没来得及跑到坐便那儿，直接吐了一地。我趴在马桶前，又呕了好几次，身上一点力气也没有。

过了好一阵儿，胃好像没那么难受了，整个人似乎也缓了过来。我伸手想拿一块毛巾，好像把台子上的什么东西刮倒了。哦，是那个小瓶子。我回到酒店房间后把它从包里拿出来，顺手就放在了浴室的台子上。我可别不小心把它摔坏了，我心想，于是在行李箱的衣服中间给它找了个安全的栖身之所。

我一边刷牙一边琢磨，我独自一人，身处异国他乡，结果还食物中毒了，我真是太惨了。不过，我真是食物中毒吗？还是……？想到这儿，我紧张地捂住嘴，手指不停地发抖。我昨天也犯了好几次恶心，我一天也没吃什么，应该不是吃坏了东西。

天啊！如果我这会儿怀孕，那可真是个天大的笑话！我之前无论如何也想不到自己会在这种状况下怀孕。我曾经一直梦想有一天能和詹姆斯分享怀孕的好消息，估计我们俩会激动地流下幸福的泪水，拥吻庆祝我们宝贝的到来。宝宝是我们两个人爱情的结晶，我们当然要一起庆祝他的到来。然后我们会迫不及待地跑去书店买一本育儿书……而此时此刻，凌晨三点，我在酒店浴室里独自难过，我和詹姆斯的宝宝来得太不是时候了，我真希望自己的担心只是虚惊一场。我的月经，你快点来吧，再痛我都愿意忍受。

我给自己泡了一杯热茶，慢慢喝了几口，然后又爬回床上。可我完全没有睡意，睁着眼睛躺了半个小时，心想，等胃不那么难受了我再起来。至于说妊娠测试，我想都不敢想，还是过几天再说吧。我希望反胃只是旅途不适和压力太大造成的，或许今天我的月经就来了呢，也可能是明天。

胃终于好些了，但因为时差的原因，我始终没有困意。我躺在床上，伸开手臂，感受着右边位置的空旷，本来詹姆斯应该躺在那边的。我拉起冰冷的床单，把它攥在手里。那一刻，我不得不承认，尽管内心对他充满怨恨，但也难免无尽地思念他。

不！不可以！我松开手里的床单，转身回到属于我的位置，右边又留出了宽敞的空间。我不可以想他，至少现在不行。

詹姆斯的出轨已经让我身心俱疲，但还有一件事需要我处理。目前为止，只有我的闺密罗丝知道詹姆斯出轨的事，我的父母还浑然不知。半夜三更睡不着，我想要不要给他们打个电话告诉他们实情。想想，这家酒店的钱还是我父母替我们付的呢，我真没有勇气跟他们说我自己入住了这个套房。还是等回去我再跟他们慢慢讲吧，我也好有时间把事情想清楚，到底是重归于好还是分道扬镳，等决定了这一切我再跟他们说也不迟。

最后，我索性放弃了睡觉的想法。我打开床头灯，把手机从充电器上拔了下来。我打开手机上的App，打算搜索一下伦敦的景点，但其实，威斯敏斯特教堂、白金汉宫这样的大景点我都已经在笔记本上做好了功课，包括它们的开放时间、门票价格，等等。可眼下，我对什么都提不起兴趣，我连一个人待在酒店房间都觉得空虚和痛苦，一个人漫步海德公园能好到哪儿去？还是算了吧，我还不如查查大英图书馆的网站。白天在地图阅览室跟盖尔娜聊天时，我看到了宣传网络数据查询的广告。既然现在倒时差睡不着，身体又不舒服，我还不如裹好被子好好上网做一番研究。

我打开网站的目录检索页，敲进去两个词，一个是药瓶，一个是熊，随即跳出了几个搜索结果。我一看，什么内容都有。有一篇近期在生物力学杂志上发表的文章，有一本十七世纪关于世界末日的老书，还有一部十九世纪圣托马斯医院出版的论文集。我点开第三个搜索结果，耐心等待网页完成加载。

网页呈现了一些额外的细节，包括文件的创建日期——1815年至1818年，以及信息的获取渠道。网站显示，这些文件都来自医院南厢房的病房，记录的是病房工作人员及病人的一些相关数据。

搜索结果的顶部出现了一个链接，可以在此打开文档。我点开链接，但心里并没抱什么希望，估计得先在图书馆注册登录才能浏览文档内容。但万万没想到，图书馆为了方便读者查阅，竟然展示了前几页的扫描件，没过多久，我手机的屏幕上就显现了前几页的内容。

我有整整十年没做过类似的研究了，心中竟突然兴奋不已，感觉肾上腺素直线飙升。想到盖尔娜每天都可以待在大英图书馆，想查什么就能查什么，我简直嫉妒得要命。

图片刚刚加载完，手机屏幕显示有电话打进来，来电号码我不认识，但显示是从明尼阿波里斯市打来的。我皱了皱眉，盘算着自己在明尼苏达州都认识谁，答案是没什么人，肯定是电话营销，于是我按了拒接，靠在枕头上开始研究文档的前几页内容。

最前面几页并没什么重要信息，只是在介绍医院的管理团队、租赁文件，还有一份签字生效的遗嘱，或许是患者临终前在医院的病床上签署的文件。不过第四页的内容吸引了我的注意，我看到了“熊”这个字。

这是一张手写字条的扫描件，好几个地方的字迹已模糊不清了，大概内容如下：

1816 年 10 月 22 日

对男人来说，这里就是一座迷宫，我本可以把他们想了解的关于熊巷的一切都展示给他们，但我没有。

真正的杀手不需要亲自动手，他的死不必脏了她的手。

还有更高级的办法：用小药瓶给他们的食物下毒。

那位女药剂师是我们所有女性的朋友，帮我们精心谋划：那些男人都死在了我们手上。

只可惜，天不遂人愿。

那不是她的错，不能怪那位女药剂师，也怪不到我的头上。

要怪就怪我的丈夫，是他罪有应得，谁让他管不住自己的欲望，觊觎本不属于他的东西。

这张字条上没有签名，可上面的内容还是让我激动得两手不断发抖，我刚刚输入的两个词“熊”和“药瓶”都赫然出现在上面，这不正是我要找的吗？不管这字条是谁留下的，至少有一点可以确定，那就是她在生病住院时想透露一个天大的秘密，这会不会是她的临终忏悔呢？

他们想了解的关于熊巷的一切究竟指的是什么？她提到了迷宫，是说她知道迷宫的路线吗？如果这世上真有这样一个迷宫，那在它的深处一定藏着什么宝贝，又或是什么秘密。

我紧张地啃起了自己的指甲，怎么也想不出这奇怪的措辞究竟要表达什么意思。

不过整张字条上最触动我神经的并不是这句话，而是文中提到的女药剂师。字条上说那女药剂师是她们的朋友，一直帮她们精心谋划。如果所谓谋划指的就是毒害男人，那位女药剂师恐怕就是找到他们死因的共同线索，她或许是个连环杀手。想到这儿，我不禁后背发凉，赶紧把被子裹紧。

我又看了看那张字条，手机屏幕上突然出现一条提示，提醒我收到了一封邮件。这会儿我可没心思看什么邮件，我打开谷歌地图，敲入“伦敦熊巷”这几个字，屏幕上瞬间出现一条搜索结果。老天，伦敦真有熊巷这条街，而且还离我的酒店这么近，简直难以置信，走路最多十分钟。

不过我附近的这条熊巷和字条里提到的熊巷是同一条街吗？毕竟二百多年过去了，很多街道都改了名字。

谷歌地图的卫星视图显示，伦敦的熊巷周围建起了很多钢筋混凝土的高楼大厦，地图上标注的企业大都是投资银行和会计师事务所。也就是说，即使这里就是我要找的熊巷，现在去那里，除了一群穿着西装走来走去的男人外，我什么也找不到，那应该是一帮像詹姆斯那样的男人。

我瞥了一眼我的行李箱，那个小药瓶就在里面。盖尔娜也认同上面的图案是一只熊，这个药瓶会不会与熊巷有着千丝万缕的联系呢？虽然可能性不大，但也不是不可能，万一真有联系呢？我几乎魔怔了，根本无法摆脱神秘感对我的诱惑。药瓶后面究竟隐藏着怎样的秘密，我想知道。

我看了看时间，将近四点。再等一会儿，等太阳出来我就要拿上杯咖啡去熊巷探险。

放下手机之前我打开了邮箱，看到发件人后我心头一紧，邮件是詹姆斯发来的，我鼓起勇气打开邮件。

刚刚给你打电话，你没接。卡洛琳，我难过得喘不过气，我的心已经飞到伦敦了，我必须见到你。我马上就要登机，伦敦时间上午九点抵达希思罗，算上通关的时间，估计十一点左右我就能赶到酒店，等我。

我沉默不语，不知该做何反应。我又读了一遍那封邮件，詹姆斯已经在来伦敦的路上了。他没有问我想不想见他，也不愿意给我留出我真正需要的独处时间和空间。看来刚才的未接来电是詹姆斯从机场打来的，没准用的是付费的公用电话。估计他也知道，如果我看到来电显示的是他的电话号码，我肯定不会接。

我又开始浑身发抖，跟我刚得知他出轨时的状态一模一样。我点开回复栏，想回他说，不，你别来找我，但我太了解他了，即使跟他说了也没用，你越是不让他做什么，他就偏要做什么。再说我也管不了他，他知道酒店的名字，如果我不见他，他会一直在酒店大堂等我，我也不能一直躲在房间里不出门。

我睡意全无，如果詹姆斯十一点左右到酒店，在他到来之前我还有几个小时的独处时间。在这几个小时里，我不必在乎他，也不必考虑我们破裂的婚姻，我要用这几个小时完成我的熊巷探险。

我从床上爬起来，快步走到窗前，看了看外面的天色，到底什么时候天才会亮啊？

太阳啊，你怎么还不出来？

第九回
伊丽莎

1791年2月5日

时间一分一秒地过去，桌边用餐的安维尔先生似乎并未出现什么反应，我之前好不容易鼓起的勇气再次消退。我好想再喝一杯奈拉煮的热茶，我记得在她的密室喝过热乎乎的缬草茶后，我整个人都放松了下来。

我什么也没做错呀，把鸡蛋磕开，打入煎锅，听它们吱吱作响，每个步骤都做到了万无一失。我已经想好了，就算安维尔先生忍着腹痛对我破口大骂，我也不会畏惧，不管他的身体僵硬成什么形状，我也不会惊恐。我记得奈拉还特意提醒我回避，说哪怕只看一眼，也可能做一辈子的噩梦。

我虽说胆子不小，但也有害怕的东西。我害怕他死后无处安家的魂魄，害怕他的魂魄会穿过墙壁、穿过人体四处地游荡。

之前我并不害怕鬼魂，但就在几个月前，莎莉把我拉进冰冷昏暗的地窖，给我讲了一个关于乔安娜的故事。

从那天以后，我再也不像以前那样天不怕地不怕了，因为我知道原来魔法也有失灵的时候。

莎莉跟我说，在我来安维尔家以前，乔安娜一直在这里帮佣，她也就比我年长一两岁。谁想到，有一天她突然就病倒了，情况特别严重，连门都出不了。在她隔离养病期间，家里流言满天飞，说她根本不是生病，而是怀了一个小宝宝，马上就要临盆了。

莎莉说，那是十一月一个寒冷的上午，一个在楼上干活的女佣一直陪着乔安娜，结果乔安娜难产，整整一天都没把宝宝生下来，她一直在用力，可一直没听到宝宝的啼哭。后来，大家听说乔安娜的宝宝不幸胎死腹中，而乔安娜也没能闯过鬼门关。

乔安娜和宝宝不幸离世的房间就是我现在住的阁楼房间的隔壁。虽然之前我的房里结满了蜘蛛网，墙壁还四面漏风，但我却一直住得很开心。可自从莎莉给我讲了乔安娜的故事以后，我总在后半夜听到隔壁乔安娜的哭声，她好像在呼唤我的名字，在向我求救。有时我还能听到湍流的水声和砰砰的击打声，好像她肚子里的婴孩正攥着小拳头试图挣脱母亲的身体。

“孩子的父亲是谁？”我问莎莉。

她狠狠瞪了我一眼，好像我早该猜出是谁才对。

最后，我鼓足勇气向安维尔太太询问了乔安娜的事，太太听后坚称她家里从来没有姑娘怀过孩子，更没死过人。太太说，莎莉吓唬我是因为嫉妒我的地位，而我听到的砰砰声，不过是我自己的心跳声，是我夜里做了噩梦。

我没与安维尔太太争辩，但我知道半夜听到的绝不是自己的心跳声，我怎么可能听不出别人喊我的名字呢？

我靠墙站在餐厅，眼睁睁地看着安维尔先生一口一口把他盘子里的煎蛋吃下去，内心极度不安。若不是身体靠着墙，外加用手撑着自己，我真担心自己倒下。对于我所做的一切，我并不后悔，我只是希望毒药的毒性能快点发作，能在白天把安维尔先生带走，我可受不了半夜三更再有一个声音喊我的名字。我祈祷安维尔先生的冤魂别在房子里逗留，即使真要逗留，也不要留得太久。

对这类魔法，我一窍不通，不明白为什么乔安娜的魂魄还迟迟不肯离去，不明白它为什么要一直缠着我。我更害怕安维尔先生的鬼魂也留在这栋房子里，跟乔安娜的魂魄一起在走廊里游荡。

没错，很多东西都吓不到我，毕竟我连毒药都不害怕，可想到能够为所欲为的愤怒鬼魂，我真的吓得两腿发软。

第二个煎蛋刚刚吃到一半，安维尔先生就伸手捂住了自己的脖子，“上帝呀，”他大喊一声，“酱汁里放了什么呀？快给我水。”我一直待在餐厅，假装在等着收拾盘子，眼看着他饥渴地喝了半罐子水。

太太眼睛睁得大大的，紧张地摩挲着自己束身衣的淡黄色花边，我看到她的手一直在发抖，也可能只是我的想象。“亲爱的，你还好吗？”她问他。

“你觉得呢？”安维尔先生暴跳如雷。他咬着下唇，下唇已经出现明显的红肿。“我的嘴太辣了，你往里面放辣椒了？”他一边问我，一边擦去下巴上沾着的一点酱汁。突然，他的餐巾从手里掉落到地上，脸上的表情从愤怒变成了恐惧。

“没有，先生。”我回答他，“我这酱汁做得跟以前的一样呀，是不是牛奶快过期了？”

“什么快过期，肯定已经坏了。”他咳嗽得非常严重，再次用手捂住自己的脖子。

太太叉起自己盘子里的煎蛋，小心翼翼地咬了一口。

“该死的！”他把盘子推开，站起身，身后的椅子被他挤倒在地板上，蹭得后面印着小雏菊的新窗帘沙沙作响。“我要吐！丫头，快把这些都给我拿走！”

我快走了两步，拿起盘子，看到他已经把第一个煎蛋吃光，第二个也吃了大半个，我心里踏实了许多。奈拉说过的，如果毒药有效的话，吃一个就能致命。

安维尔先生爬上楼，脚步非常沉重，我在餐厅都能听得到咚咚的声音。太太和我两个人面面相觑，什么话也没有说。老实讲，我自己也没想到我们的计划竟然真的奏效了。我走进厨房，胡乱擦了擦那盘子，然后将它扔进了昏暗的下水道。

太太在餐厅继续吃着她的煎蛋，看上去一切正常。感谢上帝！安维尔先生一直在呕吐，我在楼下听得一清二楚。心里琢磨，他吐得这么严重，估计没等毒药发作，他就已经把自己给呕死了。我以前从未听过有人吐得如此厉害，他一边吐一边痛苦地呻吟。他这个样子还得多久？奈拉没有告诉我，我也没想到主动问她一句。

两个小时过去了，我和安维尔太太一直在楼下的写字台前若无其事地忙活一些可写可不写的书信，好像什么事也没发生一样。可是到了这会儿，如果我们再继续待在楼下，恐怕就会引起家里用人的怀疑。

家里人都知道，安维尔先生嗜酒如命，三天两头就会喝得烂醉如泥，然后把头插在马桶里吐得昏天黑地。可不得不说，以前他哪怕喝得再醉，也没有像今天吐得这么难受。这次究竟是怎么回事？我想其他用人肯定会觉得蹊跷。于是我陪着太太上楼去看先生的情况，这时我们才发现，他已经说不出话了。于是，太太吩咐一个家丁去请医生回来给先生看病。

医生当即宣布安维尔先生情况紧急，说患者的腹部已经出现肿胀和痉挛，严重程度自他行医以来前所未见。医生试着用一些奇怪的、我根本听不懂的医学术语向太太解释先生的状况，但哪里用得着医生的诊断，是个人都看得出他腹部痉挛有多么严重，里面像有一只动物在来回翻腾。他的眼睛也已严重充血，甚至无法忍受烛光的微弱刺激。

太太和医生站在一边，低声研究安维尔先生的病情。这时，先生突然转过头，用他那凹陷的双眼紧盯着我，似乎看穿了我的灵魂。我相信那一瞬间，他肯定知道是我给他下的毒。医生把手按在病人的腹股沟，引来他一阵撕心裂肺的号叫，我真担心安维尔先生的灵魂顺着他这一声哀号跑出他的躯壳。我冲出房门，吓得差点儿没跟着他一起喊出声来。

我站在走廊，浑身发抖。听到他间断急促的呼吸，我知道他还活着。

“他的膀胱要穿孔了，”我离开房间时听到医生这样告诉太太，“您说他之前也出现过类似的状况？”

“嗯，经常。”太太说。太太撒谎了，也不算撒谎吧。我靠着走廊的墙壁，站在门外阴冷的黑暗中，仔细听着太太的回应和她垂死丈夫的孱弱呼吸。“都是喝酒惹的祸。”

“像他这样如此严重的腹部肿胀，真的非常罕见……”医生并未把话说完，我想他正在思考面前这个奇怪的病例该如何救治，或者是在掂量是否该请法警介入。垂死的丈夫、漂亮的妻子，这种情况难免让人心中起疑。医生究竟有没有看见我们在楼下扔了一地的空酒瓶，不知道我们精心的设计能否蒙混过关。

我抑制不住自己的好奇心，朝门口走了几步，从敞开的房门向里面张望。医生抱着肩膀，手指敲个不停，他本来想打哈欠，但又憋了回去。我不知道他是否也有个漂亮的妻子，在家做好晚饭正等着他回家。总之，他犹豫片刻后终于开口道：“您应该尽快请一位牧师，安维尔太太，赶紧去请，您先生他应该挺不过今晚了。”

太太惊讶地捂住嘴，“老天！”她低声感慨，语气中流露出的是真实的惊讶。

我按照太太的吩咐把医生送出门，等我再回到房里把房门反锁好，发现太太还在那儿等着我。

“你过来陪我在壁炉边坐一会儿。”她低声说。我们在老地方坐下，太太还拿来一条毯子盖在我们俩的腿上。她递给我一个笔记本，开始口述，让我帮她写封信给她远在诺维奇的母亲。“母亲大人，”她说，“我丈夫染了重疾……”

太太说什么，我就写什么，虽然我知道她说的不都是真的，但我一个字也没改。其实信早就写完了，我已经写了整整六页，不，八页了。同样的内容，她说了一遍又一遍，但只要她还在说，我就一字不差地继续往下写。我们两个谁也不想上楼，只想待在这里。时钟显示已经接近半夜，距离天黑已经过去了很久。

我本来想一直陪着太太待在原地，但突然发现自己的身体出现了异样：两腿之间黏糊糊、湿答答的。刚好这时一个用人从楼上跑下来，很着急的样子，每一步都迈两级台阶。他红着眼哭着说：“安维尔太太，先生他走了。”

安维尔太太掀起毯子扔到一旁，站起身，我也随着她站了起来。没想到，刚才我坐着时窝在我两腿间湿乎乎的液体这会儿顺着我的大腿内侧流了下来，一片殷红，像刚摘下的红色苹果。我张大嘴，不知道出了什么状况，是死神来找我索命了吗？我努力地呼吸，生怕下一秒会窒息而死。

安维尔太太刚要往楼梯口走，就听到我大喊了一声“等一下——”，我求她，求她不要丢下我一个人。

肯定是什么可怕的魔法降临到了我的头上，这一点毫无疑问。楼上安维尔先生的魂魄或许已经脱离了他的躯体，但并没有升天，而是像乔安娜的灵魂一样留在了这栋房子里。肯定是这样，否则如何解释我为何偏偏在先生升天时出现了失血的症状？

我崩溃得跪在地板上，大颗的泪珠扑簌簌流下我的脸颊。“太太，请别丢下我。”我再次向太太发出请求。

太太不解，回头看了我一眼，以前我又不是没有一个人在这个房间待过。我看着她不解的眼神，感觉到自己下面还在流血。我指了指地板，又指了指我们刚刚坐过的沙发，最终把目光落在那血迹斑斑的沙发坐垫上。周遭烛光点点，舞动着，将我紧紧包围，让我无处可逃，它们好像在奚落我，安维尔先生一定躲藏在每抹烛光里，寻找机会向我索命。

第十回
奈拉

1791年2月7日

今天是2月7日，我又在米缸里发现了一张字条。

轻薄的羊皮信纸拿在我手中，那信纸比我疲惫的双手的皮肤还要薄。我闻得到纸上残留的香水味，嗯，是樱花，仔细品味，还有薰衣草和玫瑰精油的香气。

我还没看完留言里的全部内容，仅仅通过字迹的特点、有力的笔锋和均匀的着墨，就立即判断出写信的是一位举止优雅、受过教育的女士。她应该与我年纪相仿，是位太太，先生应该是个做买卖的商人。我想她或许是个温暖可靠的朋友，而不是什么社交名媛，她应该喜欢花花草草，有时也会光顾剧院，但绝不是一个交际花。我甚至想到她的身材，她应该身材丰满、风姿绰约，而且已经身为人母。

一通胡思乱想过后，我开始认真研读留言的内容，不禁一下子感到口干舌燥。信的内容非常怪异，执笔者似乎非常犹豫，不愿意说明白她到底想要什么，一直绕来绕去、话里有话。我把字条放在桌上，把蜡烛拉到眼前，低下头又仔细看了一遍：

家里的男仆发现他们俩在门房厮混。

两天后家里会办一场宴会，她会出席。你这儿或许有什么能激起欲望的东西？明天十点我来找你拿。

哦，让其在情人怀里死去，留我独守空房，等待归人，走廊寂静无声。

我认真分析留言的每一段内容，就像解剖老鼠的内脏，希望能从字里行间找到一些线索。这女人的家里有门房、有男仆，说明是大户人家。对此我很担心，我不太愿意掺和富人的家事，多年的经验告诉我，她们都不太靠谱。这女人想要能激起欲望的东西，也就是说“他”——应该就是她丈夫——或许会死在情人的怀里——“她”应该指的是丈夫的情人。这种设计让我多少觉得有点变态，总之，整封信令我很是不安。

留给我准备的时间只有两天，时间非常紧张。

不过我又转念一想，当初伊丽莎的信也让我感觉很不踏实，结果事后证明我只是白担心一场。我对这封信产生的不好预感应该也是因为我身体的病痛和精神的疲惫。或许，从今以后，我对每封信都会产生过度的警觉，我得习惯这种感觉才行，像我习惯药房里的黑暗一样。

再说了，这名女子在信中拐弯抹角地控诉了丈夫的不忠，这不正是我开始帮人投毒的初衷吗？正是基于这个理由，我才为那么多女人保守秘密，才在登记簿上记下她们的名字，才想尽办法保护她们少受伤害。什么样的药剂师才算得上是一个好药剂师？当然要能对患者的绝望感同身受。对于眼前这封信的主人，我虽然跟她来自不同的社会阶层，毕竟在我们后巷这片儿，谁家能养得起门房和仆人？但我也经历过类似的焦灼。要知道，每个人都会心痛，这跟你身处什么样的社会地位无关。

这样想着，我竟不由自主地开始收拾东西，准备出门淘换制毒的材料。我穿上了最厚的外套，还特意穿了两双袜子，我要去的地方非常潮湿，很不好受，但除了那儿，别的地方我找不到斑蝥，这是最对症的材料。

我快速出了门，一如既往地小心，七拐八拐穿过伦敦城的小巷。我避开迎面过来的轿子，绕过街上的马粪，穿过出入商店和住家的熙熙攘攘的人群，一路朝着沃尔沃斯附近的田野前进。那里属于南华克区，只有在那儿才能找到我需要的甲虫。我经常去泰晤士河边，闭着眼都能走到黑衣修士桥，但今天，脚下松动的石头却让我感觉到了危险。每走一步，我都十分小心，尽量不要惊扰到正在啃食动物尸体的野狗，也不要踩到用破纸包着、围满了苍蝇的臭鱼。

我飞速穿过水街，开阔的河水就在不远的前面，街两边的女人都在拍打自家的脚垫，应该是想清理掉上面的灰尘和污垢。整条街被她们搞得乌烟瘴气，害我忍不住咳嗽了一声，结果这一咳不要紧，一发不可收拾。我弯下腰，扶住膝盖撑住身体，却怎么也停不下来。

好在没有人注意到我，感谢上帝，我最怕有人问我“你是谁”“要去哪儿”这类的问题。大家似乎都在忙着自己的事——家务活、买卖和孩子，根本无暇顾及我。

我费力地喘着粗气，过了好一阵儿，终于感觉嗓子眼儿不再如刚才那般火辣辣的。我擦擦嘴，吃惊地发现手上竟沾了一块绿了吧唧的黏痰，仿佛是把手伸进河水拿出来时皮肤上沾了一层滑溜溜的水藻。我把黏痰甩到地上，用鞋底蹭了蹭，挺直后背，继续朝河边走去。

终于到了黑衣修士桥向下通往河边的台阶，我看到马路对面有一男一女正朝我这边走。那小眼睛的男人朝我这边看了一眼，眼神异常坚定，我希望他只是认出了我身后的什么人。他身边的女人费劲地抱着一个小孩儿，从我这儿只能看到孩子那圆溜溜的小脑袋，身上包裹着乳白色的毯子。

我低下头，加快脚步，可刚走到台阶那儿，就感觉有人拍了一下我的肩膀。

“小姐？”我转过身，正是对面走过来的一家三口。“您还好吧？”那男人把帽子往后推了推，拉低脖子上的围巾露出脸来。

“我……我没事。”我张口结舌，不知该如何作答。我紧紧抓着台阶扶手，尽管那扶手像冰一样冷，但我也不能放手，唯恐站不稳整个人摔下去。

他似乎松了一口气。“老天，我们刚才看到您在那儿一直咳嗽，外面太冷了，您应该赶紧回家，生盆火暖和暖和。”他抬头看了看台阶，“你是不是想过桥去南华克那边？”他问我，“天这么冷，这路可不近呀……”

我把目光从那包裹得严严实实的、长着酒窝的小脑袋上移开，回应道：“没关系，你们放心吧。”

那女子一脸关切地歪了歪头，“您跟我们一起走吧，我们会雇一艘船，这小家伙太重了，我实在是抱不动。”她一边说，一边低头看了看自己的宝宝，向河边站着的几个男的点了点头。

“谢谢你们，不过我没事，真的。”我语气坚定，抬腿迈上了台阶。我微笑地看着这对善良的夫妻，希望他们可以马上离开。可是没想到，就在这时候，我又觉得喉咙发紧，任我怎么努力都无法将咳嗽压制下去。我转过头，又是一阵咳。我感到我咳嗽的时候有人抓住了我的胳膊，带着一种不由分说的坚定。

是那个女子，她一脸严肃。“这么冷的天，如果您非得在外面走，那无论如何也得跟我们同行，跟我们一起搭船吧！您这么爬楼梯是不行的，您根本爬不上去，更别说还要过桥了。快点儿吧，就照我说的办。”她把我搂到身边，一手抱着孩子，一手扶着我的后背，带着我踏上了河边一艘等着载客的船。

我放弃坚持，跟着他们上了船。我们找好位置坐下，并在腿上盖好船家事先准备好的厚羊毛毯子。我心里充满了感激，能暂时休息一下真是太好了。

船刚刚驶离堤岸，女子怀里的孩子就哭闹了起来，于是她解开上衣给孩子喂奶。小船载着我们一行人在结了冰的河面上颠簸前行，我身体微微前倾，希望自己抵达南华克之前不要晕船恶心。有那么一刻，我几乎完全忘记自己为什么会上这艘船，为什么会和这心地善良的一家人同行。不过，我马上搞清楚了状况，我是来抓甲虫的。留言上的字迹清晰地浮现在我的脑海：门房、仆人，还有激起欲望。

“您还难受吗？”那男人问我。“今天的浪有点大，船有点颠簸，不过我跟您保证，即使这样，也要比您自己走那么远的路强。”

我点点头，表示同意。此时我身体的感受有种似曾相识的感觉，特别像当年怀孕时的孕吐，即使二十年过去了，当时的感受我仍记忆犹新。我记得，刚怀孕的第一个月我吐得非常严重，而后就是无尽的疲惫。我清楚地知道那种疲惫感非同寻常，我确定自己怀孕了。对，我有十足的把握，就像把两颗种子摆在我面前，我能准确判断出哪颗会开黄花，哪颗会开白花一样，我内心十分笃定。尽管我总是感到恶心和疲惫，但在旁人看来我却像发现了幸福秘诀般快乐，我这一生中没有任何时候能像最初怀上弗雷德里克的孩子那般开心幸福。

对面的母亲微笑着看着我，怀里的孩子已经睡着了，她把自己的上衣整理好，问我说：“您想抱抱她吗？”我的脸一下子红了，竟然没意识到自己的眼睛一直就没离开过那孩子。

“好呀。”我低声回应，纯属出于本能地道了句“好呀”。

她把孩子递给我，告诉我孩子名叫碧翠丝。“她是我们家快乐的源泉。”她说。

她的话没错，我刚把孩子接过来，就切实地感受到了她沉甸甸的分量。即使隔着好几层衣服，也能体会到她身上的温暖，这不是快乐还能是什么呢？我看着怀中孩子那粉嘟嘟的小脸，感受着她微微的气息，心头一紧，眼前仿佛出现了一块墓碑，纪念的是我早年失去的孩子。我也曾经拥有过这样宝贵的幸福，但后来却被无情地剥夺了。哎，我真后悔答应跟他们一起乘船去南华克。

哦，“让其在情人怀里死去，留我独守空房，等待归人，走廊寂静无声”。是留言上的这段话把我带到这里，现在看来，这倒真像是对我的诅咒。

怀里的孩子一定是感受到了我情绪的变化，突然睁开了眼，开始东张西望，完全不知道自己身在何处。本来刚刚吃完奶，可她却又皱起小眉头，好像又要大哭一场。

我本能地抱紧她，上下摇晃，低声“嘘”她，让她不要哭，“嘘，小不点儿，没事的，没事的。”我一边说一边抬起头，注意到对面孩子的父母正在看着我。没想到碧翠丝真的安静了下来，两眼直勾勾地看着我，仿佛能够看穿我的灵魂，洞悉我全部的秘密，理解我所有的伤痛。

但愿她能看到我内心的腐朽，但愿她那颗小小的心脏能理解困扰我整整二十年的悲恸。若不是痛不欲生，我怎会走上复仇之路，怎会让复仇之火燃遍伦敦的大街小巷，怎会一辈子背负别人的秘密艰难地前行。

我心里琢磨着这一切，小船已经乘风破浪来到了对岸。尽管我怀里抱着开心果——漂亮的碧翠丝，可我的眼睛却还是忍不住凝视着黑衣修士桥。我仰头看着支撑桥身的石柱，是它们把大桥高高擎起。我又看了看桥下的流水，心想，如果我从桥上纵身跃下，是否就可以得到永久的解脱和自由。

从桥上跳下落入刺骨的河水，只需要一瞬间，我就可以彻底解脱，没有任何诅咒再能困扰到我，我心中所有的秘密也可以一并永久封存，那些曾经托付我的人再也不用担心我会泄密；只需要一瞬间，我就可以弥补内心的缺失，就可以摆脱骨子里的腐朽；只需要一瞬间，我就可以和我的小宝贝团圆，无论她身在何处。

我继续抱着碧翠丝上下摇晃，心里默默祈祷她这辈子永远不需要像我一样冒出如此可怕的想法。我心里非常清楚，如果我的孩子活着，她现在已经是一个十九岁的大姑娘了，我的内心绝不会如此阴暗，绝对不会渴望躲进黑衣修士桥下的阴影。

我把目光转回碧翠丝洁白无瑕的小脸上。我掖了掖包裹她的乳白色毯子，这样我就可以看清她的小下巴和小脖子了。当我的手指触摸到柔软的羊毛毯子的那一刻，我清楚地意识到，这块毯子的价钱比孩子父母身上所有衣服加起来都要贵。碧翠丝，我心中默念，你的父母非常爱你，希望她能透过我的眼神明白我要告诉她的道理。

想到这儿，我真想大哭一场。我这辈子永远也不可能成为母亲了，我的身体已经被彻底掏空。我多希望有机会告诉自己的小孩，她的爸爸、妈妈有多爱她，但我说不出口，因为我知道，她的父亲并不在乎这个女儿，一点也不在乎。

我颤颤巍巍地把碧翠丝交还到她母亲手中，船家已经靠岸，正安排我们逐一下船。

第二天一大早，我从田里收集完甲虫回到家，把它们放在火上烤干后，便累得一动也不想动了。前一天受了凉，我的膝盖又酸又痛，再加上下船后我走了很长一段路，现在脚踝已经肿得老高，就连十根手指也因为抓甲虫弄得伤痕累累。不过，我事先对此已经有了心理准备。我在沃尔沃斯附近的田埂里抓了一百多只斑蝥，非常抱歉害它们与家人分离。

我虽然身体严重不适，但看到炉子里的小火苗和上面沸腾的、掺了鸦片的水，心里多少有了些安慰。那位有钱的客户还有一个小时才会到，也就是说，我还有一个小时的休息时间。不过，一想到她的来访，我内心又产生了一种强烈的不安。

结果我打错了如意算盘，我刚想靠着炉子歇会儿，就听到密室门外传来了敲门声，如此突然，吓了我一跳。我快速整理思绪，是我太累了，忘了这个时间会有人来访吗？还是我漏掉了哪封信？那位富家太太明明跟我约的是十点，就算我们两家的钟表显示的时间不一样，可她也不至于来这么早呀。

该死的，肯定是有谁找我要一些苦艾或甘菊等常用药。我哼唧着，努力想要站起身，但身体却像背了沙袋一样沉，生生把我压得坐回地上。门外的敲门声再次响起，越敲越响，我心里默默咒骂着这位不速之客，我本来已经很难受了，谁这么不开眼，非在这个时候来找我。

我挣扎着走到门口，从门缝往外看。

来人竟然是伊丽莎。

第二章

第十一回
伊丽莎

1791年2月8日

奈拉终于开门了，我看到她瘦小的身躯，一脸惊恐，我赶紧主动开口道："对不起，冒昧地来找您。"

"哦，先进来吧。"她捂着胸口，长舒了一口气。我跺跺脚上的泥巴，进了门。房间里的摆设跟几天前我来的时候一模一样，但味道却有明显不同，这会儿的空气中弥漫着一股潮湿的泥土味道，我好奇地四处打量，想知道这次她又在做什么。

"我昨天看报纸了。"奈拉说。听见她说话，我又把注意力转回她身上。她眼窝深陷，黑眼圈比前两天更重了，头发乱蓬蓬地披散着。"报上说安维尔先生死于酗酒过度，看来计划进行得非常顺利。"

我点头回应，内心感到无比骄傲。我迫不及待地开了口，说她制作的毒鸡蛋特别管用，我真想亲口跟她描述整个过程，她要是没看过报纸就好了。"他马上就有了反应，"我说，"越来越严重，最后就不行了。"

只是现在出了一个问题，我的手不由自主地滑向自己的小腹。自从安维尔先生去世后，我的肚子就一直疼，他或许的确如我们事先计划的那样中毒身亡了，但他的鬼魂肯定还留在家里，所以才一直让我血流不止。我之所以又来找奈拉，就是这个原因，我想她肯定有驱鬼的办法。

另外，她这儿的瓶瓶罐罐也着实很吸引我，她自己可能不觉得，但在我看来，她做的事就是在施魔法。我知道，安维尔先生并非真的死了，他只是化茧成蝶般换了一种存在的形式，唯一能真正解决他的只有奈拉的灵药，也只有奈拉有办法止住我的流血。

但这一切我还不能跟奈拉直说，至少现在还不是时候，因为我上一次来的时候她就明确否认她会魔法，我不想让她觉得我很烦，甚至觉得我是个疯子，所以我得换个策略。

奈拉抱着肩膀上下打量着我。我看到她的手，关节处红肿得十分严重。“鸡蛋有效就好，”她说道，“不过既然有效，我好奇你今天来找我还有什么事，事先也不说一声。”她的语气虽然没有谴责的意思，但我也明显感觉到她有点不高兴。“你来这儿不是要对你家太太下手吧？”

“当然不是。”我使劲儿摇了摇头。“她一直对我特别好。”忽然吹来一阵风，我再次闻到那股潮湿的泥土味道。“这是什么味儿？”

“你到这边来。”奈拉说着指了指炉边放着的一个陶罐。那罐子很高，都快到我的腰了，里面装满了松散的黑土。我好奇地跟在她身后，但她突然伸手拦住我。“别靠太近。”她一边说一边戴上了一副很厚的皮手套，拿起一把小铲，把罐子中心的土向四周拨开，露出下面藏着的一个白色硬物。“这是狼毒乌头的根。”她告诉我。

“狼毒……乌头。”我重复了一遍。我伸长脖子，看到那东西就像一块石头，只不过凸出来几个小疙瘩，像马铃薯或胡萝卜。“是毒杀狼的时候用的吗？”

“以前是。希腊人从这种植物中把毒液提取出来，然后涂在箭头上，用来猎杀野狗，但现在没人这么做了。”

“现在都用它来杀人了，对吗？”我生怕她以为我听不懂。

奈拉挑高眉毛看了我一眼，“你可真不像一个十二岁的孩子。”她说，说完又把头转向陶罐，小心翼翼地用散土把乌头盖好。“再过一个月，我就把这个乌头根切成一千个小块儿。要知道，这东西只要一点点，比方说掺进芥末酱，人吃进去后一小时内就会毙命。”她再次侧过脸看着我：“你还没回答我的问题呢，你今天来找我有什么事儿？”她摘下手套，两手交叉地放在身前。

“我不想在安维尔太太家做活了。”我小声嘀咕。我说的不是真的，至少不全是真的。我咳嗽了一声，感觉下面又流出了一股血。昨天，我从洗衣房找了一块薄布，把它剪成小块垫在了下面，我可不想再把内裤弄脏了。

奈拉歪了歪脑袋，一脸不解。“你家太太呢？工作也不要了吗？”

“太太去诺维奇了，她家人都在那儿，她说要在那儿待几个星期。她是今天早上走的，乘着一辆黑色马车，她说她需要家人的陪伴，毕竟……”我迟疑了一下，想起她临走前口述的好儿封信中用到的一种表述，继续道，“她还在守丧。”

“她这一走，你要做的活儿岂不是更多了。”

我摇摇头，太太走了，先生死了，莎莉也探亲回来了，所以家里根本没有多少活可做。“我之前做得最多的就是帮安维尔太太写信，所以太太说她离家这段时间我不用待在她家。”

“你帮她写信？怪不得你的字写得那么好。”

“她的手总是抖，已经写不了太多字了。”

“嗯，我明白了，”奈拉答道，“也就是说，她暂时解雇你了。”

“她建议我回乡下看看父母，我家在斯温顿那边，她觉得我最好也休息一段时间。”

奈拉听了我的话惊讶地瞪大了眼睛。我这话是真的，记得那天，我哭着趴在地板上，安维尔太太看到我流到椅子上的血，一把把我搂进怀里。安维尔先生的冤魂让我始终无法自处，甚至一直打嗝，不管用什么办法都停不下来，但太太却非常镇定，好像丝毫不受影响。她怎么就不相信先生的鬼魂还留在家里呢？我不就是从先生死后才开始流血的吗？她怎么就不相信这一切的罪魁祸首都是那游荡的冤魂呢？就是从那晚开始，他丑陋的魂魄缠上了我的肚子。

“没事的，别哭了，”太太低声对我说，“这儿流血是正常现象，就像太阳东升西落一样正常，每个女人都是如此。”

这怎么可能？她还说什么这是死血，可死血怎么会流了整整两天，而且丝毫没有停下来的迹象。太太之前对乔安娜的判断就是错的，我知道她就死在我的隔壁，这次她肯定也错了。

“那你怎么没回斯温顿呢？”奈拉的问题把我从自己的思绪中拉了回来。

“一路上太奔波了。”

奈拉抱着肩膀，脸上又是那副难以置信的表情。她肯定知道我在撒谎，我不回家肯定另有原因。她看了一眼墙上的钟，又看了看门口。她是在等什么人来吗？还是在等我离开？我不知道，如果我不能直接告诉她我身体流血的事，那我就得想个别的法子留下来，我该怎么说呢？

我攥紧拳头，计划着把我来时路上想好的理由一股脑儿地讲给她，但没想到我一开口就声音发虚。我不能作罢，必须坚持把话说完，否则她肯定会把我打发走。“我想留在您这儿，给您做助手。我想跟您学习怎么把乌头根切成小块，怎么在保持蛋壳完好的情况下给鸡蛋下毒。”我等着奈拉做出反应，可她脸上一点表情也没有，这反倒让我有勇气继续把话说完。“就像学徒一样，我不会待很长时间，等安维尔太太从诺维奇回来我就走。我一定能成为你的好帮手，我保证。”

奈拉微笑着看着我，眼睛眯成了两条缝。几分钟前，我还觉得她年纪应该不大，但现在看到她脸上的皱纹，我想她或许不是四十岁，而是五十岁了。“孩子，可我并不需要什么帮手啊。”

我并没有放弃。来的路上我已经想好了另一套说辞，一旦第一种办法行不通，我还有路可退。我挺直后背继续道：“那我也可以帮您整理一下您这儿的瓶瓶罐罐。”我一边说一边指了指屋里的架子。“我看上面好多标签都褪色了，我注意到您总是抱着肩膀，您的肩背肯定不舒服，我可以帮您磨墨什么的，这样您就不用受累了。”说到这儿，我想到安维尔太太，之前我经常一天几小时跟她待在她的房间练习写字。“我保证让您满意。”我继续道。

“不行，小伊丽莎，”她回答说，“真的不行，我不会同意的。”

我彻底崩溃了，完全没想到说出这个理由之后她还能拒绝我。“为什么不行？”

她竟然笑了，一脸不相信的表情。“你确定你想给我当学徒、当助手？确定你想学制毒，想帮助那些中年妇女谋害自己的丈夫、主人、兄弟、追求者、司机，甚至是儿子吗？我这里不是什么糖果店，丫头，这儿的工作不是把碾碎的蔓越莓干儿掺进盛满巧克力的瓶子里。”

我咬住嘴唇，生怕自己脱口而出一些蠢话，说什么前几天就是我亲手把毒鸡蛋煎熟了伺候先生吃下去之类的话。我帮安维尔太太写了那么多封信，至少从中学会了一个道理，那就是一个人最想说出来的话，往往是他最应该咽到肚子里的话。我停顿片刻，再次开口时显得格外冷静。“我知道您这儿不是糖果店。”

她的表情也严肃了起来。“孩子，你为什么愿意往这里掺和呢？我的心都是黑的，像火焰下的灰烬一般，至于为何如此，你太小了，说了你也不懂。可是，你不一样，你才十二岁，你到底经历过什么样的磨难，让你如此小小的年纪就愿意干我这行？”她一边说，一边挥舞手臂，指着房间里的一切，眼神最终落到了地中间的那一罐散土上。我知道，那土里埋着狼毒乌头。

“再说了，我这个地方这么小，你觉得能住得下两个人吗？我那张破床，躺我一个人都费劲，你要真留下，睡哪儿？你要真留下，我们一点儿私人空间都不可能有，甚至连片刻安宁都得不到。伊丽莎，我这儿整天蒸蒸煮煮的，常年如此，即使到了晚上，我也没什么时间睡觉，还有好多事情要做。也就是说，我这房子，即使到了晚上也会很吵，墙上被熏得黑黢黢的，没有什么漂亮的粉色壁纸。我知道你在安维尔太太那儿也只是个帮佣，但我猜那儿用人的房间也要比我这儿好上几百倍。”奈拉长舒了一口气，握住我的手：“别跟我说你真想留在我这么一个地方工作，孩子，难道你没有更远大的志向了吗？”

“我有，”我回答她说，“我希望有一天能去海边生活。我之前看过描绘布莱顿的画，我喜欢那里的城堡和沙滩，我希望自己有一天能生活在那里。”我从她的手中把自己的手抽回来，挠了挠下巴。我下巴上长了一个青春痘，特别小，像针眼那么大，不仔细看甚至看不见，但非常痒。虽然关于未来我还有很多想法，但我叹了口气，觉得还是应该先说正事。“安维尔先生的冤魂一直缠着我，我怕如果太太走了，我自己待在那儿，他早晚有一天会像之前一样对我下手。”

“孩子，不要胡说八道。”奈拉使劲地摇摇头，态度十分坚决。

“真的，我发誓！除了安维尔先生，那房子里还住着一个鬼魂，是个年轻的姑娘，叫乔安娜，她就死在我隔壁的房间，我每天晚上都能听到她的哭声。”

奈拉摊了摊手，根本不相信我，好像我在讲什么疯话。

我不管，我的态度也很坚决，我继续说道：“我也想留在那儿好好服侍安维尔太太，所以我保证，她一回伦敦我就回她那儿去。我不想给您添麻烦，只是想跟您学学用什么法子能赶走房子里的鬼魂，我真的听够了乔安娜每晚无休无止的哭泣声，不仅如此，我也可以彻底摆脱安维尔先生的冤魂对我的纠缠。反正，我待在您这儿，不仅可以跟您学东西，还可以给您打下手。”

奈拉认真地盯着我的眼睛，“伊丽莎，你听好了，没有什么办法能驱赶空气中游荡的鬼魂，如果这世上真有鬼魂，而我又能做出驱鬼的药，那我早就发大财了，哪儿会继续住在这个破地方。”她一边说，一边用指甲沿着桌子上的划痕划来划去。“你很勇敢，愿意告诉我实情，但孩子，对不起，我真的帮不了你，没办法让你留在这儿。”

我心灰意冷，我已经这么求奈拉了，但是她还是不愿意帮我，甚至不愿意在安维尔太太回来之前收留我。不过，我还是从她的声音中察觉到一丝松动，于是硬着头皮问她：“您相信这世上有鬼吗？安维尔太太不相信，我说的话她一点儿也不信。”

“你要是问我这世上有没有鬼，我也认为没有，那些鬼呀、神呀，都是吓唬你们小孩子的。你想想，要是人死了都变成鬼，然后留在生前生活过的地方，那伦敦还不早就挤得乌烟瘴气了？”她身后炉子里的火烧得正旺，噼噼啪啪地一直响。“不过话说回来，我们活着的人总感觉死去的人还没走，那并不是鬼魂，而是我们自己的想象。”

“那您是说，一直在我隔壁房间哭泣的乔安娜也是我自己想象出来的？不可能，我之前根本就不认识她。”

奈拉耸了耸肩，“这个我说不好，孩子，我们认识的时间也不长，你还小，有些天马行空的想法很正常。”

“我已经十二岁了，”我气急败坏地反驳道，“我已经不小了。”

奈拉看到我的眼神，脸上的表情有一点尴尬。她转身走到墙角的大柜子旁边，手指拂过几本书的书脊，嘴里发出啧啧的声响。她好像并没有找到她要的书，于是又打开另一扇柜门，开始在另一堆书中寻找。另一摞书看起来更乱，她一直翻到最底下的几本才翻出一本小书。

那本书很薄，与其说是书，不如说是一本小册子，简装封皮的一角已经破损了。"这本书是我母亲的，"她一边说一边把书递给我，"不过我从来没见她看过，我留着也没什么用，送你吧。"

我翻开那褪了色的紫色封面，卷首插图就把我吓得倒吸了一口凉气，上面画的是一个临盆的女子，诞下的不是一个小孩，而是一大堆瓜果蔬菜，俨然一幅丰收的景象。她赤裸的胸部周围还环绕着几条小鱼和一只刚刚降生的小猪。"这是什么呀？"我红着脸问奈拉。

"这是很多年前别人送给我母亲的一本书，应该是她去世之前的一两年，这本书自称涵盖了许多魔法，是写给产婆和巫师看的。"

"您母亲也跟您一样，不相信什么魔法，对吧？"我问。

奈拉摇摇头，看来我是猜对了。她拿过她的登记簿，从后往前翻，皱着眉头查询登记的日期。她用手指快速划过登记的记录，点头说道，"啊，就是这个，你看看这儿。"她把登记簿转了个方向，正面朝向我，然后指了指上面的一条记录：

1764 年 4 月 6 日，布雷利夫人，野生蜂蜜，半磅，外用。

"半磅的野生蜂蜜。"奈拉读给我听。

我睁大双眼，"吃吗？"

她指了指后面的"外用"，清了清嗓子解释说："不是吃，是涂在皮肤上。当年，布雷利女士还没有我大，应该说比你大不了多少。那天，她是后半夜来找我母亲的，我知道，是因为她的哭声把我给吵醒了。她怀里抱着个婴孩，她说几天前，这个小孩被一壶热水烫伤了，伤得非常严重。我母亲并没有问她具体是怎么弄的，当务之急是要救活这个小男孩。伤口已经开始化脓，没烫伤的地方也起了疹子，总之，他浑身已经没有一块儿好地方了。”

“我母亲接过那孩子，用胸口感受了一下他的体温，然后把他放在桌子上，脱去他身上的衣服。接下来，她打开野生蜂蜜的罐子，把蜂蜜涂抹到孩子身上。那孩子疼得直哭，我母亲也心疼得直流眼泪。她知道这对于一个新生儿来说得有多痛，他的皮肤多么娇嫩啊！伊丽莎，这就是世上最痛苦的事，你明知道痛，但因为有用，所以你必须得这么做。”

奈拉擦了擦眼睛，继续说道：“我母亲让那位年轻的女士和她的孩子在我家待了整整三天，跟我们住在一起。每隔两个小时，我母亲都要给那孩子重新上药。她尽职尽责，一次也没落。整整三天，她每隔两个小时就给孩子准时涂抹蜂蜜。她对那个孩子视如己出，付出了全部心血。”奈拉合上手中的登记簿，“最后，那孩子身上的水疱都瘪了，浑身的疹子也消了，化脓的地方都愈合了，一个疤也没留。”她点了点刚刚给我的魔法书，“这也就是我母亲从来没有翻开过这本魔法书的原因，因为她更愿意用大自然给我们的馈赠来治病救人，那效果丝毫不亚于魔法。”

我脑海中浮现出婴孩浑身涂满蜂蜜的画面，他当初躺着的那张桌子应该就是我眼前的这张。突然间，我觉得自己非常丢脸，竟然还相信有什么魔法。

“不过呢，你对鬼神好奇，我特别能理解，”奈拉接着说，“可是你要知道，魔法不是用来救人的。翻开这本书的封面，你能看到书店的名字和地址，我记不清是哪儿了，好像是贝辛巷，在那儿你能找到各种各样关于魔法的书，至少我听说是这样。我也不知道那家书店现在还有没有，不过看到你那么迫切地想知道驱鬼的办法，我想或许你可以去那儿碰碰运气。”她关上柜门继续道，“反正肯定比在我这儿有用。”

我摆弄着那本书，手掌间感到一丝凉意。一本魔法书，上面写着书店的地址，在那儿我可以找到更多类似的书，想到这儿，我又喜不自禁。看来，我今天的来访也并非一无所获，我心里充满了期待，恨不得马上就去找到那家书店。

突然，门外传来敲门声，声音很轻，连敲了四下。奈拉再次看了看墙上的钟，嘟囔了一声。我站起身，准备离开，没想到奈拉去开门前轻轻拍了拍我的肩膀，示意我坐下别动。

我的心怦怦地跳，奈拉压低声音对我说：“我的手不太稳，没办法把药末装进瓶子里，外面的人是来取药的，如果你不介意的话，可不可以帮我一下，就这一次。”

我当然愿意，急忙点头。至于魔法嘛，也不急这一时半会儿。奈拉走到门口，用她那关节红肿的手打开了房门。

第十二回
卡洛琳

时间回到现在，星期二

刚过六点天已蒙蒙亮，我拿着一杯咖啡出了门，离开酒店后一路朝着熊巷的方向前进。我反复深呼吸，想尽量清除体内的浊气，心里盘算着等詹姆斯来了我该以什么样的态度待他。我可以让他在别的酒店再订一间房，离我越远越好，最好别来伦敦。我可以让他把我们的结婚誓言重新打印一份，比照着上面的内容告诉我里面的哪句话他读不懂，他难道不知道矢志不渝的意思吗？不管怎样，我见到他肯定说不出什么好话。

我一边走，一边胡思乱想，穿过菲灵顿街时竟不小心闯了红灯，差点儿撞上一辆出租车。我朝司机摆摆手表示道歉，但对方依然很生气，我不禁在心里责骂起詹姆斯，他差点儿把我害死。

菲灵顿街道两边高楼林立，我不由得担心起来，我要找的熊巷不会也被那些大公司占领了吧，两百年前的老房子怎么可能一直留到今天。再走半条街就到熊巷了，估计那巷子比私家车道也宽不了多少。

终于来到了鳞次栉比的摩天大楼中间，我在一条小胡同看到一块白底黑字的小牌子，上面写着：熊巷，邮编：EC4。如我所料，这条小街现在已经成了一个货车卸货点，一侧堆满了垃圾桶，另一侧黑乎乎的人行道上散落着烟头和快餐盒。我心里一沉，大失所望，这么多年过去了，我没指望还能看到杀人药剂师的药房招牌，但眼前的这一切也似乎过于稀松平常。

我沿着巷子又往里走了一段，耳畔大马路的喧嚣渐渐退去，没想到水泥森林的后面竟然还保留着一些古老的房子。眼前的巷子大概只有几百米长，我环顾四周，空空的小巷里只有一个人，他靠墙站着，一边抽烟，一边翻看手机。身处他乡，衡门深巷，我却一点也不害怕，再加上想到詹姆斯马上就来了，我体内的肾上腺素再次飙升。

我在古老的石头房子中间缓缓前进，盼着能找到蛛丝马迹，可除了更多的垃圾什么有价值的发现也没有。我到底在寻找什么？是非要找到证据，证明那个小药瓶抑或是那位神秘的药剂师与这条巷子有着千丝万缕的联系吗？我现在连是否真有过这样一位药剂师都不清楚，医院的记录完全可能是一位女子在弥留之际说出的疯话。

可我就是不死心，万一真有这样一位药剂师呢？万一这一切都是真的呢？年少时的我曾是一个充满冒险精神的姑娘，此刻我觉得那个姑娘又回来了。想想我曾经也是学历史的，可我的学位证早就不知道让我塞进了哪个抽屉里，完全丧失了它的用武之地。学生时期，我对古代人的生活格外好奇，虽然他们的名字没有出现在教科书里，但我们不能无视他们的存在。如今，我做的事情不正是在挖掘普通人的故事吗？既然让我撞到这位没有留下姓名的神秘女子，我怎么能够毫无作为。

当然，我执意要完成这次冒险的另一个原因是我不想总惦记邮箱里的那封邮件。这恐怕是我能独享的最后一天假期了，只要能晚一刻与詹姆斯当面对峙，让我做什么我都愿意。我不自觉地摸了摸自己的肚子，叹了口气，现在，我也不想面对月经延后这件事。

我一直走到巷子尽头，依然没有任何发现，这令我很是沮丧。刚刚决定离开，忽然看到右手边有一道铁门，大概六英尺[1]高、四英尺宽，早已破旧不堪，一看就有了些年头。铁门里边是一小块空地，有半个篮球场那么大，灌木丛生，中间堆放着废弃的设备，有生了锈的管道、金属板，还有其他各种垃圾，估计已经成了流浪猫的领地。空地四周是年久失修的红砖建筑，我思忖着，这么繁华的商业区怎么还会有这么一块地方，废弃不用多可惜呀。我当然不是什么地产开发商，但也会觉得这片空地浪费了这么好的地段。

我看了看两根石柱中间的铁门，试着把脸贴近栏杆，想往里面一探究竟。我知道，即使真有这么一位药剂师，距今也有两百年的历史了，但不知为何，我却依然抱有一线希望，总觉得这块隐藏在巷子尽头无人问津的空地或许还保留着它二百年前的样子，或许那位女药剂师就曾生活在这里。要是这地方没有这么多杂草就好了！周围的房子看上去也十分古老，它们究竟经历了多少年的岁月沧桑呢？

“你的猫丢了？”我身后传来沙哑的问话声。我把头从两根栏杆间退出来，转过头，想看看谁在跟我讲话。距我十五英尺远的地方站着一位男士，他穿着蓝色的帆布裤子和上衣，打趣地看着我。我猜他应该是个建筑工人，嘴里叼着一根烟，继续说道：“对不起，我是不是吓着你了，我不是故意的。”

“哦，没关系。”我结结巴巴地回应，觉得自己十分荒唐。是呀，要不是为了找猫，我为什么要透过一道锁着的大门朝一条不起眼的巷子张望？“我老公就在对面，”我撒了谎，“他说要给我拍一张我站在这

1 英尺，在英语国家中，古代和现代各种以人脚长度为依据的长度计量单位，美国在1959年将英尺定为30.48厘米。——译者注

个铁门前的照片。”这话说得连我自己都不信。

他回头看了一眼，似乎是想看看我那无形的丈夫。“这样呀，那你们继续，不过，这地方有什么可拍的，怪吓人的。”他笑着又抽了一口烟。

他站得离我有一段距离，周围有好多人家的窗户，我想自己应该是安全的。虽然现在巷子里只有我们两个，但周围房子里应该住了不少人。

我紧张的心情放松了一些，心想着我可以跟这位陌生人打听打听，或许能问出点什么有价值的信息。“嗯，是有点儿吓人，”我开口说，“你知道这里为什么还保留着这块空地吗？”

他把烟头扔到地上，用脚踩灭，抱着肩膀回答我说：“不知道，听说几年前这儿本来是要打造一个啤酒花园的，要是开了多好，但据说最后许可证没批下来。从这里看不太清，但那边，就那儿，有一个安全门。”他用手指了指空地左边的位置，我发现那里的杂草长得比我都要高。“门后面好像是一个地窖什么的。我猜，这房子的主人不想这块空地被占用，否则他们就没办法从那道门进出了。”他口袋里突然嗡嗡作响，他掏出一台小对讲机，“我在，”他转向我道了句，“安装和修理管道的活儿永远也做不完。”

这么说他是一个水管工了。“谢谢您跟我讲这些。”我向他表示感谢。

“没事儿。”他摆摆手转身离去，我听到他的脚步声渐行渐远。

我再次打量起眼前的大门。我踏上石柱下面一块突出的石头，想看得更清楚些。左面，空地的左面，刚才那位水管工说了，左边有一道门。我眯起眼睛，希望透过杂草看到后面的情况。

那古老的红砖建筑中间似乎有一大块木板，木板底下的部分被野草挡着，我看不太清。不过，刚好一阵风吹过，野草随风而动，让我看到木板中间的位置有一个斑驳的红色突起。没错，那应该是生了锈的门把手。

我倒吸一口凉气，差点儿从石头上掉下来。没错，那里正是一道门，看样子已经很久很久没有人打开过了。

第十三回
奈拉

1791年2月8日

我打开门，门外站着的正是令我内心打怵的富家太太，她站在暗处像一张剪影，我看不清她的样子，整张脸被面纱遮得严严实实。引起我注意的是她蓬起的夸张裙摆和衣领上精致的蕾丝花边。她迟疑了一下，不过还是迈步走进了我的药房，走过之处留下淡淡的薰衣草香，房间里的烛光照亮了她的身形。

我极力克制着自己，避免流露出惊讶的表情，这已经是我本周第二次迎来令人意外的客人了。之前的伊丽莎是个孩子，而眼前这位女士，单凭外表就能判断出她出身不凡。她应该去肯辛顿那边明亮宽敞的大药房，怎么会屈尊来到我这儿。她身着一袭墨绿色长袍，上面用金线绣着百合花图案，雍容华贵，夸张的裙摆至少占了我药房四分之一的空间，我真担心她一转身就能把我一半的药瓶都给打翻在地。

来访者摘下面纱和手套，把它们放到桌上。伊丽莎倒显得从容自在，第一时间拿起手套，放到炉边烘烤。客人如此直白的用意，我竟完全没看出来，只顾着观察她的一举一动、一颦一笑。如果说我当初对她是个富家太太的事只是猜测，那现在已经得到了明确的证实。

“你这里好暗。”她撇了撇嘴。

“我马上添点火。”伊丽莎回答得干脆利落。她只来过我这里两次，我怎么感觉她比我反应还要快。

“夫人，您请坐。”我指了指我对面的椅子。

她慢慢坐下，颤抖着长舒了一口气。她摘下头上的发卡，把一缕掉下来的头发向上捋了捋，又重新把卡子别了回去。

伊丽莎走过来，小心地把手里的杯子放在女顾客前面。“喝点儿热薄荷水吧，夫人。”她一边说，一边朝对方行了一个屈膝礼。

我诧异地看了一眼伊丽莎，心想：这孩子是在哪儿找到这个闲置的杯子的？竟然还能翻到一些薄荷叶？店里只有两把椅子，我坐了一把，客人坐了一把，我想伊丽莎应该会在地上找个地方坐下，她可以看看我刚刚送给她的魔法书。

“谢谢您给我留言。”我跟对面的女士说。

她一脸诧异，“我不知道该怎么写，我想万一事发，措辞模糊点或许还能保全我自己。”

这是我不喜欢和富人打交道的另一个原因，人们总是对富人的生活感到好奇，尤其想要挖出他们的秘密。“您说得挺清楚了，我已经做好准备，相信能让您满意。”

一声刺耳的动静打断了我们的对话，我转过身，看到伊丽莎正在地板上拖拉着一个木箱子。她把箱子拖到桌子的一头儿，很自然地坐到了上面。就这样，她坐在了我和那位女士的中间。“我是伊丽莎，”她转向富家太太，“欢迎光临。”

“谢谢。”那女子回应说，眼神不像刚才那般警觉和犀利了。“我没想到你这儿还有个小姑娘，”她好奇地看看我，“是你女儿？”

天啊，我多希望自己女儿真能在我身边呀。如果真是那样，我怎么可能走上这条不归路，怎么可能帮人制毒、配毒，怎么可能过着不见天日的生活。我不知该说什么，一时语塞。“她只是偶尔帮帮忙而已。”我撒了谎，不想承认伊丽莎只是一个在错误时间来到这里的不速之客。我在房间里只放两把椅子是有原因的，我真后悔把伊丽莎留下来。我谨慎了一辈子，此时此刻清楚地意识到让她掺和到这里绝对是个错误，我竟然还让她亲眼见证我和客户交易的过程！于是我转向伊丽莎对她说：“伊丽莎，你可以走了。”

“不用，不用。”女客户态度非常坚决，平时不管家里的大事小事，她肯定没少做主。“这个薄荷茶特别好喝，”那女子继续说道，“等一下再给我来一杯。再说吧，有个孩子在这儿，我心里也舒服点儿。我自己没小孩，但我特别爱孩子，一直盼着能有一个自己的孩子。”她稍作停顿，然后继续道：“咱们别说这些了，小伊丽莎，你多大了？你是哪儿的人呀？”

我简直无法相信自己的耳朵。眼前这位女士，肯定家财万贯，竟然跟我有着同样的痛苦：我们俩最大的心愿竟然都是生儿育女，我们都想在身体里孕育自己的宝贝，感受他在里面调皮地踢来踢去，那将是多么幸福的事呀。然而，她又跟我不一样，她还年轻，还有机会。她眼角的皮肤告诉我她最多三十出头，想生孩子还大有希望。

“我十二岁，”伊丽莎轻声回应，“是斯温顿人。”

那女子点点头，似乎对伊丽莎的表现十分满意，而我却迫不及待地希望早点结束这次见面。我走到一个架子前，从上面取下来一个小羊角罐，示意伊丽莎帮我一下，嘱咐她把桌子上浅碗里的甲虫粉末倒进我刚给她的羊角罐里。跟我想的一样，她手脚非常麻利。

弄完这些，我把羊角罐放在女子面前，里面盛的是泛着光泽的绿色粉末，非常细腻，如果抓起一点放在手中，它就会像流水一样从指缝流出。“这是斑蝥粉。”我低声说。

她睁大双眼，问我：“我离它这么近安全吗？”她坐在椅子上，身体前倾，蓬松而巨大的裙摆在桌子下面沙沙地响。

“没关系，只要别碰它就没事。”

女子听了点点头，伊丽莎也凑上前仔细盯着罐子，眉毛高挑，对罐子里的东西充满了好奇。“我听说有人曾在巴黎妓院用过这种东西……”她拿起桌上盛着粉末的浅碗，一边端详一边问我：“你弄这东西花了多长时间？”

她的问题突然把我带回自己穿越泰晤士河的画面——咳嗽不止、上了船、看到那位妻子怀中的婴孩碧翠丝。“一整晚，直到今天早上。”我叹了口气。“我不仅要收集甲虫，还得把它们烤干，然后研成粉末。”我指了指对面墙角的臼钵和臼杵。桌子上的浅碗非常宽，快赶上那女子的肩宽了，“我就是在那边的盆里把它们磨成了粉。”

眼前的女顾客究竟姓谁名谁我还不得而知，只见她拿起羊角罐，“我只要把这个粉末掺进食物或酒水里就行，对吗？真的就这么简单？”

我叉着腿坐回椅子上。“您留言里说了，需要能激起欲望的东西，斑蝥粉最大的作用就是这个。人一旦服用了斑蝥粉，身体的血液会快速涌到下体，让人失去……”我意识到伊丽莎还在，赶紧把本来要说的话咽了回去。我转头看了伊丽莎一眼，对她说：“这些话小孩子不要听，要不你去隔壁储物间转转？”

没想到女顾客按住我的手，摇了摇头。“这不是给我的药吗？你继续说，让这姑娘听听也无妨。”

我叹了口气，继续道：“人一旦服用了这个，下体就会充血，持续一段时间后就会出现腹痛和口腔溃烂。我觉得您可以熬制一些深色的，比如糖浆利口酒之类的东西，然后把粉末加进去摇匀，这样更不容易察觉。”说这些话时，我格外小心自己的措辞，“我给你的这个羊角罐，如果你放四分之一的粉末，他第二天天亮前就会一命呜呼，如果你放一半，他一个小时之内就会毙命。”

女子听了我的话半天没开口，看上去若有所思。药房里寂静无声，只有钟表在嘀嗒嘀嗒地走动，还有炉子里的火焰噼啪作响。我坐在那里一动不动，内心却再次泛起对她此次来访的不安。她漫不经心地摸了摸手上的婚戒，出神地凝视着我身后的火苗，我看见火焰在她眼里上下飞舞。

她抬起头，“我还不能杀他，要是杀了他，我跟谁生孩子呢？”

看来我还没把话说明白，我激动地跟她继续解释说：“我跟您说了，这是致命的毒药，您根本无法把握它的安全剂量。”

她没等我把话说完就插话道：“你误会我了，我确实想要一种致命的毒药，不过我想杀死的不是我先生，而是他的情妇。”

是这样，我紧张了起来，现在一切都清楚了。

这绝对不是我做这行的初衷。过去二十年，有许多人跟我要过毒药，说是要毒害另一位女性，都被我断然拒绝了。我不管女人和女人之间有什么过节，但我不允许自己成为谋害女性的帮凶。当初，我母亲在后巷三号开了这家药房，她的目的是要帮助那些被伤病折磨的女性，所以这也是我毕生开药的原则，我不允许自己做出任何伤害女性的事。

当然，我无法保证我的客户跟我说的都是实话，她们或许会说一套做一套，或许真的把毒药用在了姐妹或交际花身上，如果她们真这么做，我也没办法。但据我所知，我的毒药还从未伤害过任何一位女性，从来都没有。只要我活着，我绝对不允许这样的事发生。

我琢磨着该怎样把这些话讲给眼前这位女士，该怎么告诉她我的药不能用来对付女性。她目光暗淡，似乎已经感受到了我的态度。但她特别会察言观色，像一只狡猾的狐狸，而我，正是她瞄准的兔子。她抓准我还在犹豫的时机，冲着我挺了挺胸，开口说："你好像不太认同我的做法。"

我恢复了理智，想好了该如何应答。"我很感谢您对我的信任，打听到我这儿，找我帮您解决问题，但我不能让您这么做。如果您要毒害的是一位女性，我恐怕不能让您把这毒药带走。我这家药房开办的初衷就是帮助和救治女性，绝不是伤害女性。直到今天，这一直都是我们秉承的宗旨，这也是我们存在的根本，恕我不能为您破例。"

"可你已经杀人了。"她语气中透着不满。"怎么还好意思说什么帮助、救治？"她瞥了一眼装满了毒药的羊角罐，"你知道她是谁吗？那个贱人，她是他的情妇，是一个妓女。"

那女人继续跟我解释着她的委屈，她的话让我想起自己的经历，我眨眨眼，突然感觉周围变得越来越暗，她的话也变成了难以分辨的嗡嗡声响。一段古老而可耻的记忆涌上我的心头……我以前也做过情妇，尽管当时我并不知情，但我也是这位女顾客口中的贱人、妓女。我本人就是躲藏在阴影中的秘密，见不得光，没人真正爱过我，我只是人家找乐子的工具。我曾经深爱过弗雷德里克，但我也绝不会忘记他在我面前耍过的两面派和他编织过的谎言。我始终无法接受现实，我怎么就沦为了弗雷德里克泄欲的工具。

如果他犯下的错仅此而已，我也不至于那么痛苦，可他比我想象的还要残忍，他亲手夺走了我的挚爱。我下意识地摸了一下自己的肚子。

眼前这位女子跟弗雷德里克一样无情，我不想再跟她浪费时间，我没有必要跟她讲述我自己的经历，没有必要告诉她正是一个懦夫让我走上了这条不归路。我深陷在痛苦的旋涡中无法自拔，外面的世界变得混沌而模糊，对面的女士终于住了嘴。我扶住平稳结实的桌子，试图为自己找到一个支撑。

不知过了多久，几秒钟还是几分钟，我终于恢复了意识。伊丽莎摇着我的肩膀，在我耳边低声呼唤：“奈拉，奈拉，您没事吧？”

我的视线渐渐清晰，看清了对面的两张脸，上面写满了担心。伊丽莎凑到跟前，一直抚摩着我，非常关心我的安危。而那位女子却像极了一个任性的孩子，生怕自己想要的东西落了空。

看到伊丽莎的担心，我多少感到一丝安慰，苦笑着摇摇头，希望摆脱那些不愉快的记忆。“我没事，放心吧。”我回答。我又看了一眼那位女士，坚定地说：“到底帮谁、害谁，我自己说了算，我是不会把毒药给你的。”

她一脸不解地看着我，气愤地眯起眼，好像这辈子从来没被人如此生硬地拒绝过似的。突然，她放声大笑：“我是卡特巷的克莱伦斯夫人，我丈夫是……”她迟疑了一下，看了一眼盛满了甲虫粉末的罐子继续道：“我丈夫是克莱伦斯勋爵。”说完，她不错眼珠地盯着我，等待着我做出惊讶的反应。然而，我并没有表现出一丝惊讶。“你根本就不知道现在情况有多紧急，”她继续道，“我信里不是跟你说过了，明天晚上我们要办一场晚宴，伯克韦尔小姐会出席，她就是我丈夫的情妇，其实他们本来是远亲，”克莱伦斯夫人拽了拽她束身衣的下摆，抿了抿嘴唇继续道，“结果她却爱上了我丈夫，我丈夫也爱她，但我不能让这种事继续下去。好几个月过去了，我相信，我还没怀上孩子，就是因为他已经把所有精力都给了那个贱人，等回到我这儿，已经什么也不剩了。我必须把这个药拿走。”她一边说，一边把手伸进腰间的口袋。“你说吧，你究竟要多少钱？我可以付你双倍的价钱。”

我摇摇头，不为所动。我不要钱，我不能允许任何一位女性死在我的手里，不管她是不是情妇。“不可以，”我站起身，“我不会卖给您的，您请回吧。”

克莱伦斯夫人也站了起来，好像是因为不想仰头看我。

伊丽莎坐在桌子的把头，后背挺得倍儿直，看看我又看看女客人，目睹着我俩的争执。之前，她说要给我当学徒的时候肯定没想过会遇到这样的场面，看到这一幕，她或许会改变当初的想法。

突然，形势有点混乱，克莱伦斯夫人把钱甩到桌上，我眼见她伸手想去拿桌上的毒药罐，我惊恐万状，那罐子还敞着盖儿，看样子她是想不顾我的反对，执意要把罐子带走了。

我赶紧扑上去，想要护住那罐子。就在她马上得手时，我把罐子抢了过来，却不小心撞到伊丽莎，差点儿把她撞倒在地，我脑海里冒出的第一个念头就是把那盛满斑蝥粉的罐子扔进身后的火炉。

火焰突然轰的一声炸开，放出绿色的光，刹那间，我的毒药成了废物。我惊恐地盯着炉火，无法想象自己花了整整一晚和一个上午完成的作品就这样化为乌有。我的手抖个不停，转过身看到克莱伦斯夫人也一脸错愕，满脸涨得通红，她旁边的小伊丽莎更是睁大了双眼，直勾勾地盯着我。

“我简直——”克莱伦斯夫人气得语无伦次，“我简直——”她贼眉鼠眼地环顾整个房间，想看看还有没有其他研磨好的毒药，还有没有富余的罐子。“你疯了吗？没时间了，晚宴就在明天晚上！”

“什么都没了。”我跟她说，示意她可以离开了。

克莱伦斯夫人怒气冲冲地看着我，然后转向伊丽莎，问道：“我的手套呢！”伊丽莎赶紧跑去拿，小心翼翼地从晾衣架上把手套取下来交给克莱伦斯夫人。夫人气急败坏地戴上手套，喘了好几声粗气才又开口道：“我知道，这对你来说并不是什么难事，你肯定还能再做一瓶。”

老天，这是什么人啊？我不解地张开双手。“您要不去问问别的医生吧，您的钱在他们那儿可能有用，为什么非要在我这一棵树上吊死呢？”

她放下面纱遮住脸，那精致的蕾丝花边让我想到毒芹的叶子。

她一边往门外走，一边回应我刚才的问题。“你傻呀？你以为我没想过找医生帮忙吗？这座城市里有那么多知名的药剂师，我为什么非要找你？因为我不想东窗事发，因为你跟他们不一样。”她整理好自己的长袍，继续说道，“我真是信错了人，但事到如今我已别无选择，”她看了看自己戴好手套的手，“你不是只用一天就能做好这个毒药吗？”

我眉头紧锁，一脸困惑，她这话是什么意思？“没错。”我嘟囔了一句。

“那就好，”克莱伦斯夫人说，“我明天再来，我相信到时候你能再备一份毒药给我，跟你今天愚蠢地毁掉的一样的毒药。我明天一点半再来。”

我看着她，一时语塞，真想赶紧把她推出门外，如果我自己的力气不够，伊丽莎可以帮我一起。

“要是你不照我的话做，”克莱伦斯夫人继续说道，“那你就准备好收拾东西给我滚蛋，因为我会直接去警局告发你，把你所有的秘密都公布于众，让你这个布满了蜘蛛网、老鼠药的鬼地方彻底大白于天下。我会告诉他们到你这儿来的路线，告诉他们先去储物间，推开里面那道暗墙，后面就是你的密室，看你还怎么保守秘密。”她一边说，一边围好披肩。“我可是勋爵夫人，你想跟我耍花样，门都没有。”她猛地把门推开，走了出去，又在身后砰的一声把门关上。

第十四回
卡洛琳

时间回到现在，星期二

再过几个小时詹姆斯就到了，按理说我应该没时间研究铁门里面的那道小门，但我的好奇心昨天就被激发出来了，现在更是兴之所至，不想败兴而归。我收集到的所有信息——从药瓶到医院那条关于熊巷的神秘记录，再到此刻熊巷尽头的那道门，像一片又一片新的拼图，似乎注定要帮我解开最终的谜题。詹姆斯爱什么时候到就什么时候到吧，我先继续我的探险再说。

我走出熊巷，太阳突然躲到一片云朵的后面，在我的头顶投射了一片阴凉。我心想，传说中的女药剂师肯定是真的，她究竟长什么样子？或许已经上了年纪，披散着满头白发，因为长时间在坩埚前熬制毒药，身体可能已经力不从心，或许她每次出门都会披一件黑色披风，走在石头铺设的巷子里却依然风风火火。想什么呢？我回过神来，摇摇头，她又不是一个巫师，这也不是哈利·波特。

我回想起医院的记录，不管出自谁手，至少有一点她说得非常明白，那就是男人们都死了，许多男人。要是能说得再具体点就好了，我多少有些沮丧。不过再想想，要是真的有很多人死在女药剂师手里，那就一定还可以找到新的线索，网上应该能搜到关于这位女药剂师的信息。

于是我回到菲灵顿大街，一边走路，一边掏出手机打开浏览器，并在搜索栏中输入了“十九世纪伦敦杀人药剂师”几个字。

搜索出的结果千奇百怪，其中几篇文章写的是十八世纪人们对杜松子酒的迷恋，有一个维基百科的网页是关于1815年颁布的《药剂师法》，还有一篇学术期刊讲的是骨折的事。我点开第二条搜索结果，打开的是一个网站，上面有一些伦敦老刑事法庭——老堡场的庭审记录，这恐怕是我目前找到最有用的线索了。我把网页向下滑了几下，天哪，内容太多了，在手机上看终归不是办法。果不其然，没看多久，网页就不动了，无论我怎么下滑也无济于事。我把界面往上一滑，关掉了应用。

我叹了口气，内心充满了无奈，可我转念一想，难道我真的指望单凭搜索网站就能解开这个谜题吗？要是放在以前我还跟詹姆斯在一起的时候，他肯定会说我的研究方法有问题。是啊，如果我在大学泡图书馆的日子能多读些教材，少看些小说，我可能会掌握更多的研究方法。

图书馆，对啊，我可以去图书馆啊。我抬起头，一位路人刚好从我身边经过，我开口问他最近的地铁站怎么走，问清楚后便奔向了图书馆，一路上都在祈祷盖尔娜今天一定要当班，否则我到了那儿该找谁呢。

一会儿工夫，我就再次来到了地图阅览室，这次终于不是刚从淤泥里走出来的落汤鸡模样。我一眼就看到了盖尔娜，她正忙着用电脑帮一位读者查阅什么信息，于是我耐心地等她处理完手头的事务。

几分钟过后，盖尔娜回到了自己的工位上。她抬头看到我，微笑着对我说：“您又来了！还是关于那个小瓶子，您又查到什么线索了？”她语气轻松，不过马上做出一脸严肃的表情：“还是，您又去清沟了？

又有了什么新发现？”

她的话把我逗笑了，让我一下子觉得跟她很是亲近。“都不是。”我跟她讲述了我查到的医院记录，尤其是那份留言，似乎是暗指一位女药剂师参与了多起谋杀。“那份记录的时间是1816年，上面提到了熊巷，我看那儿离我的酒店很近，于是今天早上就去了一趟，但并没什么有价值的发现。”

“您可真是一位大有潜力的研究员呀，”她开玩笑地说，“换作是我，我也就能做这么多了。”盖尔娜收拾起面前的几个档案夹，随手放到一旁。“熊巷，您刚才说的是熊巷吧？嗯，因为瓶子上刻的图案像一只熊？不过因为熊的图案就认定是熊巷，是不是有点牵强？”

“您的话我没意见，”我靠着身后的桌子回答她说，“老实讲，整个故事都不太合乎常理，可是……”我不知该说什么，目光落在盖尔娜身后的一摞书上，“可是，万一呢？万一确有其事呢？”

“您觉得那位女药剂师确有其人？”盖尔娜抱着肩膀好奇地打量着我。

我摇摇头，“我也不清楚自己具体是怎么想的，所以才来图书馆找您，想着您这儿或许会有那片区域的老地图，关于熊巷的，十九世纪的地图。另外，我觉得向您求教要比我自己在网上瞎查有用得多。我用谷歌搜过伦敦杀人药剂师，但没找到什么有用的东西。”

盖尔娜听到我来找她的目的后面露喜色，我们第一次见面时她就说过，她最喜欢研究过去的老地图了。看到她的表情，我内心竟闪过一丝嫉妒，她的工作可真好啊。而我呢，过不了几天又得回去俄亥俄州重操旧业，我的工作跟研究历史扯不上半点关系。

“这次，”她开口说，“我终于能帮上忙了，这儿的资源很丰富，您随我来。”她把我领到一台电脑前，示意我坐下。十多年过去了，我感觉自己又成了一个学历史的学生。

“我们最好先从 1746 年罗克地图查起，虽然比我们要查的时间早一些，但一百多年来，那份地图一直被认为是最能准确再现当时伦敦城市原貌的资料。罗克先生花了整整十年的时间才完成勘测和绘制。”盖尔娜点开电脑桌面上的一个图标，屏幕上呈现出一块又一块的黑白格，“这就是当时伦敦的街区，我们可以逐一放大，可以看到当时的街景，也可以直接输入您要找的街道名字。咱们先来试试熊巷，医院记录里不是提到了这个地方吗？”

她敲了回车键，熊巷立刻被放大在屏幕上。“咱们先来看看周围，”她一边解释，一边转动屏幕上的地图，“这样就能知道熊巷所处的大概位置。圣保罗大教堂再东边一点，南边有一条河，这跟您今天去过的地方像吗？”

我皱皱眉，不太确定。这张地图已经有二百五十多年的历史了，我看着周围街道的名字，一个也没听说过：弗利特监狱、食苑、弗利特市场。“嗯，我也不能确定，”我突然觉得自己很傻，解释说，“我本来就不太会看地图，就记得今天早上去的地方有一条菲灵顿大街。”

盖尔娜弹了一下舌头，“那太好了，有了这个信息我们可以把现代地图与罗克绘制的地图匹配着一起看。”她操作了几下，瞬间，一份新的地图出现在屏幕上，覆盖了之前的老地图。“菲灵顿大街，”她说，“就在这儿，之前叫弗利特大街，后来不知什么时候改了名字，这在历史上是常有的事。”

有了第二份现代地图的帮助，我马上认出了那片区域的具体位置，甚至找到了差点被出租车撞到的十字路口。“就是这儿！”我有些兴奋，恨不得把脸贴到屏幕上。“对，就是这儿，这儿就是熊巷。”

“太棒了，我们再来看看那份老地图，再仔细找找。”她把现代的地图做了最小化处理，然后把罗克地图上熊巷的位置放到最大。

“太有趣了，您看！”她指着地图上一条头发丝般粗细的线对我说。那条线被标注为后巷 A1，是从熊巷分出的一条小巷子。

不知道是什么原因，我的小腹突然抽搐了一下，可我根本没有心思多想，激动地应和盖尔娜道：“嗯，我看到了，可您为什么说有趣呢？”这话刚出口，我就感到自己心跳加速，她指的不会是那道小门吧？

“这是一条非常迷你的小路，”盖尔娜解释说，“罗克绘制的地图完全遵循现实的比例，比方说，主干道画得最宽。而这条巷子肯定特别特别窄，非常不起眼，或许就是一个通道。不过这倒也合理，如果是大路的话就不可能叫后巷了。”她再次打开现代地图，用鼠标在上面点了几下。“今天这条巷子已经没有了，这并不罕见。这么多年来，这座城市被取缔、改道或重建的街道不知道有几千条。”她看了我一眼，我赶紧把手从嘴边拿走。我有一个特别不好的习惯，每次一紧张就会啃指甲，自己还毫无意识。“您有烦心事？”她问我。

我们俩四目相对，有那么一瞬间，我真想跟她倾吐一切，但我马上又从这种冲动中清醒了过来。我把双手放在腿下，再次转过脸对着电脑。詹姆斯还没到伦敦，现在的时间是属于我的，我为什么要为他伤心难过。

盯着屏幕上的地图，我开始纠结该不该告诉盖尔娜我在那儿看到了一道门，具体位置就在如今已经废弃的后巷，在从熊巷分出来的那条小道上。不过，我转念一想，有一道门能说明什么呢？我在那儿遇到的水管工不是说了吗，那道门通向大厦的储藏窖，所以应该没什么价值。“我没事，”我苦笑着回答她，“那就是说两百年过去了，熊巷依然存在，但后巷就没那么幸运了，已经被新的建筑物覆盖。”

盖尔娜点点头，“一直都是这样，我们接下来看看罗克地图之后一百年的情况。”她又是一番操作，屏幕上又出现了一张地图，上面画满了不规则的阴影。“这是一张十九世纪晚期由地方政府绘制的地图，”她解释给我听，“阴影的部分代表建筑物，我们可以清晰地判断哪里是建筑，哪里是街道。”

盖尔娜半天没说话，专注地看着屏幕。“嗯，这片区域在十九世纪中期大兴土木。您看，十八世纪的时候熊巷还存在，但到了十九世纪就完全消失了。不过……”她指了指屏幕上的新地图继续道，“这里有一条曲折的线，两边各有一些建筑，这条线几乎能和后巷重叠，这或许说明十九世纪时后巷依然存在，成了连接两个建筑之间的通道。但具体是否如此，我们也很难验证。”

我点了点头，虽然我并不太懂什么是地方政府测绘，但她说的道理我还听得明白。她越帮我解释，我越觉得地图上那条代表十九世纪后巷的狭窄曲线与我今天早上看到的那道门有所关联，盖尔娜给我看的两张老地图中都标有这么一条巷子，而且位置就是我看到的那道门的位置，怎么可能这么巧？

从我捡到那个小药瓶算起，这是我第一次感觉自己好像接近了真相。或许那道门的后面真的隐藏着什么秘密，能够帮我解开医院记录、药瓶和药剂师之谜？或许我可以把我的想法告诉盖尔娜，她也会觉得有价值，可以分享给其他搞历史的人？或许我还会受邀参加一些研究项目或被安排在大英图书馆工作一段时间？

我深吸了一口气，提醒自己慢慢来，千万别想太多。

“太酷了，”盖尔娜又开了口，“几份地图比对下来，我们竟可以发现这么多信息。不过，如果您还想了解关于那位药剂师的信息，这些地图恐怕帮不了您了。”

我明白，于是向她发出了一个更为重要的请求：“嗯，如果我想证明那位药剂师确有其人，接下来我应该怎么做？我跟您说了，网上搜不到什么有价值的信息。”

盖尔娜心领神会地点点头，“网络很有用，但像谷歌这样的搜索引擎靠的都是算法，对于研究人员来说，简直是噩梦。即使有些古文献和旧报纸已经做了数字化处理，但在网络上也很难搜到。”她回到电脑桌面，点开了一个新的图标，打开了“英国报纸档案馆”。“就是这个，”她转过头对我说，“我们试一下这个。这个档案馆收录了过去几百年大部分的英国报纸，报纸上的每一行字都能搜得到。如果有任何关于那位药剂师的报道，这里应该就能查到，关键是我们得输入正确的关键词，您想先试哪个？”

“要不先试试十九世纪伦敦杀人药剂师这几个字？”

“好的。”盖尔娜把这几个字输入检索栏，按了回车键。没过一会儿，网页上显示没有任何符合要求的结果。“咱们把时间去掉，再试一次。”她说。

然而还是没有匹配的结果。

“搜索功能没出问题吧？”我问她。

她笑了，“这就是乐趣所在，我们花的时间越长，过程越艰难，最后的成就感才会越大。”她又尝试了几个新的关键词，我心里琢磨着她的话或许还有更深刻的解读。没错，我是在寻找一个消失的药剂师，但仔细想想，我寻找的不仅仅是她，我还在寻找自己人生的出路。我那不确定的婚姻，我渴望成为母亲的迫切心情，我对未来职业的选择，想到这一切，我不禁悲从中来。我的人生千疮百孔，摆在眼前的是一条艰难而漫长的探寻之路。为了走到最后，我要不断筛选，成千上万的碎片，哪些值得我继续保留？哪些我又应该果断摒弃？

盖尔娜低声骂了句脏话，从她的表情看得出她非常泄气。“好吧，还是什么结果也没有。我们这儿都查不出来，难怪你在网上一无所获了。咱们再换换别的法子。”她在搜索栏里输入了一个词——药剂师，搜索结果出来后她打开屏幕左边的高级搜索，把日期限定在1800—1850年，地区限定在英国伦敦。

屏幕上最终出现了几条结果，我看到一篇报道的标题上写着“米德尔塞克斯地区惊现诈骗谋杀案”，我心里咯噔了一下。不过再仔细一看，报纸的时间是1825年，似乎太晚了，果不其然，报道上讲的是一个男药剂师，说他因为偷了一匹马而惨遭杀害。

我沉了沉肩：“还能查别的信息源吗？”

盖尔娜撇撇嘴：“嗯，报纸咱们还得继续查，或许我们可以放弃药剂师这个词，试试别的，比方说熊巷。当然了，您说得没错，除了报纸我们还可以查阅很多其他资源，比如我们的手稿数据库……”她翻开一份新的报纸，“根据我们的分类，手稿数据库包括所有手写的文献，比如日志、日记和地产证明，大多是些私人手写的信息，不过里面也涵盖了一些打印的材料，打印的文件、印刷的日志等。”

我点点头，回想起自己求学的日子。

盖尔娜随手拿起一支笔，在指尖转了起来。“我们馆藏有几百万份手稿，不过查找起来有点困难。您看，查报纸很容易，因为所有信息都已经做了数字化处理，只要搜索，结果就会自动出现在屏幕上，但是查询手稿需要预约，提交查询申请后需要等上几天，等工作人员找到了原稿您才能查阅。”

“那也就是说，要想查手稿得等好几天的时间。”

盖尔娜慢慢点头，面露难色，一副医生向患者传达坏消息时才会有的表情。“没错，有时候可能更久，几个星期、几个月都有可能。”

这么大的工作量，光是想想都让人崩溃，再加上那位女药剂师的故事，或许就是个传说，根本查无实据，我的努力最终很可能将是竹篮打水一场空。我靠到椅背上，斗志全无。我真是没用，永远分辨不出真实和谎言。

“高兴儿点，”盖尔娜鼓励我说，一边说还一边用膝盖挤了我一下。“您对这些事感兴趣没什么不好，这种事本来就属于奇闻逸事。我还记得刚来这儿工作的第一个星期……我知道自己喜欢研究老地图，但却不知从何开始。我们俩是一类人，只要我们坚持，就一定能有收获。”

“坚持，是呀，的确应该坚持。虽然我不知道坚持的方向，而且最终很可能什么也找不到，但现在我并非毫无头绪。我可以先从这里开始，从后巷尽头的那道门开始，毕竟两份老地图里都对那里有标注。不管那位女药剂师是否曾在那儿工作过，想到我竟然能发现一条只有生活在二百年前的人才知道的古老通道或街巷，我已经很开心了。”

或许盖尔娜所说的寻找的魅力就在于此。我不知道门后面是怎样一个世界，或许只是破败的砖墙，是结满了蜘蛛网还有老鼠上蹿下跳的黑暗角落，但这个经历至少可以让我增加一些新的认识，让我知道窥探有时只会令人痛苦。也正是基于这个原因，我才迟迟不愿意考虑詹姆斯的事情，我才只把自己的痛苦告诉给了罗丝，却对父母守口如瓶；也正是基于这个原因，我当初才会为了缓解痛苦而开启了寻找女药剂师的探险之旅。

我和盖尔娜交换了电话号码，跟她说如果日后我需要查阅他们图书馆的手稿或是其他报纸文章，我会再跟她联系。

走出图书馆，手机显示刚过九点，詹姆斯的航班应该快着陆了。我呼吸着伦敦温润的空气，虽然什么也没查到，心里有点儿沮丧，但我还是要打起精神，坐地铁回到鲁德门山那边。既然有线索，我就不能放过。

过去几天，我一直心烦意乱，但自从来到伦敦，我觉得自己又活过来了。整座城笼罩在一个古老的神秘故事里，多少年过去了，我又找到了那种久违的感觉。我心意已决，一定要继续深挖，我要推开那道门，到里面一探究竟。

第十五回
伊丽莎

1791年2月8日

克莱伦斯夫人怒气冲冲地离开奈拉的药房，房间里又只剩下我和奈拉两个人。狭窄的房间闷热潮湿，有点像我经常工作的厨房。我这辈子从没见识过刚才那样的交锋，奈拉和克莱伦斯夫人语气都非常强硬，吓得我身上的汗毛都竖了起来。

奈拉脸上流露出痛苦而疲惫的表情，我感觉繁重的工作已经把她压得喘不过气来，再加上要与像克莱伦斯这样的人打交道，她的额头上长满了皱纹，整张脸瘦得脱了相，看着十分可怜。房间里刚刚烧过东西，空气中缭绕着几缕淡淡的烟雾，她瘫坐在椅子里，斜歪着身体，愁眉不展。

“到底是帮着贵族毒害情妇，还是走上绞刑架一了百了？”她嘟囔着，转头盯着燃烧的炉火，像是在里面寻找甲虫焚烧后的残余。“这是要活活把我逼死呀。”

“您必须重新准备一份毒药。”我知道她不是在问我，但我却忍不住唐突地给出了我心中的答案，“这是您唯一的选择。”

她看看我，眼神十分可怕。“真的要毒害一个女人吗？我这辈子，一心想要帮助女性，这是我母亲的遗愿，也是我唯一能替她做的事。”

奈拉之前给我看过她的登记簿，我知道上面记满了受害者的名字、取药时间以及药物成分。关键我知道自己和安维尔太太的名字也在上面，这也就是说，如果奈拉不重新备药，克莱伦斯夫人就会告发她，那我也会跟着暴露。

所有人，登记簿上的所有人将无一幸免。

我指了指登记簿：“如果您坚持，伯克韦尔小姐的名字的确不用作为受害者出现在上面，但我呢？还有您已经记录在案的其他人呢？”

奈拉看了看眼前的本子，眉头紧锁，好像从未想过这其中的利害，又或是并不相信克莱伦斯夫人真的会告发她。她翻开本子，仔细看了看最后几条记录。

“我已经没有力气了，”她声音很低，“昨天一晚上我都在田埂里抓甲虫，直到太阳出来才回家，回了家也没闲着，忙着焙烤研磨，我现在真的一点力气也没有。等她再来找我，我就这么跟她说。如果她不信，我就掀起长袍，让她看看我身体的水肿有多严重，给她看看我各处的伤痛。到时候她就会相信，就算我愿意帮忙，也是心有余而力不足。”

这是我唯一的机会，就看我能不能抓住了。安维尔先生的鬼魂已经让我怕得要死，没想到祸不单行。万一法警真的找到这儿，真的发现奈拉的登记簿，那我该怎么办？

我拿起桌子上的空杯，打算到水盆那儿冲洗一下。“如果您去不了，我可以去，我去抓甲虫，您告诉我怎么做就行，我也可以帮忙焙烤和研磨。”我本来就是帮佣，早就习惯了替人干一些见不得光的事，之前是替安维尔太太写信编瞎话，现在是帮奈拉研制甲虫毒药，二者并没有什么实质性的差别。我会永远替人保守秘密，这一点不用担心。

奈拉半天没讲话，我也一直在冲洗杯子，其实杯子老早就洗干净了，我只是在等着奈拉的反应。奈拉似乎不像刚才那么焦虑了，但究竟是因为听到我愿意帮忙感觉事情有了转机，还是想好了听天由命，我还不得而知。

终于，她开了口，“抓甲虫的田在河那边。”她向前探了探身，表情十分痛苦，仿佛哪怕只是想想去那儿的过程都让她觉得疲惫。“路很远，你自己做不了，你等我恢复恢复，太阳落山了我跟你一起去。那种甲虫到了晚上会休息，比较好抓。”她用手捂着嘴咳嗽了几声，随后很自然地在裙子上抹了抹手。“趁这会儿工夫，咱们也别闲着，你刚才不是说想帮我把瓶子的标签整理一下吗？”她瞥了我一眼，继续道：“其实也没什么必要，瓶子上有没有标签都无所谓，每个瓶子里面装的是什么我都记得清清楚楚。”

“万一搞混了呢？放错位置了怎么办？”

她指了指鼻子和眼睛，“就算瓶子搞混了，也可以靠味道和性状分辨啊。”她指了指桌上的登记簿，“不过，你可以帮我做点儿别的，你帮我把登记簿里褪了色的记录都补上，你知道，我现在手抖得厉害，自己弄不了。”

我皱了皱眉，把那个大本子拉到跟前，心想，这些名字和日期真的有那么重要吗？真的比架子上的药瓶还重要？其实我不愿做补登记录的活儿，从奈拉这儿买过毒药的所有人的名字都写在上面，包括我的，依照我的想法，这个登记簿就应该直接扔进火里烧了才是，为什么还要修补。

“为什么要修补褪色的记录呢？”我问她。

奈拉凑到我跟前，把登记簿翻到 1763 年那页。她摸摸左下角，很久以前，不知是什么液体沾湿了羊皮纸，导致上面许多条记录都已模糊不清。她把羽毛笔和墨水瓶推到我这边，我按照她的吩咐在褪色的笔迹上仔细描画，用新鲜墨水修补好上面的每个人的名字和每一种药材——酸叶草、香脂、红花，每一笔、每一画我都极其认真地对待。

“对很多女人来说，”奈拉轻声细语地感慨道，“这里恐怕是她们唯一能留下名字的地方了，也只有我记得她们。我是在完成母亲的遗愿，一定要保留这些女人存在的痕迹，否则她们将被历史彻底遗忘。这个世界对女人太不友善了……有多少地方能让女人留下永久的痕迹呢？”我描完一条，又开始处理下一条。“只有我的登记簿可以证明她们的存在，她们有自己的名字，有血有肉，有自身存在的价值。”

修补记录这件事比我想象的要难，临摹、描黑都不容易，比我自己重新写一遍还要费事。尽管我尽力做到精雕细刻，但出来的效果我自己还是不满意，不过奈拉似乎不太在意所谓的美观，我也就把端着的紧张肩膀放了下来，推进的速度反倒有了明显的提高。

奈拉又把登记簿翻到靠后面的一页，距今也就几个月吧，我发现两页纸不知被什么粘到了一起，扯开后上面的几条记录就看不清了。我低下头，一边辨认一边描摹，第一条：

1790 年 12 月 7 日，贝切姆先生，黑藜芦，十二克，经办人：贝切姆先生的长姐艾丽·贝切姆女士。

我惊呼，“长姐？！”一边说一边用手指着那条记录。

“这个我记得非常清楚，”奈拉解释道，“贝切姆女士的弟弟是一个贪得无厌的家伙，她发现了弟弟写的一封信，上面说弟弟要在一周内置自己的亲生父亲于死地，这样他好能顺理成章地继承一大笔财产。”

“真的，伊丽莎，你要记住，贪婪非常可怕，贪婪的人都不会有好下场……贝切姆女士的想法是，既然他们家终究要死一个人，那谁才是真正该死的那个呢。”

我刚好描画到贝切姆女士的名字艾丽，名字里有好几个竖画，对我来说比较难写，但不知为何，手中的笔写在粗糙的羊皮纸上却异常流畅，它仿佛知道自己在做重要的事，想要认真记录下艾丽·贝切姆夫人的名字以及她的作为。

突然，我在本子上再次发现了她的名字：距离那次几天以后的12月11日，她再次来到了这里。

“她这次来是给她的母亲开药，我给她拿了杓兰，”奈拉解释说，“老太太非常可怜，死了儿子，根本接受不了。杓兰没有任何毒性，甚至一点副作用也没有，可以帮助老人缓解精神上的紧张。”

“老太太真可怜，希望您的药能让她好过点。”

奈拉指了指登记簿，催我赶紧把这页写完。“嗯，杓兰的效果很好，”她继续道，“只是我觉得，最好的办法是把她儿子的罪恶行径告诉她，这样她才能想开点儿。我也不知道最后她女儿有没有告诉她真相，不管怎样，我是不会把这件事告诉别人的。”她一边说，一边无聊地摩挲着登记簿的边缘。

现在我明白奈拉为什么在出售毒药的同时也卖普通药材了，像贝切姆太太这样的人不就既需要致命的毒药，也需要治病的良药吗?

但至于奈拉最初为什么要卖毒药，我还不得而知。我第一次到她这儿时她就说过，她小时候跟母亲行医时，她们这儿还没有这个密室。但后来究竟是什么原因让她给自己搭了个密室，而且终日躲在里面熬制毒药呢？我找机会一定要问问她，越快越好。

我刚把这条补完，奈拉就又翻了几页，找到了1789年。我对这一年有印象，我就是在这一年被母亲送到伦敦的，也是在这一年到安维尔太太家做了帮佣。可这一页的记录没什么问题呀，反正我看不出有任何需要修补的地方。

“这一页有什么问题吗？这是我刚到伦敦的那年。”我主动问她说。

“我想你会对这页感兴趣，”奈拉答道，“上面有一个人的名字，你应该认识。”

我立即来了兴致，目光快速扫了一遍所有记录，日期和药材不重要，我关注的是人名，我认识的名字，不会是我母亲吧？

哦，看到了，安维尔太太。

“啊！”我非常费解。“是我家太太！”我快速看完整条记录，难道她之前就给人下过毒？“印度大麻是什么？”我指着登记簿问奈拉。

“这是我药房里药性最强的药，”她说，“但它跟杓兰一样，也没有任何毒性，主要用来治疗抽搐和痉挛什么的。”她看着我，似乎在等我做出反应。看到我一脸茫然，她继续解释道：“伊丽莎，你家太太最初出现手抖的问题时就来找过我，这件事我都忘了，前几天你说她有手抖的毛病我才想起来。”她手指划过那条记录，目光深邃。“那些男医生都解决不了她的问题，她去了十几家正规诊所，病痛根本没有缓解，最终实在没办法才决定来我这里试试。”她拍了拍我的手，继续说道，“但你家太太之前没来过我这儿，她是通过朋友介绍才找到我的。”

莫名的忧伤把我整个人笼罩了起来，我没想到安维尔太太竟然求医问药过那么多次，我从来未设身处地想过她的艰辛。

“印度大麻有效果吗？”我担心说错药名，低头瞥了一眼登记簿上的记录。

奈拉迟疑片刻，低头盯着自己的手，脸上写满了歉疚。“伊丽莎，你还记得我之前跟你说过的话吗？”她再次开口，“我这里不是魔法世界，大地母亲确实给了我们很多宝贵的恩赐，但她也不是什么问题都能解决。”她抬起头，把自己从沉思中拽了回来，继续道，“不过，这样也挺好，如果印度大麻效果太好，那你家太太就用不着你帮她写信，你也就不会来这儿找我，更不会在这儿帮我修补登记簿了。你还记得我跟你说过这本登记簿有多么重要，对吧？”

为了让她放心，我特意把她几分钟之前讲过的话一字不差地背诵了一遍，“这本登记簿非常重要，因为这里是很多女性唯一能留下名字的地方，就算历史将她们遗忘，她们的名字至少还可以永久保留在这里。”

“非常棒，”奈拉对我的回答非常满意，“这样，咱们趁着太阳落山前再修补几条。”

她是怎么知道太阳快落山了？这房里没有窗子，她甚至不需要看一眼钟表。换作是我，我可判断不出太阳是什么状态，我心里盘算着，但并没有开口问她。奈拉把登记簿翻到新的一页，又找到一条需要修补的记录。

我再次埋头干活，希望自己的表现能令我的师父满意。

夕阳西下，我穿戴整齐，准备好手套，准备在草丛、泥土以及任何甲虫栖息的地方好好搜罗一番，我一定要多抓几只甲虫带回来。

我的手已经非常酸了，毕竟描摹了那么久的登记簿，但想到下一个任务，我内心还是充满了期待。

看到我眼睛里闪着兴奋的光，奈拉疑惑地皱起眉头。“等我们回来，你的手套就彻底毁了，”她说，“孩子，这可不是什么体面的活，又脏又累。”

我们走了整整一个小时，最后终于来到了一片开阔安静的田野，田地和马路中间隔着一排高高的树篱。可是没想到天色刚一暗，温度便骤然下降，冷得让人无法忍受，我心想，我要是甲虫，绝不待在这么冷的地方，早就去南方找个海边享受温暖潮湿的空气了。可奈拉说了，甲虫就喜欢冷的地方，喜欢靠富含淀粉的根茎类植物为生，比方说甜菜根。它们常常躲在里面，不仅可以在温暖中入眠，醒来后还有美味可以直接享用。

夜空中挂着弯弯的月牙，我跟奈拉在茫茫夜色下一人拎着一个麻布口袋，我紧紧盯着她的一举一动，看到她俯身跪在田里，先是找到一串脉络清晰的叶子，然后把它们一层一层拨开，最后翻找到下面的甜菜根茎。

“你看，我们要找的就是这个，”她一边说一边挖，“它们喜欢吃甜菜的叶子，但这个时候它们大都躲在土里。”说时迟那时快，她不知从哪儿快速抓住了一只恶心的甲虫，差不多她指甲盖那么大。“你仔细听好了，”她把挣扎的甲虫扔进口袋，“千万不要按压它们，更不能把它们挤碎。”

我试着动了动鞋子里的脚趾，虽然只在田里站了几分钟，我的脚已经冻得毫无知觉。“可是，不按着它怎么把它从地里抓上来呀？”我嘴上虽然问着问题，但心里对整件事的兴趣已经减了大半。“如果我发现了甲虫，我得趁它跑掉之前把它逮住吧，要是不按住它，它不就跑了吗？”

“下一只咱们俩一起抓，你看我是怎么做的。”她拍了拍身下的土，好像是想把甲虫赶出来似的。她的疼痛和不适似乎都有了缓解，又或许寒冷已经让她失去了知觉。“我刚才把手伸进去的地方，你赶紧再挖一挖，我确定刚刚摸到了不止一只甲虫。”

我打了个激灵。之前我还以为可以用个什么工具，网子呀，铲子呀什么的，结果什么也没有，能用的只有手套。不过我还是听从奈拉的吩咐，开始埋头干活，感谢天光暗淡，她看不见我为难的表情。我用手在坚挺光滑的甜菜根周围摸索，终于有了收获，我明显感觉指尖处有什么东西快速爬过。我鼓足勇气，把手伸进土里把甲虫圈住，然后把土翻起来让奈拉往里面看一下，果然，里面有一只长着绿色条纹的甲虫，正努力地从土里往外爬，好像要跟我们打招呼似的。

“太好了，”她说，“这是你逮到的第一只甲虫，赶紧把它放进袋子里，然后把口扎紧，省得它跑出来。我到下一道田埂里再找找，咱们至少得抓一百只才够用，你一边抓一边数着。”

“一百只？”我低头看了一眼袋子里唯一一只甲虫，它正在里面打滚。“老天，那不是说我们一整晚都要交代在这里了。”

奈拉歪头看了看我，表情严肃。月光倒映在她的眼中，让她看上去有些陌生。“孩子，我一直想问你，你不愿意花上一个晚上抓甲虫，觉得这活儿太辛苦了，但对于杀人，你似乎没任何反感。”

我心头一紧，她的话让我再次想到安维尔先生的鬼魂，他还一直折磨着我，让我下面流血不止。

“这确实是个苦差事，”她说，“这段日子对我来说尤其困难。不过现在说这些都没用，咱们还是抓紧时间吧。”

这漫长的夜呀，究竟过去了多久我并不清楚，月亮好像穿行了四分之一个夜空，但我并不擅长用月亮判断时间。

“我抓了七十四只了，”我身后传来奈拉的声音，她脚踩在草上，发出吱吱嘎嘎的声响，“你呢？”

“二十八只。”我回答道。我认真地数着甲虫的个数，不断在脑子里重复着，生怕中途忘了还得重新再数一遍。

“啊！那我们可以收工了，我们俩加一起还多抓了两只。”她扶我站起来，我感觉膝盖酸软，两只手也火辣辣地疼。

我们返回到大马路上，我抓住她的胳膊，悲伤再次袭来。“这个点儿，已经没有车了，”我叹了口气，“我们只能走路回去，对吗？”我内心崩溃至极，无论如何我也走不回去了。

“你腿脚不是很利索吗？”她说，我痛苦的表情竟然把她逗笑了。“嗯，别难过，咱们先到那边歇会儿，那边有个棚子，里面挺暖和的，也非常安静，咱们先在那儿歇着，等明早有车了再赶第一班车回家。”

我心想：抓甲虫应该不构成犯罪，但非法入侵问题就严重了。即使如此，我还是欣然跟在奈拉身后，甚至有些兴奋，我太想好好休息一下了。我们穿过一扇并没上锁的门，进了木屋，正如她说的那样，里面虽然漆黑一片，但的确温暖而安静。这让我想起了乡下家里的谷仓，想起母亲，如果她看到我大半夜不睡觉，手里拎着一袋有毒的虫子，她会做何感想？想想我都难过。

棚子里太暗了，我使劲闭了好几次眼才终于适应了里面的光线。棚子最里面有一台手轮推车，离我们较近的地方放着各种农耕的工具，右手边的墙边整齐地码着几捆干草。奈拉走到干草堆边，找了个舒服的角度靠在上面坐下。

“这里最暖和，”她喊我过去，“你把干草铺在地上，铺厚一点，不亚于一张舒服的床。不过你要小心，这里有老鼠，它们跟我们一样，也喜欢躲在这个地方。”

我回头看了看门的方向，担心房主气急败坏地冲进来把我们赶走。不过既来之则安之，我硬着头皮跟着奈拉给自己收拾出一个地方坐了下来。她就坐在我对面，我们俩几乎脚碰着脚。她从自己的大衣下面拽出一个小纸包，里面包着一块面包、一片奶酪，还有一个皮革水壶。她把吃的递到我面前，我这才突然意识到自己真的非常渴，于是举起水壶喝了一大口，感觉到麻布口袋里的甲虫在疯狂地挣扎。

“你多喝点，”她对我说，“这棚子后面有一个水桶，里面蓄满了雨水。”我意识到奈拉肯定不止一次在这儿过夜，她对这里的一切似乎了如指掌。

我痛快地喝了个够，拎起裙子下摆把下巴上残留的水擦掉。“您经常跑到别人家的地盘解决自己的不时之需吗？”我问这句话时想到的不仅是我们现在栖身的棚子，还有我们抓了一晚甲虫的田埂。

她摇摇头，“几乎从来没有过。我需要的东西，大都可以在野外找到，而且所有制作毒药的材料都被它掩护得很好。你见过颠茄花吗？像开裂的蚕茧，特别漂亮。有些药材看似罕见，但事实上你可以在大地的任何角落找到你需要的东西，大地深谙伪装之道，很多人都不知道毒药其实无处不在，他们耕种的地里、情侣亲昵的葡萄藤蔓下，甚至很多植物的根茎里都蕴藏着毒药，只要你懂相关的知识，就能轻松找到。”

我看了一眼我们背后倚靠的干草，心想：奈拉难不成也能从这些看似无害的干草中提取出毒药来吗？“您这些知识都是从书本上学来的吗？”我在她的药房看到过很多书，有些一看就经常翻看，已经翻烂了。我竟然指望着通过给她当短期学徒学会这些本事，我可真蠢，她肯定是经过多年努力才有了今天的能耐。

奈拉咬了一口奶酪，在嘴里慢慢地咀嚼。“不是从书上学的，都是我母亲教我的。”

她的回答很不讨喜，听上去还有点刻薄，但却激起了我强烈的好奇心。“您不是说您母亲那会儿，你们的药房还没有密室，也不卖给人毒药吗？”

“没错，我是说过这话，如果一个人没做过什么见不得人的事，何苦要终日躲藏在密室里呢？”

我想到自己和安维尔太太，我们也曾躲在她的房间，房门紧闭，假装是在写信，但其实我们是不想目睹安维尔先生临终前在楼上挣扎的惨状。

“我的母亲是一个好人。”奈拉继续道，说话的气息有点不稳。“她这一辈子，从未卖毒药给任何人，你看过我们的登记簿，应该知道这一点。里面旧记录里的用药都是治病救人的，无一例外。”

我坐直身体，等着听奈拉给我讲述她的传奇故事。我壮了壮胆子，问她说：“如果她自己不卖毒药，为什么要教你这些呢？”

奈拉认真地盯着我，“你知道吗？许多良药，只要增大剂量，或改变炮制方法，也能变成毒药。母亲之所以告诉我药的用量和制作方法，是担心我不慎毒害自己，当然也是为了我们顾客的安全。再说了，虽然我母亲不卖毒药给别人，但这并不是说她不知道如何制作毒药。”她说着，身体往后靠了靠。“我觉得正因如此，我的母亲才更伟大。狗有锋利的牙齿，但从不随便攻击人，这才更可贵。我母亲有满肚子的知识，却从来没有把它们用作攻击人的武器。”

“那您呢？”这几个字脱口而出，不过我当即就觉得这么问有些不妥，赶紧闭上了嘴。很显然，奈拉已经把她掌握的这些知识变成了杀人的武器，不过事出为何呢？

“是啊，我……”她把双手交叠着放在膝上，抬头正视着我的目光。“伊丽莎，我问问你呀，你把盘子……那个盛着大个儿有毒鸡蛋的盘子放在安维尔先生面前时，你的内心是什么感受？”

我仔细回想，当天早上的一幕好像刚刚才发生过一样。我走进餐厅，看到先生炙热的眼神，还有太太温柔的目光，太太已经与我达成了默契；我还想起先生那油腻的手指，沿着我的大腿后面向上猥琐地摸索；我还想到了之前，我曾经非常信任的东家安维尔先生趁着太太外出，给我喝下白兰地的那天，真是后怕呀。那天要是门房没有喊他下楼待客，谁知道会发生什么呢？

“我觉得我是在保护自己，”我回答她说，“因为他想害我在先。”

奈拉非常认同地点点头，仿佛引领我在林间寻找出路，让我可以自然地跟上她的思路。“那你为什么需要保护自己？”

我咽了口唾沫，紧张地跟她道出了实情。之前我一直没告诉奈拉为什么安维尔太太要毒害自己的丈夫，而我又为什么愿意给她帮忙。既然这次是我窥探了她的隐私，我觉得自己也有必要跟她说说自己的情况。“是他先对我动手动脚的。”

奈拉缓缓地点头：“嗯，咱们俩再往深里分析一下，他确实对你动手动脚了，让你非常反感……但如果是路上遇到的一个陌生人对你动手动脚，你觉得你会对他动杀心吗？”

“那不一样，大街上的陌生人我一开始就对他们不信任，”我回答她，“但对安维尔先生，我最初是非常信任的，直到后来，我才看透他的本性。”我停下来，调整了一下呼吸，心里想起了乔安娜。“我听说安维尔先生家有一个秘密，事后他怕事情败露，又想对其杀人灭口，我怕有一天他也会对我下手。”

奈拉似乎对我的回答非常满意，她轻轻拍了拍我的脚，“对，人都是先有信任才会遭到背叛，如果本来就没有信任，也就谈不上背叛了。”我点头表示认同，她又靠回草堆上。“伊丽莎，你刚才描述的事，是所有从我这里买毒药的女人都有过的心路历程，我也曾经历过这一切。”

她眉头紧锁，好像想起了在心底埋藏已久的记忆。“我不是一开始就计划着害人的，我也不是刚出娘胎就是个杀人犯。我走上这条路是因为很久以前在我身上发生的一件事。我也曾经深爱过，你知道吗？我爱的人叫弗雷德里克。”她刚开口就停了下来，我本来以为她还不想跟我分享她的事，但没想到，她清了清嗓子继续说道，“我本来以为他会跟我求婚的，他之前答应过娶我，我哪能想到他竟是个十足的大骗子，我后来才知道他爱的不止我一个。”

我惊讶地捂住嘴：“您是怎么发现他还有别人的？”我忍不住问她。这种事，她竟然愿意跟我这个年纪的人分享，我觉得自己非常荣幸。

“那是一个伤心的故事，伊丽莎。”她的脚碰了碰我的脚，好像是在提醒我认真听她讲。“你听仔细了，今天上午等你帮我准备好甲虫毒药后，我再也不想在我的药房见到你了。这是我的工作，做毒药、卖毒药，可我不想让你掺和进来。”听了这话，我内心充满了矛盾，既失望，又好奇，我想索性先答应她，这样她才会继续给我讲她的故事。

就这样，她给我讲了她的故事，虽然她每说一个字，我都能感觉到曾经的痛苦像疖子一样再次冒了出来，但我也能感到她内心深处得到了某种解脱。虽然我只有十二岁，但我们这样面对面靠着草堆坐着谈心，我真心觉得奈拉已经把我视作知己了。

“我母亲在我很年轻时就离开了人世，”她解释说，“大概是二十多年前，可是直到今天，每每想到她，我的心还会隐隐作痛，就像烙在心里的伤疤。你感受过失去亲人的痛苦吗？”

我摇摇头，我生活中遇到的人，除了安维尔先生，都还健在。

奈拉长舒了一口气。“那是一种漫长而可怕的伤痛，让人身心俱疲、孤独难耐。就是在那段时间，有一天，我的药房来了一个叫弗雷德里克的年轻人，那会儿我的药房还是个清白之地。他来我这儿是给他妹妹丽萨求药，他妹妹痛经非常严重，每个月的月事都很痛苦，已经持续半年之久。”

我皱了皱眉，不明白她口中的月事是什么意思，不管丽萨在奈拉的故事中扮演怎样的角色，我对她的肚子痛倒是能感同身受。“他是第一位来找我开药的男人，”奈拉继续讲道，“他当时的样子特别急！我就想，丽萨肯定是没有妈妈或姐妹帮她来问药，否则怎么会让自己的哥哥来。面对这样的情况，我怎么忍心将他拒之门外，于是给他开了一服益母草汤药，可以治疗他妹妹的痛经。”

“益母草，”我重复了一遍，“是给当母亲的人用的吗？”

奈拉笑了笑，解释说：“一百多年前，草药大师库尔佩珀就发现，益母草可以增加产妇的幸福感，缓解她们内心的抑郁情绪。”她继续说，“不仅如此，益母草还可以温暖子宫，刺激内壁血块脱落，这也就是说我们用药要非常小心，对于孕妇，我们绝对不能给人家开益母草。”

她从草堆里抽出一根干草，把它绕在手指上，像戴了一枚戒指。“到了第二个星期，弗雷德里克又来了，这次他神采奕奕，风流潇洒，说是特意上门感谢我救了她妹妹，让她恢复了健康，生活重新走上了正轨。我被他深深地吸引了，至于为什么，我当时也不明白。我以为那就是爱，但现在想想，或许就是因为当时我内心无比痛苦，迫切想要找个人填补内心的空虚。”

她喘了口气：“弗雷德里克似乎也看上了我，没过几个星期，他就承诺要娶我。日子一天一天地过去，他的海誓山盟让我又重新有了活下去的勇气和力量。他说要跟我结婚，跟我生一大堆孩子，还说要把我的药房重新装修一下，装上粉色的玻璃橱窗，他说要让我带着对母亲美好的回忆把药房继续经营下去。你能想象我当时的感受吗？如果这都不算爱，那到底什么是爱呢？”她低头看看自己的手，手指上还绕着那枚干草做成的指环。突然，她把指环松开，干草散落在她的膝上。

“很快我就怀孕了，大家知道我是药剂师，认为我肯定有办法把孩子处理掉，但我并不想那么做。我刚刚失去母亲，身体里孕育的小生命让我觉得生活又有了希望，母亲虽然离我而去，但我又有了新的亲人。当我告诉弗雷德里克这个消息时他也异常兴奋，我记得那是一个初冬的上午，他对我说要跟我结婚，说再过一个星期，等过了圣马丁节他就娶我进门，他还说到时候宾客应该还看不出我已身怀有孕。伊丽莎，你年纪还小，但你应该也知道，这个世界对没有名分的小孩并不友好。”

我紧张了起来，奈拉从来没提起自己有过孩子，那孩子到底有没有长大成人，现在又身在何处？

“嗯，估计你也能猜到，没过多久我的孩子就没了。这种事很常见，但小伊丽莎，很多事情不会因为常见就不会给人造成痛苦。我希望你这辈子永远不要经历这样的伤痛。”她把腿蜷起来，抱住自己的肩膀，好像生怕自己再次受到伤害似的，看来她接下来要讲的事情给她造成了无法愈合的伤痛。“记得那天天色已晚，弗雷德里克说他要离开伦敦回家探亲，于是，当天晚上我们两个就一直腻在一起。他给我做了晚饭，还帮我把好几个架子修好，最后又给我读了一首他写的小诗……多么美好的夜晚呀，至少我心里是这个感觉。他就这样离开了，临别时他吻了我，答应我下周就回来。”奈拉打了个寒战，沉默了一会儿。“他走后没过几个小时，我就觉得肚子疼得厉害，抽搐着疼，最后，我失去了我的孩子。当时我内心的痛苦没有任何言语可以形容。流产后，我就盼着弗雷德里克能早点回来，只有他才能给我带来些许安慰。卧床的那些天，我陷入极度的悲伤，但心里总觉得还有希望，弗雷德里克还有一个星期就回来了，我压抑着内心的悲恸，盼着他早日归来。但是，他迟迟未归。第二个星期，第三个星期过去了，他还是杳无音信，我开始胡思乱想。当晚，我的病来得非常蹊跷，我失去女儿的那晚，是我见他的最后一面。”

“弗雷德里克对我药房的一切了如指掌，什么东西放在哪个架子上或抽屉里，他都一清二楚。之前我跟你说过，哪怕毫无副作用的药，如果用量足够大也会致命。我检查了几瓶药材，通过与我之前的记录做对比，我发现益母草剩余的数量不对。弗雷德里克知道益母草的功效，因为我当时给她妹妹丽萨开的就是益母草。当时我就意识到，完了，他肯定是给我用了益母草，目的就是打掉我们的孩子。我们两个在一起已经很长时间了，他对我的工作也略懂一二，不排除他在我当天的晚饭里掺进益母草的可能。随着日子一天一天过去，我更加确定我的流产就是因为服用了益母草，多讽刺，益母草本来的功效是提升产妇的愉悦感、消除产后抑郁，结果却害我失去了孩子。”

听到奈拉的遭遇，我只觉得嗓子眼儿发紧，火辣辣地疼。我特别想问她怎能如此轻易上了弗雷德里克的当，他又是如何做到给一个药剂师下毒的。但是，我不想难为她，她已经够痛苦了。

“小伊丽莎，终于有一天，有人敲响了我的房门，你猜是谁？”

“弗雷德里克。”我把身体向前凑了凑。

“不，不是弗雷德里克，是他的妹妹丽萨。不过……其实她并不是他的妹妹，她非常直接地告诉我她是弗雷德里克的妻子。”

我摇摇头，不敢相信自己的耳朵。奈拉的故事仿佛就发生在我眼前，令我瞠目结舌：“她……她怎么知道上您那儿找您？”

“她知道，我家药房在我母亲活着那会儿主治的是妇女疾病，别忘了，最初她需要益母草的时候，是她让弗雷德里克来这儿找的我。当然，她也知道自己丈夫的毛病，爱寻花问柳，所以她才到我这儿寻找答案，希望我能告诉她实情。她来找我时距我流产也不过四个星期，我下面还在流血，经常感到头痛。我跟她摊了牌，毫无保留，她听后跟我说我并不是弗雷德里克的第一个情人。我们聊啊聊，她后来跟我打听架子上瓶瓶罐罐装的都是什么，我跟她讲了同样的话，过量服用，不管什么药都可能致命，但我没想到她竟然跟我要了马钱子。这种药，如果用量合适，不仅可以治疗发烧，甚至对瘟疫都有一定的疗效，但它的最大用途是被制成老鼠药，你家先生中的就是这个毒。”

奈拉摊了摊手继续道：“她刚提出要马钱子时我非常犹豫，不过最终还是给她拿了致命的剂量，而且也没收她的钱，甚至还嘱咐她要想办法掩盖其味道。弗雷德里克不是给我下了毒吗？我也要一步步告诉丽萨怎么给他下毒。孩子，这就是我走上这条路的缘由，我跟丽萨一起联手毒死了弗雷德里克。”

“丽萨离开后，我竟然感到解脱和释然，复仇本身就是一剂良药。”她轻轻咳嗽了两下，继续道，“弗雷德里克第二天就死了，我是后来在报纸上读到了他的死讯，报道称医生判定他的死因是心脏衰竭。”

奈拉咳嗽得越来越厉害，到了无法控制的程度。她捂着自己的胃，连续几分钟都喘不过气来。最终，她俯下身子，一边大口呼吸，一边对我说：“我的母亲、孩子和爱人相继离我而去，而我出售毒药的消息却不胫而走。刚开始大家还有所顾忌，后来全城都知道了我的药房。我不知道丽萨最先把这个消息告诉了谁，那个人又接着把这个秘密传播给了谁，总而言之，我药房的秘密被传得满城皆知。也不知从什么时候开始，女人们纷纷开始给我留言，我没办法，只得在原来的房子里竖起一面墙，给自己做了个藏身的密室。我不打算把我从母亲那里继承的药房给关掉，哪怕它的名声已经彻底被我毁了，我还是要继续做下去。”

她拍打了两下旁边的干草，继续说：“我知道自己经历了什么，知道自己如何被自己的爱人亲手夺走了孩子，但其实，每个女人都曾多多少少遭遇过男人的欺骗，就连你也难以幸免。”她一只手拄着地支撑着自己的身体。“我是一个药剂师，我的使命就是给女人提供治疗方法。这么多年来，我一直在做这件事，她们找到我，我向她们提供帮助，满足她们的愿望。我一直保守着她们的秘密，你要知道，我面临的压力并不比她们小。如果我那次流产后没有留下后遗症，我的子宫没有出现问题，或许我也不会一直做这个害人的勾当。但自从那次流产后，我就再没有来过月事，这也就意味着我再也不能生小孩了，每次想到这儿，我怎么可能忘记弗雷德里克对我的背叛！”

黑暗中我皱着眉头，不懂她所说的月事到底指的是什么。我想，她应该是口误说错了话，毕竟这两天她实在太累了。

奈拉似乎坐不住了，她侧身躺了下来，打了个哈欠，身体已经极度虚弱。我知道她的故事应该讲得差不多了，可我还没听够，一点儿困意也没有。

“当然了，这种事我也不可能做一辈子，”她低声继续说道，“我的身体也不允许。很久以前，我以为这样害人或许能缓解我身体的伤痛，但我错了。我的身体不但没有好转，反而每况愈下，骨节肿大，疼痛难忍，身体一天不如一天。我常想，没准正是因为我给别人下毒，所以我的身体才越来越糟糕，但一旦走上了这条路，让我如何收手呢？你也亲眼见了克莱伦斯夫人，大家都来找我，我想不做都没办法。”

她清了清嗓子，舔了舔嘴唇。“这一切就像一个谜，”她总结说，“我帮助无数女性解决了她们的问题，但我自己的问题却始终无法解决。二十年了，我痛苦依旧。”她的声音越来越低，我几乎听不清她说了什么，我想她是不是已经睡着了，梦到了什么不好的东西才不断喃喃呓语。我竖起耳朵，最后听到她说，“对于我遭遇的痛苦，这世上根本没有解药。”

第十六回
卡洛琳

时间回到现在，星期二

走进嘉岚酒店大堂，我顿时感到惶恐不安。回来的路上，我心里惦记的都是调查女药剂师的事，可既然回来了，火烧眉毛的当然是如何对付詹姆斯。他马上就要到了，我只能暂时把熊巷、药瓶和图书馆的资料通通放下。

我算了算，加上清关、打车的时间，詹姆斯这会儿应该还没赶到酒店，可即使如此，当我走到房间门口时我还是迟疑了一下，该不该先敲敲门，万一他已经在里面了呢?

不，不敲。这是我的房间，我是一个人来伦敦旅行的，他才是不速之客。这么想着，我刷了门卡，打开房门走进了房间。

太好了，房间里没人，也没有别人的东西。不过，在我离开期间，房间应该被人打扫过，比我早上离开时整洁了许多。洁白的被子又被整整齐齐地掖到床垫底下，摆放水壶的地方也被清理过了，换上了两个干净的杯子……门口的小桌上竟然摆了一瓶漂亮的淡蓝色绣球。

我把插在花束中间的小卡片拿下来，真希望这花儿是我那尚不知情的双亲送给我们的周年祝福。

然而并不是，卡片上的留言很短，但看一眼我就知道这花儿是谁送的了。对不起，我会跟你好好解释，给你一个交代，我永远爱你。马上到，等我。

我放下卡片，翻了个白眼。詹姆斯是个聪明人，这是他的危机公关，人虽然还没到，却已经开始想尽办法求得我的原谅，至少先确保我不会将他拒之门外。但是，如果他以为凭此就可以跟我深谈一上午再带我出去喝上几杯，然后便可以按照原计划继续我们的周年之旅，那他就大错特错了。

我没什么可内疚的，错的又不是我。没错，我或许也对婚姻有过些许不满，但从来没做过错事，对不起婚姻的是他。

就这样，我刚回房间没多久，正靠在床上喝冰水时忽然听到外面有人敲门，凭直觉我就知道是他，就像我们结婚那天，虽然我们各自站在圣坛的两边，但我也能深切感受到他发自心底的激动。

我深吸一口气，走过去打开房门，他的气息不由分说地扑面而来，那是我熟悉的松木和柠檬的香气，还有一丝他最爱的手工香皂的味道。那香皂是几个月前我们俩一起逛市场时买的。那段时间，我只要不忙就会在品趣志上搜罗助孕的办法，那段时间，我的日子过得多轻松啊。

詹姆斯站在我面前，身边立着一个灰黑色的行李箱。他脸上没有笑容，我也一脸严肃，如果这会儿刚巧有人经过，肯定会一头雾水，心想怎么会有如此令人难受、尴尬的相聚。我们俩面无表情地看着对方，老实讲，就在几分钟以前我还不太相信他真的会来伦敦找我，但现在，他整个人已经站在了我的面前。

我把门彻底打开，示意他进来。我一脸冷漠，仿佛他不是我的丈夫，而是一个帮我送行李的门童。他拉着行李进了门，我自顾自地去给自己加水。“你还是找到这儿了。”我扭头对他说。

詹姆斯看到桌子上的花束，“嗯，卡洛琳，预约酒店时也留了我的名字。”他把证件什么的，他的护照和一些票据挨着那束花放在了桌上。他耷拉着肩膀，眼角出现了很明显的皱纹，一脸从未有过的疲惫。

“你是不是很累？”我问他。我的声音有些沙哑，忽然间觉得自己口干舌燥。

“我已经三天没合眼，真要累死了。”他伸手摸了摸那束绣球，指尖滑过丝滑的淡蓝色花瓣。“谢谢你让我进门。”他泪汪汪地看着我。我这辈子只见他流过两次眼泪：一次是在我们的结婚典礼上，他举起粉红色的香槟向我这个新婚妻子敬酒，还有一次是在他叔叔的葬礼上，下葬后我们离开墓地时他落了泪。

然而，此刻他的眼泪打动不了我，我不想跟他待在一起，甚至不想看见他。我指了指窗边的布艺沙发，示意他可以坐下歇会儿。这沙发肯定不是给客人睡觉用的，闲来无事倒是可以坐在上面消磨时间，也可以轻松地聊聊天，或是在午夜时分与爱人巫山云雨……然而这些，我跟詹姆斯都不可能做。“你歇会儿吧，衣柜里还有毯子，你要是饿了，就给前台打电话，他们这儿的服务很好。”

他一脸疑惑地看着我：“你要出去？”

快到中午了，明媚的阳光照进房间，洒在酒店的地板上留下浅黄色的影子。“我要出去吃午饭。”我一边说，一边脱下运动鞋，换上了一双平跟鞋。

酒店房间的桌子上有一个小宣传册，里面推荐了几家餐厅，有一家意大利餐厅就在附近。我要吃点让人心情愉悦的东西，或许还可以点一杯基安蒂红酒。我喜欢意大利餐厅，通常意大利餐厅的光线都很暗，非常适合此刻的我。我就想在一个不显眼的地方坐下来好好想想自己的事，即使哭了也不会有人看见。看见詹姆斯活生生地站在我面前，让我如鲠在喉。我真想拥抱他，想要抓着他的手臂质问他为什么要这么对我。

“我能跟你一起去吗？”他摸了摸自己的下巴，三天没合眼，他的胡子长长了不少。

我知道他现在肯定很难受，长途跋涉，身心俱疲，我竟不由自主地同情起他来。是呀，我不是已经想好不要跟他刻意较劲儿，我们要解决问题，不是吗？那我为何不趁这个机会一吐为快呢？但我一定不能流眼泪。“当然。”我低声回答，说完，拿起包包往门口走去。

那家意大利餐厅的名字叫“河沿儿”，距离泰晤士河仅一步之遥。老板娘安排我们在角落的一个小桌坐下，位置很好，不会受到其他客人的打扰。她或许以为我和詹姆斯是初次见面，否则我们两个人怎么一点儿也不亲密。厚重的暗红色窗帘像蚕茧一样把整个餐厅包裹得仿佛是深夜，几盏古色古香的罩灯照亮了用餐区域。换作以前，我肯定觉得这是个浪漫的地方，但今天我却感觉它压抑得让人窒息。或许，这个地方并不适合我们，太私密了。可是我们俩都又累又饿，实在懒得换地方了。我们不约而同叹了口气，在桌子两侧的扶手椅上各自坐了下来。

菜单上的菜品非常丰富，让我们可以暂时不去考虑我们的未来，只需要想清楚吃什么就好。刚坐下时我们俩谁也没说话，服务员给我们拿来水，紧接着又端上来两杯红酒。她刚把酒杯放下，我突然想起一件大事：我的经期延后了，我还能喝酒吗？我到底有没有怀孕？

我用手指在酒杯底座上划过来又划过去，琢磨着到底该怎么做。我不能找服务生把酒退掉，那样肯定会引起詹姆斯的怀疑，当然，我也不能把我的那杯让给他喝。我着实不知道该怎么办，在这令人窒息的凄惨的红色房间，我究竟该怎么办啊？

我想起了罗丝，她好像在怀孕的前几周也不小心喝了酒，因为那会儿她还不知道自己怀孕了，她的医生知道后也没有大惊小怪地让她检查这、检查那。我肯定也不会有事，心里这样想着，我喝了一大口红酒。我翻开菜单，但心里很乱，根本不知道自己看了什么。

几分钟后，服务员就帮我们点好了餐，而后便带着菜单离开了。我突然想留住她，没有了她这道屏障，我就只能和詹姆斯面对面了。菜点了，服务员也走了，我们两个除了大眼瞪小眼已经无事可做。桌子很小，我们面对面坐得很近，我甚至能听到他的呼吸声。

我看着他，我的丈夫。在这样的灯光下，他的脸似乎比刚才还要凹陷，我尽量不去想他上一顿饭是什么时候吃的，但他确实掉了好几斤的分量。我又呷了一口酒，鼓足勇气对他说："我特别生气。"

"卡洛琳，你听我说。"他没等我把话说完就开了口。我看到他紧张地摆弄着自己的手，每次他跟客户打电话，如果对方跟他发脾气，他就会无意识地做出这个动作。"我跟那个人已经彻底结束了，我会把她调到别的部门，我会跟她说清楚，让她不要再联系我，否则我就通知人事部门让她走人。"

"你是说这一切都是她的错吗？都是她一个人的责任？你别忘了，你马上就要当合伙人了，我看人事部门恐怕更关心你的所作所为。"我摇摇头，对他更加失望。"再说了，这件事难道只关乎你的工作吗？对我们的婚姻就没有影响？"

他叹了口气，向前探了探身子。"我知道这件事很不幸，但事情已经发生了。"他可真会措辞，这不是在推卸责任吗？"或许，这也不全是坏事，"他继续道，"塞翁失马，或许反而能让我们的关系变好。"

"塞翁失马，"我重复着他的话，简直不敢相信自己的耳朵，"那你说说，有什么好处？”

服务员端过来一大份意面，轻轻地放在我们桌上，气氛瞬间凝重，空气安静得令人害怕，她放下餐食，迅速离去。

“我就是想跟你坦诚地好好谈谈。卡洛琳，我今天来伦敦找你，就是想解决问题，为你，我做什么都愿意。你要让我去做心理调解，我就去心理调解，让我自我反省，我就自我反省。”

老实讲，我这次独自一人来到伦敦，就是想好好调适自己的心理，可是詹姆斯一来，一切都变了。他轻描淡写的态度令我越发生气，“既然你说到自我反省，那咱们就一起反省反省，”我说，“你为什么要这么做？那次升职酒会后，你为什么还和她纠缠不清？”我这才意识到，原来比起事情发生的始末，我更关心他为什么要这样做，究竟为什么？我突然想到一个从未想过的问题：“你不想跟我生孩子，对吗？”

他目光低垂，摇了摇头。“不是，不是这样的，我想要个孩子，跟你一样想有我们自己的孩子。”

我心里的一块石头落了地，至少不是因为孩子，但我突然又觉得如果真是这个原因也挺好，这样我们就可以把问题摆在明面，好好探讨该如何解决。“那……究竟是因为什么？”我不死心，非要刨根问底，我一边问一边再次拿起酒杯。

“我想，是因为我不够幸福。”他语气中透着疲惫，累得好像连一句话也懒得说。“我的人生一直一帆风顺，未来什么样子毫无悬念。”

“你是说我们的人生吧？”我纠正他说。

他点点头，没再争辩。“对，是我们的人生。我知道你需要安稳的生活，想要有保障的未来，咱们的孩子也需要，但……”

“你说我需要安稳的生活？我需要有保障的未来？”我摇头否认，“不，不，你说得根本不对。当初我要申请剑桥大学时，反对的人是你，你说不想我离你太远，是你。”

“撕毁申请书的人可不是我。”他语气冰冷。

他可别想一句话就把我怼回去。“当初，刚结婚的时候，你说工作太忙，说咱们先不要孩子。当初，是你非得让我接受农场的工作，你说那份工作稳妥，干起来也不辛苦。”

詹姆斯用两根手指敲打着白色桌布：“卡洛琳，你要知道，最后接受那份工作的人是你，不是我。”

服务员走过来，给我们一人盛了一碗意面，我们俩只好住嘴。我看着她转身离开，留意到她坚挺上翘的屁股。詹姆斯并没注意到这一切，他一直在盯着我。

“你做过的事，我不可能当作没发生，”我推开面前的盘子，里面的东西一口也没动，“你要清楚这一点，我永远也不可能忘记，这件事会成为我们婚姻的一道疤，就算我们闯过这一关，它也会永远留在那儿。什么时候我们才能把这件事放下，重新拥有幸福的生活？”

他从桌子中间的盘子里拿起一个小面包塞进嘴里。“这要看你了，我已经跟你说了，我跟她已经结束了，我承认我错了，现在不正跟你一起解决问题呢吗，我的老婆！”

我开始设想我们的未来，五年或十年以后，我们的生活会变成什么样子？如果詹姆斯真的迷途知返，真的能跟我好好过日子，或许那个第三者不过是我们婚姻中的一个小插曲，而他的出轨也不过是他曾犯下的一个错误而已。毕竟，谁的婚姻能一帆风顺呢？我听说，至少一半的婚姻都曾经历过不忠和背叛。有一点我很清楚，那个第三者并非造成我们婚姻不幸的唯一原因。此刻，我们面对面地坐着，我想过跟他说说内心真实的感受，但他的样子却让我觉得他跟我似乎并非一条心，还叫我怎么跟他吐露心声。他始终还是我的对手，我没办法把我这次旅途的所思所想告诉这样一个人。

“我来伦敦就是给你道歉的，”詹姆斯说，“至于说我们的旅行安排，对我来说都不重要，哪怕只是跟你待在房间里点外卖，对我来说都无所谓，我就想……”

我抬起手，示意他别再往下说。“不，詹姆斯，我做不到。”他有多痛苦，我已经不太关心了，我才是受害者，我的心中才满是伤痕。“你不经我同意擅自来伦敦，我并不高兴，我一个人来这儿是想把问题想清楚的。你一路追来让我非常紧张，你好像生怕我跑了，一点喘息的空间都不给我。”

他抬头看着我，不知该说什么。“你说我一路追你到这儿？我又不是吃人的老虎，卡洛琳。”他把目光从我身上移开，满脸通红地拿起叉子，叉起一大块食物送进嘴里，嚼了两下便咽了下去，然后又吃了一口。“你是我的妻子，孤身一人来到异国他乡，还是第一次，你知道我有多担心你吗？万一遇到小偷怎么办？或是遇到个什么变态，他知道你独自一人，对你下手怎么办？”

“上帝呀，詹姆斯，你能不能别把我当成一个生活不能自理的傻子？”我的酒杯已经空了，我招呼服务员，让她再帮我倒满。“这儿挺好，真的，我根本没遇到什么困难。”

“那就好。”他不再较劲，语气也和缓了许多。他用餐巾擦了擦嘴角，继续说道，“你说得对，我来之前应该先问问你的意见，对不起，是我擅自做主了。但无论如何我已经来了，你要知道，我临时定的机票价钱有多贵，花了我整整三千美元，回去的机票也不便宜。”

三千美元？“哦。”我从两唇之间挤出一个字，他竟然花了三千美元买机票，谁让他来了？他根本就不该来。“那咱们可不可以先说好，接下来的几天，你给我点私人空间，让我好好想想咱们俩的事。”其实我已经想明白了很多事，我清楚地意识到曾经满腔热忱的我已经被生活消磨得所剩无几，这太可悲了。

他呼了一口气：“我们应该好好谈谈，一起来解决困难，不是吗？”

我轻轻地摇头，回应说：“不，我想一个人待着。晚上，你可以在酒店沙发上凑合一下，这已经是我能做的最大让步。我独自来伦敦就是想有一个属于自己的空间。”

他闭上眼，脸上写满了失望和无奈。“那好吧，”他说，把吃了一半的餐食推到一边，“我想回房间了，我累了。”他从钱包里抽出几张二十英镑的纸币，放到我这边，然后站起身准备离开。

“你好好休息一下吧。”我盯着对面空空的座椅。

离开前，他吻了我的额头，我僵在那里一动不动。“嗯，我尽量。”他说。

他往餐厅的大门走去，我没有看他。他走后，我把自己的那份意面吃得干干净净，第二杯红酒也喝了个精光。几分钟过去了，我看到手机屏幕闪了一下，上面显示的是一个我不认识的号码，是谁发来的消息？我皱起眉头。

卡洛琳，您好！您走之后我又查了些材料，结果在我们的手稿数据库有了点新发现。我已经申请借阅那些资料，但得等几天，你什么时候走啊？

盖尔娜

我坐直身体，马上给她回了过去。

嗨！太感谢了，我还能再待一个星期，你找到的是什么资料？希望大不大呀?

我把两手放在桌上，等着盖尔娜的回信。我俩在图书馆一起查资料的时候她就跟我说了，手稿都是手写或打印的材料，她是不是找到了什么有价值的信件，或是什么人的临终忏悔？里面也提到了那位药剂师？消息提示一响，我就迫不及待地拿起手机。

两个搜索结果都来自简报——一种期刊类的杂志，时间都是1791年，但并未收录在我们已经做了数字化处理的报纸中，所以咱们在搜报纸时没找到相关的内容。初始数据显示该简报中有相关的图片，具体的我还不清楚，等有了新消息，我会第一时间通知你!

我合上手机，这对我来说的确是一个令人兴奋的消息，不过望着詹姆斯吃剩的意面和用过的餐巾，我再次意识到眼下还有更重要的事情需要处理。服务员走过来，问我还要不要红酒，我说不用了。大中午的，我已经喝了两杯，已经不少了。周遭的客人都沉浸在自己的世界里，跟同伴聊得热火朝天，而我，则想坐在这儿好好想一想我的问题。

按照詹姆斯的说法，他会出轨是因为对我们一成不变的生活感到不满。在此以前，我们两人是不是都有着同样的心情，都感觉生活如一潭死水，是他的背叛才让这一切戛然而止？如果真是这样，我们想要孩子的想法是正确的吗？什么样的孩子会愿意来到我们这样的家庭？会愿意拥有我们这样的父母？

没错，孩子确实需要一个稳定的家庭，需要接受良好的教育，家里至少要有一个人拥有体面的收入，我们家的情况就是如此。然而，为什么我和詹姆斯都对我们的婚姻不满意呢？我们各自的成就感来自哪里？

我们各自的幸福感又来自何处？先考虑我们自己的快乐，是不是过于自私了？但即使孩子还未出生，我们也不能把自己作为生活的重心吗？

我现在所在的地方是伦敦，我见识了伦敦久经风霜的砖瓦建筑、神秘的手工艺品，甚至还研究了几张已经废弃不用的老地图。这一切都在不断提醒我，想当初我为何痴迷于英国文学和历史的奥秘，我感觉曾经那个年轻热忱的学生又回来了。仿佛我从河里挖出来的不是一个小药瓶，而是曾经的我自己，那个被岁月消磨得所剩无几的自己。我嘴上虽然说我们的婚姻走到这一步都怪詹姆斯，要不是他，我就不会被困在美国的一个农场，一待就是十几年，但我内心深处清楚，这一切不能都怪在詹姆斯头上。他也说了，亲手撕毁剑桥研究生申请的不是别人，正是我自己，同意留在我父母农场工作的人，也是我自己。

我想了解真实的自己，我一直盼着有个孩子，是不是因为潜意识里我也不想面对现实？现实生活跟我想的不一样，我本来可以活得更好，不是吗？最可怕的还不是这个，最可怕的是我连尝试的勇气都没有。

我一直盼着生个小孩，这样就可以把全部精力放在孩子身上，总想着有朝一日生活或许会怎样怎样。但我自己的梦想呢？就这样被我遗失，被我埋葬了吗？为什么直到人生出现了危机我才学会反省，才学会重新审视自己？

第十七回
伊丽莎

1791年2月9日

奈拉说得没错，天刚亮就有车了。我们上了第一趟车，车上只有我们两个，破衣烂衫不说，还浑身是泥，脏兮兮的麻布口袋里装着甲虫，好多都还活着。不过，袋子的口扎得很紧，估计即使活着也快闷死了。

一路上，我们没怎么说话，我是因为太累了？我昨晚几乎一夜没合眼，而奈拉，我知道她睡得不错，整晚我都听着她的呼噜声。她，没讲话或许是因为尴尬，毕竟她刚刚跟我分享了她那么多秘密：她对弗雷德里克的爱，她的未婚先孕，还有她悲惨的流产。她会不会后悔跟我说得太多？不过，她也说了，今天回去之后就不让我再去她那儿了。

我们在弗里特街下了车，沿着泥泞的街道往奈拉的药房走，沿途路过了书店、印刷店和女士束身衣店，我还留意到橱窗里张贴着一则关于拔牙的广告，价格三先令，附赠一打兰威士忌。我们对面突然走过来两位年轻女子，苍白的脸上涂着厚厚的胭脂，穿着淡雅的晨礼服，她们从我们身边飘然而过，看着她们，我顿时警觉起来。不过，她们聊天聊得正欢，说什么有一双新鞋，上面的蕾丝花边如何如何，我注意到其中一位女士提着一个购物袋，她们应该是要去购物。

我低头看了看自己手里提着的麻布袋，里面装的是爬来爬去的甲虫。想到我们要做的事情的严重性，我不禁打了个寒战。当初给安维尔先生买毒鸡蛋的时候我都没像现在这么害怕过。我当时觉得，即使被巡夜的人看到也没关系，谁会怀疑一个拿着鸡蛋的姑娘呢。但现在不一样，不管是谁，只要看一眼我们的麻布袋都会起疑，万一有人过来问我们怎么办？我可没有准备任何说辞啊！走进小巷，我反复回头张望，生怕有人尾随上来。不过事后证明是我想多了，奈拉每天都要背负如此沉重的负担度日，这让我简直无法想象。

我们两个健步如飞，快速躲闪过拴在路边的马匹和四处乱跑的鸡群。我的心里除了害怕还是害怕，好像马上就会有人跟上来把我们抓走似的。

终于快到了。走在巷子里时，除了老鼠，连一个鬼影子也没碰到，我们真是太幸运了。我们快速钻进储物间的门，穿过里面的暗门进了密室。奈拉进门后做的第一件事就是生火，克莱伦斯夫人说了，她一点半就到，留给我们的时间已经不多了。

生了火，房间里顿时暖和了起来，我终于长舒了一口气。站在炉火边，我的脸被烤得暖烘烘的。奈拉从柜子里把萝卜、苹果和红酒什么的拿出来放在桌上，跟我说，“赶紧吃吧。”我狼吞虎咽的时候她却还在忙，找来研杵、托盘还有小桶准备开工了。

可能是我吃得太快了，一下子胃痛得厉害，而且一直扩散到小腹。我弯下腰捂着肚子，生怕奈拉听到我肚子叽里咕噜的动静，有那么一刻，我竟然怀疑她是不是给我下了毒，这样我就再没法麻烦她了。胃越来越胀，我越来越慌，生怕自己的担心被应验，不过我突然打了个嗝，胃痛好像一下子就缓解了。

奈拉回头看了我一眼，忍不住笑出了声。这是自我们相识以来我第一次看到她发自肺腑地开心。“感觉好点了？”她问我。

我点点头，憨着笑。“您在做什么？”我一边擦嘴一边问她。她手里拿着一袋甲虫，使劲儿地摇晃。

“我要把它们晃晕，”她回答我说，“把还活着的甲虫晃晕。等下我们得把它们倒进小桶里，如果一百只甲虫都活着，憋着劲一起往外跑，我们俩可招架不住。”

听罢，我也拿起另外一袋甲虫，学着她的样子使出我吃奶的劲儿摇晃，我甚至能听到里面小虫子跌跌撞撞的声音。老实讲，我觉得自己有点对不起它们。

“可以了，现在你把它们倒进这里。”她用脚把小桶提到我跟前。我小心翼翼地解开袋口的绳子，咬咬牙把袋子打开。在此之前，我一直没敢仔细看袋子里的虫子，也不敢想象里面会是什么样子。

我估计至少一半的甲虫已经一命呜呼，一动不动，像一颗颗小小的石子，只不过长着小眼睛、小腿儿，另外一半似乎还在挣扎，尽管不愿意从袋子里出来，但最后也都叽里咕噜滚进了小桶。奈拉把她那个袋子里的虫子也倒了进去，然后拎起桶走到炉边，把小桶放在了烤架上。

“现在就烤吗？直接烤就行？”我问她。

她摇摇头，“还不行。火是会把它们烤死，但我们不能直接用这个桶，否则就变成炖甲虫了。”

我歪着头，一脸茫然。“炖？”

“现在，它们身体里还有水分，就像咱们人一样。伊丽莎，你在厨房干过活，如果你把十几条小鱼一起放在煎锅里，开火后会怎么样？鱼能像你家主人吩咐的那样烤得又酥又脆吗？”

我摇摇头，似乎明白了她的意思。“不能，它们会出水，把整锅鱼弄得湿漉漉的。”

“对啊，湿漉漉的鱼还怎么可能被碾成粉末呢？”看到我面露难色，她继续道，“这些甲虫也是同样的道理，如果我们把它们一起倒进去，过一会儿它们就会冒热气，然后糊在一起，所以我们得用一个特别大的平锅，每次只烤几个，这样才能保证它们变干变脆。”

一次只烤几个，我心里盘算，我们可有一百多只甲虫呀！那得烤多久才能烤完啊？这活儿简直比逮甲虫还让人糟心。

“等烤脆之后呢？”

“烤完后，我们再一只一只地把它们碾碎，碾成非常细、非常细的粉末，要达到混进水里完全看不出来的程度。”

“一只一只？”我重复着她的话。

“对，一只一只。希望克莱伦斯夫人不要提前到，我们能按照她原来说的时间把药做好就不错了。”

我回想起奈拉把之前那份甲虫粉末扔进火里的画面，炉火一下子冒出绿色的火焰，当时她是用了多大的勇气才能忍心把自己辛苦一整天的劳动成果扔进火中付之一炬啊。在此之前，我其实不知道她内心多么反对谋害贵族情妇的想法，但现在我知道了，她是真心不想成为谋害女性的帮凶。

整整一天都要重复如此单调乏味的工作，想想我都头大，不过我还是强迫自己打起精神。奈拉说过，等我帮她做完这个活儿，她就不想再在药房见到我了。或许，如果我这次任务完成得好，她会改主意把我留下也不一定。想到这儿，我顿时觉得浑身是劲儿。而且，我下面的流血也终于止住了，之前猩红色的热血变成了黄褐色的斑块，这是不是意味着安维尔先生的灵魂已经决定离开我的身体，埋伏在其他什么地方等我了？他会待在哪儿呢？只有一个地方，那就是凄冷的沃里克巷的安维尔宅邸，他知道我很快就会回去。

哎，我多希望可以一直待在药房，哪怕烤一千只甲虫我也愿意。我可不想回到安维尔家，每天受冤死鬼的折磨。谁知道我那死去的主人已经变成了什么可怕模样。

距离克莱伦斯说好的时间只剩下十二分钟了，外面突然下起了瓢泼大雨。我们俩无暇顾及，一直忙着研磨甲虫，要磨得越细越好。

当初，如果奈拉还计划着在克莱伦斯夫人到这儿之前把我打发走，那现在恐怕万万做不到了。要是没有我的帮忙，她一个人无论如何也完不成任务。还剩下六分钟，奈拉让我去找一个容器，随便找一个罐子，大小合适就行。而她，一直低头忙着，目不斜视，研杵碰撞杵臼发出巨大的声响，我看到她小臂上渗出了汗珠。

一点半，克莱伦斯夫人准时出现，不差分毫。她这次来，双方省去了所有寒暄，她一进屋就一副非常强势的模样，抿着嘴，端着肩膀。“你们做好了吗？”她问，雨水顺着她的脸庞滑下来，像扑簌簌流下的眼泪。

我仔细将磨好的粉末倒进我在橱柜下面找到的一个沙色陶罐里，奈拉正忙着把桌子下面清理干净。终于完成了，我找到一个盖子，把罐子盖紧。看我弄完了，奈拉开口回答说：

“嗯，弄完了。”我轻轻地，甚至是蹑手蹑脚地把罐子递给克莱伦斯夫人，她把它捂在胸口，藏到了大衣下面。不管这药最终用在谁身上，不管是男是女，我不像奈拉有什么原则需要坚守，我都会感到无比骄傲，要知道我们花费了多少时间才得到了这最终的成果。我这辈子好像从没有过如此强烈的自豪感，虽然之前为安维尔太太写过那么多长信，但都没办法跟这件事相提并论。

克莱伦斯夫人把一张钞票递给奈拉，我没看清楚是多少钱，也不关心。

克莱伦斯夫人出门前，奈拉清清嗓子开口道：“晚宴还是安排在今晚吗？”她语气中带着几分试探，我猜想她是希望原来的安排会因为恶劣的天气而取消。

“要不然我为什么冒着大雨跑到你这儿来？”克莱伦斯夫人语气很不友好。“你也不用内疚，”她看了一眼奈拉，继续道，“你只是卖毒药给我，给伯克韦尔小姐下毒的人又不是你。”她抿了抿嘴，“我只希望她尽早把毒酒喝下去，这样我们所有人就都解脱了。”

奈拉闭上眼，像是不忍继续听下去。

克莱伦斯夫人终于走了，奈拉缓缓回到桌子边，坐下来，拿过桌上的登记簿。她把羽毛笔在墨水中蘸了两下，动作极其缓慢，是那种之前从未有过的缓慢，连续忙了几个小时，此刻的她终于耗尽了所有的力气。虽然之前她给人开过许多毒药方子，但这次的买卖似乎真的要将她压垮，至于为何如此，我其实无法理解。

“奈拉，”我问她，“你一定特别难过，如果我们没有及时准备好甲虫，她就要置你于死地，不是吗？”在我看来奈拉没做错什么，她要是不这么做，这世上不知道得有多少生命就此消失，包括我自己。她为什么不想想这些呢？

她手里拿着羽毛笔，若有所思。或许不知道该对我说什么，于是翻开登记簿，在羊皮纸上做下记录。

伯克韦尔小姐，克莱伦斯勋爵的表妹兼情妇，斑蝥毒，1791年2月9日，经办人：克莱伦斯夫人。

写完最后一笔，她拿着羽毛笔呼了一口气，我感觉眼泪已经在她眼眶里打转。终于，她把笔放到一边，外面传来一声闷雷。她转过头看着我，目光深邃。

“我的孩子，就是……”她欲言又止，不知该如何措辞。“就是，我以前从来没有过这种感觉。”

我打了个冷战，好像房间里突然钻进来一股阴风，紧张地问道：“什么感觉？”

“感觉马上会有不好的事情发生，非常可怕的事。”

接下来便是一阵沉默，我不知道如何回应她口中可怕的预感，我越发觉得有一个看不见的无名鬼缠上了我俩。是不是安维尔先生的鬼魂也盯上了她？我的目光停留在桌边放着的那本紫色的魔法书上。奈拉之前说了，那本书是给产婆和巫医看的，所以并不一定适合我。不过她也说过，书的扉页记录了书店的地址，我到了那儿，或许可以找到更多类似内容的书。

如果我对安维尔先生鬼魂的恐惧足以成为我拜访那家书店的理由，那奈拉此刻不祥的预感绝对是在告诉我要尽快行动，越快越好。

窗外雨声低沉，暴雨似乎没有任何变小的迹象。如果奈拉真把我赶出去，我只能沦落街头，在滂沱大雨中度过漫漫长夜了。我可不想回去安维尔家，至少现在还不能回去。但我也没有奈拉那样的勇气，可以偷偷潜入陌生人的小木屋凑合一夜。

“我想明天早上雨一停就去那家书店看看。”我说，指了指那本魔法书。

她一脸疑惑地看着我。现在，我已经熟悉了她脸上那副不解的神情。“你还在想办法把鬼魂从那个房子里赶出去？”

我点点头，没错，奈拉低声嘟囔了一句，然后伸手捂住嘴把哈欠给憋了回去。

“小伊丽莎，你得走了。”她走到我跟前，向我投来同情的眼神。“你得回到安维尔太太那儿。我知道你害怕，但请你相信我，真的没有必要。你踏进门就大喊一声‘我回来了’，安维尔的鬼魂，不管是真的还是你自己想象的，听了你的话，就会乖乖地离开，你悬着的心也可以放下了。”

我看着她，哑口无言。我一直都知道她可能会赶我走，就像她此刻所做的一样，但我怎么也想不到她竟然没有任何的不舍，竟然可以如此云淡风轻地让我离开。我可是帮她研磨了一天的甲虫呀，要是没有我，她怎么可能在克莱伦斯夫人到来之前将一切准备就绪。

我从椅子上站起身，胸口发热，心怦怦地跳，眼泪没出息地在眼眶打转。“您再也不想见到我了吗？”我张口结舌地问她，忍不住呜咽了起来。我突然发现，我难过不仅仅是因为要被她扫地出门，更主要的是因为我即将失去这个新朋友。

我知道奈拉并非铁石心肠，她也从椅子上站起来，趔趄着走到我身边，紧紧搂着我。“我希望你这辈子不要像我一样，永远在跟爱的人说再见。”她帮我捋了捋头发，继续道，“但是，你是一个好孩子，不应该与我这样的人为伍。走吧，现在就走，乖。”她从桌子上拿起那本魔法书，把它放在我手中，然后生硬地将我推开，走到火炉那儿，背对着我。

我走到密室门口，想到自己再也见不到她了，便忍不住回头想再看看这里的一切。奈拉弯着腰，烤着火，我感觉她整个人恨不得要扎进炉子里了。在她微弱的一呼一吸间，我分明听见了她的啜泣。

第十八回
卡洛琳

时间回到现在，星期二

天一黑，我就悄悄溜出了酒店房间，生怕把睡在沙发上的詹姆斯吵醒。我在电视机边上留了一张纸条——出去吃晚饭，希望他不要马上醒来出去找我。

我轻轻关上房门，进了电梯，穿过酒店大堂。脚下的大理石地砖擦得锃亮，像镜子一样都能照出人影。我追逐着自己的影子，脸上洋溢着久违的兴奋表情，经过大堂的桌子时我顺手拿起一个苹果和一瓶免费的水塞进挎包。这次我不再需要拿手机或地图导航，那条路我已经走过了一遍。

天色渐晚，街上不像昨天早上那般热闹，几乎见不到什么车，就连行人也少了许多。我很快又来到熊巷，夜晚的空气凉爽温和，我经过之前一直摆在那儿的垃圾桶，地上的快餐盒依旧没有人收拾。我觉得时间在这里似乎是静止的，这儿的一切与我上次来的时候一模一样。

我低头径直走到巷子尽头，一切都没有变，但我却如第一次发现这里那般兴奋。两边石头柱子中间的大铁门、杂草丛生的空地，还有……

我再次伸长脖子往铁门里面张望，对，没错，还有里面的那道木门。所有这一切都被赋予了新的意义，我已经在大英图书馆跟盖尔娜一起比对了新老地图，感觉自己马上就能参透这里的秘密。这条小路有个分支，就是所谓的后巷，沿着这条路一直往前走就是弗利特监狱，菲灵顿大街离这儿也不过咫尺之遥，只不过之前那条街不叫菲灵顿，而是叫一个别的什么名字。是不是随着时间的流逝，世间万物都会自我改造？我突然觉得这世上的一切，包括每个人、每个地方都有着不可告人的秘密，外表之下都有着埋藏已久的真相。

今天早上，我特别感激熊巷周围那些住户的窗子，万一水管工对我图谋不轨，我至少可以大声呼喊找人帮忙。但此时此刻，我却不想引起任何人的注意，也正是因为这个，我等到天黑才从酒店出来。天空灰蒙蒙的，只有西边还残留着一缕余晖。周围几栋大楼上有几户窗子还亮着灯，其中一间应该是个办公室，办公桌和电脑都看得清清楚楚，我甚至能看清电脑屏幕上显示着股市行情。谢天谢地，好在这会儿办公室里已经没有加班的员工。

我低头看到锁着的铁门下面有一个白色的告示牌，我早上竟然没留意，上面用红色的字写着：739–B 号条例规定，无关人等不得擅自入内。我顿时感到后背一阵发凉。

我等了一会儿，周围除了几只飞来飞去的小麻雀，便再没有别的动静。我把背包的背带收短，再次踩到石柱底下那块松动的石头上，站上去后身体一直打晃儿。如果说我还有改主意的机会，那就是现在了，毕竟若是现在被人发现，我还能找个借口解释。可如果等到我迈腿跨过铁门落到那一侧，那我再说什么都没用了，非法入侵已经既成事实，我再解释还有什么用？

我尽量降低身体重心，以防自己不甚跌落。我扭动躯干，把腿甩到铁门的另一侧，最后回头看了一眼，没人，跳！就这样，我落到了铁门里面的空地上。

我的动作很利落，落地的声音也很轻。如果我闭上眼，可以当作什么事都没发生，但我清楚事实并非如此，我已经触犯了法律。然而这个想法也不过是一闪念，我马上再次投入了我的探索之旅。

天色很暗，我先是猫着腰慢走了几步，而后便大步穿过了空地，最后径直朝那道被灌木丛遮挡的木门走去。灌木的枝丫上没有花朵或花蕾，却长满了带刺的黄绿色的叶子和长长的荆棘。我低声抱怨了几句，从挎包里掏出手机，打开手电功能。我跪在地上，小心翼翼地用另一只手把长满荆棘的枝蔓拨到一边。

我的手掌被刺了一下，我赶紧把手收回来，一看，手已经流血了，我把手放到唇边吸了一下以缓解刺痛，同时又用手电筒更仔细地查看灌木丛后面的情况。房子正面外墙的红砖已饱经沧桑，每隔几英尺就有一绺斑驳的绿色青苔，灌木丛的正后方就是我今天早上看到的木门。

我肾上腺素飙升，没想到自己真能走到这一步。本来以为熊巷会因为施工等原因而封闭，又或是天太黑我根本看不清木门在哪儿，还可能我会因为害怕而打道回府。谁能想到，我竟然真的站在了这里，我也不知道自己是勇敢还是愚蠢，总之，现在我与那道木门只有一步之遥。门上没有锁，我只看到左边有一个锈迹斑斑的门轴，似乎稍微用点力气就可以把门推开。

我心跳加速，老实讲，这会儿我是真的害怕，谁知道门那边等着我的是什么？我觉得自己就像恐怖片里的女主角，眼下最明智的做法就是三十六计走为上。但是这么多年过去，我已经厌倦了做所谓明智的事，厌倦了做所谓现实而靠谱的选择。

这次，我要按照自己的想法行事。

我心心念念就想要破解女药剂师之谜。中午跟詹姆斯讨论完我的工作，以及我们岌岌可危的婚姻，我就一直惦记着能不能走进这道门找到一些有价值的发现。我甚至觉得自己打开的不单是一栋房子的大门，而是我未来事业的大门，开启的是一份我憧憬已久的工作。

我摇摇头，不允许自己胡思乱想。那个水管工之前说过，这道门后面就是一个年久失修的酒窖，所以我很可能一番折腾之后依然一无所获，或许用不了二十分钟，我就已经坐在餐厅里吃比萨了。我回头看看身后的铁门，不知道等会儿爬出去时是不是也会像爬进来时一样顺利。

我用肩膀把带刺的枝蔓挤到一边，这样它们就不会伤到我的手了。我小心翼翼，闪转腾挪，几乎毫发无损地走到了木门前。我放慢呼吸，带着对门那边世界的满心期待，使劲把木门往里推了推。

门只开了一道小缝，不过这至少说明门的确没有上锁。我又往里推，一下，两下，门撕开了一道更宽的缝隙，我把脚伸进门缝里，凭借大腿的力量使劲往里挤，门终于开了，发出吱吱嘎嘎的声响。糟了，等我走的时候我可能没办法把它恢复原貌，但现在想到这个为时已晚。

门开了，迎面涌过来一股强烈的木头味道，房间里空气干燥。我的突然造访或许惊扰了里面正在酣睡的昆虫，只见它们在地上一通乱窜。我举起打开手电功能的手机，借着光亮扫视了一眼黑洞洞的房间，还好，我松了一口气，没有老鼠，没有蛇，也没有尸体。

我试探性地往前走了一步，后悔自己怎么没带着一把真的手电。可是话说回来，我事先也着实想不到自己能走到这一步。我看了看手机上的手电功能，本想看看能不能调节亮度，结果看到屏幕右上角的电量提示：手机现有电量 55%。我从酒店出来的时候手机明明是满电呀，手电功能耗电太快了。

借着手机的光，我发现自己的正前方是一个过道，我眉头紧锁，这里的确像水管工所说的，像一个简易廊道或酒窖。过道只有几英尺宽，但具体多长我判断不出来，手机的亮度不够。

我回头看了一眼身后的门，好的，还是开着的，那就好，我举起手机照着前方，壮着胆子又往里面走了几步。

我不免有些失望，房间里什么也没有，过道上积满了灰尘，只零星有几块石头，根本没有机器、工具之类的值得放在仓库里的东西。但我回想起盖尔娜今天早上给我看的地图，上面显示旧的后巷是熊巷的分支，曲里拐弯的，还有几个九十度的直角弯，特别像折返的台阶。借着微弱的光，我的确能看到拐来拐去的过道跟地图上的标注很像，我本不打算继续往里走，可不安分的心却怦怦直跳。

毫无疑问，这里就是后巷，至少是后巷的遗址。

我露出了笑容，替自己开心，心想要是光棍阿尔弗在这儿他会对我说些什么呢？他或许会毫不迟疑地往里面走，看有没有什么值钱的老物件。

我突然感到迎面吹来一股风，我举起手机朝着风的方向照了照，里面竟然还有一道门，半开着，或许因为我把外面的木门打开了，里面房间的空气也开始流动起来。我起了一身鸡皮疙瘩，突然垂下来的一缕头发把我吓得汗毛竖立。我身上的每一块肌肉都紧张了起来，已经做好随时逃跑或呼救的准备，又或许，我该再仔细打探一番。

到目前为止，我破门而入的行为带给我的发现都在验证我之前的设想。外面有道门，我猜到它里面是一个拐来拐去的过道，用盖尔娜的话说就是一个廊道或走道，进来之前我也想过里面很难有什么有价值的发现。

到目前为止，我的猜测全都中了，可是这道门？地图上并没有标注，它的后面是什么呢？

我想一探究竟，非常想。我跟自己说，我看完门里面就走，不再折腾了。门本来就是开着的，甚至帮我省去了连踢带推的力气。我用手机往门里面照了照，心想，我就看看，看完就走。再说了，我看过手机的电量提示，只剩下 32% 的电了，即使我想多看，手机的电量也不允许，我可不想黑灯瞎火地一个人待在这儿。

“老天。”我嘟囔着走进第二道门，我肯定是疯了，正常人谁会做这种事？我究竟在做什么？就是为了探索那位女药剂师的故事吗？还是在遭遇不幸之后试图寻求心理刺激？

如果我发生什么不测，摔倒了，或是被什么东西给咬了，又或是陷进松动的地板里，根本不会有人发现我，我只能在这里等死。而我的尸体不知要过多久才会被人发现，詹姆斯肯定会以为我是离家出走离他而去了。想到这儿，再看看我即将没电的手机，我心跳加速，心想，赶紧看一眼，然后尽早离开这个鬼地方。

我把第二道门彻底推开，并没费什么力气，门轴似乎还很灵活，不像外面那道门已经生锈变了形。走进门里，我把手机的光亮打到我的正前方。房间很小，面积也就是十米乘十二米，地上灰尘很厚，房间的各个角落也都如此。房间里没有什么箱子、工具、施工设备，什么都没有。

但房间的后墙有点奇怪，其他墙都是砖墙，跟房子的外墙一样，只有最里面这道墙是木头的。墙上固定着几个架子，感觉以前是个书柜或橱柜。我走到跟前，想看看架子上有什么值得看的，能不能翻到几本旧书或什么老物件，结果却再次令我失望。架子已经变形开裂，有几个搁板整个掉了下来，就躺在地板中间。

不过，这设计总让我觉得有些蹊跷。我退后几步，想看看架子和墙面的关系。我想起清沟时光棍阿尔弗对我说过一句很诡异的话：“与其说你在找一样东西，不如说你在寻找某种规律的变化，抑或是规律的缺失。”我仔细琢磨，这面墙肯定有不寻常的地方，但究竟是哪里不对呢？

我惊讶地发现，大部分掉落的架子都集中在墙面的最左侧，这一侧的架子都没有固定在墙上，所以歪七扭八的变了形，有些直接掉了下来。我往前凑了凑，举起手机，左边墙上只有一个架子还保持在原位，于是我抓着它轻轻扭了一下，那架子嘎吱作响，也已经松动，自己不用费什么力气就能把它从墙上拽下。为什么都是左侧墙上的架子掉了呢？是这边的架子没装结实，还是架子后面的墙体不够牢固？

天啊，我明白了，我吃惊地捂住嘴。架子松动的这块面积跟我的身高差不多，宽度比我略宽一些。我出于直觉又往后退了一步，“不会吧。”我不由自主地发出感慨，这几个字在空荡的房间里回响，“不，不，不，绝不可能。”我嘴里喊着不可能，但事实是我真的误打误撞地发现了一个密室。

对男人来说，这里是一座迷宫。我想起了那份医院记录上的第一句话。我一下子明白了这其中的含义，或许她指的就是这道门，外面看来这就是安在墙上的一个架子而已，里面却不知道通向什么地方。如果是现在，任何人，比方说一个建筑监理，进到这屋子里肯定也能跟我一样看出这其中的端倪，但从这些掉落在地上的架子判断，这地方肯定已经很久没有人来过，这也就解释了为什么没人发现这道暗门，更别说打开它了。

我蹲下来想找找有没有把手之类的东西，但没有发现。我直接伸出右手推了推这面墙，感觉摸到了黏滑的蜘蛛网，吓了我一跳。什么东西，我在裤子上蹭了蹭手，用手机照了照那块唯一完好的架子，架子下面有一个非常小的扳手，要不是木头松动了，还真难发现。我扳了一下，扭了个角度，又试着推了一下墙面。

暗门突然打开了，几乎没发出什么声响，仿佛还在因为终于被发现了而对我心怀感激。

我一只手扶着推开的墙，整个人站在那儿一直发抖，另一只手则死死抓着马上就要没电的手机，把它高高举起。手机的光线穿过黑暗，照亮了整个房间。寂静，寂静，我只听得到自己心跳的声音，眼前的一切难以置信，这就是尘封的历史，这就是被人遗忘的历史。

第十九回
伊丽莎

1791年2月10日

早晨醒来，空气非常清爽，我耳边传来马车经过的声音，金属车轮轧得石头马路嘎吱嘎吱地响。昨晚，我在巴特莱特通道一个背风的地方凑合了一夜，距离奈拉的药房只隔一条街，但这地方可不如两天前我跟奈拉待过的小木屋舒服，又湿又潮，但即使如此，我也不愿意回到安维尔家。那里虽然有我温暖的小床，但那里闹鬼，实在太可怕了。

醒来后，我咬咬牙，想看看自己下面是不是真的不再流血了。如果安维尔先生的亡魂又回来找我算账，我是不是还得继续受苦。太好了，我没事了，昨天一天肚子都没疼，血也慢慢止住了。我心存感恩，但还是不太放心，总觉得安维尔先生肯定还在某个地方等着我。我为什么会这么想，我很生自己的气。过去几天他的鬼魂或许一直控制着我，害得我不断流血，但现在我不是好了吗？我可不想一直被他要弄，做他在阴间的玩物。

我想到昨晚克莱伦斯夫人家的晚宴，如果计划不变，伯克韦尔小姐这会儿已经命丧黄泉了，想想就觉得可怕。我想起奈拉曾经告诉我说，如果遭遇背叛，报复是最好的良药。或许没有了伯克韦尔小姐的介入，克莱伦斯夫人就可以好好守护自己的婚姻，还可以跟丈夫幸福地生个孩子。

我打了个趔趄，从地上爬起来，拍打几下裙子，唉，裙子特别脏，该洗了。我拿出长袍口袋里的那本魔法书，摸了摸封面，当务之急是要找到那家书店，要想赶走安维尔家的鬼魂，我全部的希望都在那儿了。

我朝着贝辛巷的方向前进，那家书店应该就在那儿。我昨晚没怎么睡，走在街上感觉自己像个行尸走肉，两手一直发抖，头也疼得厉害，身边的路人我也晕晕乎乎看不太清。送信的孩子推着小车穿来穿去，鱼贩子不断挥手赶走想要衔鱼的海鸥，一位老人用一根芦苇拍打着山羊的屁股。我感觉自己的脚都肿了，顶着鞋子非常不舒服。那一刻，我真想回家呀，哪怕是回到用人登记中心也行呀，也就是我跟安维尔太太第一次见面的地方。现在的我肯定比那时候更有市场了，毕竟我已经学会读书写字，而且还有过在大户人家做工的经验，我想以我现在的经历一定能在别人家找到活干，我的条件也不高，只要那家不闹鬼就行。

这不过是我一瞬间的想法，很快就被我彻底打消了，原因有很多，最主要的是我不能丢下安维尔太太不管，她对我太好了。再过几周她就从诺维奇回来，到时候我希望我已经把房子里的鬼赶走了，除了安维尔先生的冤魂，还有乔安娜的，我也要一并赶走。再说了，我实在无法想象太太再找一个女孩帮她写信，那应该是我的专属任务，除了我谁都干不了。

另外，如果这世上真有鬼，它们也可能会四处游荡。也就是说，如果安维尔先生的鬼魂真的缠上我，而且还跟着我跑到了奈拉的药房，那就算我再找到新东家，谁能保证它不会一直跟着我呢？就算我离开伦敦，跑回到斯温顿的老家也没用，人哪能躲得了鬼，它们可是神出鬼没，甚至能穿墙而过。既然逃不了，那我就得想办法驱鬼才行。

现在我有很多事都还说不准，但有一点我知道，我必须先解决掉安维尔先生的鬼魂。终于来到了贝辛巷，我内心有点高兴，希望能顺利找到那家书店。我不错眼珠地盯着每一家店铺的门脸，有杂货店、面包房，还有些其他乱七八糟的店铺，可就是没看到书店。我来回走了两趟，甚至连街对面的店铺都没放过，可还是一无所获。我真的受不了了，泪水刺痛了我的双眼，寒风灼烧着我的喉咙，脚下还磨出了水疱，疼痛难忍。

我再次走到贝辛巷的尽头，楼和楼之间形成了一个风口，寒风呼啸，我忽然发现巷子后面有一条一人宽的小路，路边的一幢房子上挂着一个木头招牌，上面写着“图书饰品商店”几个字。啊，这不就是书店吗？我刚才来来回回路过好几次，竟然没注意。它的门脸被其他店铺遮得严严实实，好像刻意不想让人发现似的。要是奈拉在这儿，她肯定对我特别失望，我竟然花了这么长时间才找到书店。

我握住门把手，推开书店的门，站在门口向里面张望。这地方并不大，面积跟安维尔太太的房间差不多，书店里没有客人，只有一个年轻的店员，正站在柜台里面埋头看一本很厚的书。我环顾四周，跟前的几个架子上放的都是儿童饰品和其他各种小玩意儿，只在店员后面的一小片区域放着一些书。书店里空气湿润，弥漫着一股酵母粉的味道，估计是因为旁边就是一家面包房的缘故。我关上门，立即听到一声清脆的铃铛声。

店员抬起头，目光从眼镜边框的上面打量着我，眼睛睁得老大。“有什么能帮你的？”说到最后一个字时，他嗓子好像卡住了。店员很年轻，应该比我大不了几岁。

“这些书，”我指了指他身后的架子，“我可以看看吗？”

他点点头，继续低头看他的书。我走到里面，房间很小，只有四五步的距离。我站在架子前看到每个架子上都贴着一个小标签，标明了书的类别。我急切地扫了一遍，历史、医术还有哲学，那本给产婆看的魔法书会不会就是从这个医术的架子上卖出去的，如果真是这样，估计我还可以找到类似的魔法书。

我走到第二个架子那儿，蹲下来想仔细看看书架下面贴着的标签，结果令我大吃一惊，架子底下的标签上竟然写着“魔法”两个字。这个架子上的书也就十几本，我打算通通看一遍。我拿起最左边的一本，随便翻了翻，结果前面几页的图案就把我吓着了：巨大的黑鸟被长剑刺穿了心脏、画着奇怪图案的各种三角形和圆形，还有一大段我根本看不懂的文字。我小心翼翼地把它放回原处，希望接下来能找到有用的东西。

我拿起第二本书，这一本只有第一本的一半大小，厚度也只有一半，封面是淡淡的沙色。我翻了几页才找到书名，字体很小，但很工整——《现代家用魔法》。整本书都是英文写的，里面也没有奇奇怪怪的符号，最前面几页介绍的是各种日常家用的“秘方”，当然不是教我们做布丁、炖汤的那种方子：

解决孩子撒谎的问题，灵药帮你防患未然

生男生女，你自己说了算

遵此良方，包你两周内发大财

女性青春永驻的福音

诸如此类，一个比一个奇葩。不过，我觉得没准儿我能在里面找到有用的东西，于是便找了个地方坐了下来，打算好好看看。我仔细翻看里面的每一个秘方，生怕落下一条没看到。当然，我最关注的还是里面关于鬼魂的内容。

消除记忆，一剂见效，特定记忆、全部记忆，消除什么，任你挑

无论什么人，哪怕是一根木头，服用本药后都会疯狂爱上你

一颗灵丹下肚，死胎也能起死回生

看得我浑身直起鸡皮疙瘩，忽然发现背后站了一个人。

“我母亲就用过这里面的方子。”那年轻的店员站在我身后，跟我不过几英寸的距离。

我小小年纪，竟然被人看到读这种书，我尴尬地赶紧把书合上。

“对不起，”他往后退了几步，“我不是故意吓你的。”

我转过头，看着这位年轻的店员，他两只眼睛圆圆的，下巴上长了几个青春痘。“哦，没关系。”我低声说，书摊放在我的两膝之间。

“你是女巫，对吧？”他问我，嘴角流露出一丝狡黠的微笑。

我摇摇头，尴尬地答道：“不，我不是，我只是好奇。”

听了我的话，他点点头，“我叫汤姆·佩珀，欢迎光临。”

“嗯，那个，谢谢你，”我含糊不清地回答他道，“我叫伊丽莎·范宁。”虽然我特别想打开书继续翻找驱鬼的办法，但眼前的汤姆看上去一点也不讨厌，我并没有觉得被他打扰到。

他又看了一眼我怀里的书，“真的，我没撒谎，这本书是我母亲的。”

“那你母亲是女巫啦？”其实我只是在开玩笑，但没想到他却一脸严肃。

“她不是女巫，她只是想有个自己的孩子。她这辈子一共流产了九次，万般无奈下她用了这书上的法子，然后就生下了我。你把书给我，我翻给你看。”他指了指那本书，看到我点头后便小心地从我腿上把书拿了起来。他把书翻到我刚才正在看的那一页，“‘一颗灵丹下肚，死胎也能起死回生’，就是这条。”说罢，他抬头看了我一眼，继续道：“我父亲跟我说，我刚出生时也是死胎，他们就是靠这个办法让我起死回生的。”他一脸严肃，似乎勾起了什么痛苦的记忆。“如果我母亲还活着，她可以亲口告诉你整个过程。”

“我很抱歉。”我低声说。他就站在我对面，距离我很近。

他舔了舔嘴唇，把头转向书店的门口，“这家书店是我父亲的，我母亲去世后，他就开了这个店。刚进门的那些饰品什么的都是我母亲的东西，是她多年来为未出生的宝宝准备的，很多从来没用过”。

我忍不住追问了一句：“你母亲是什么时候去世的？”

“我刚生下来没多久，不到一个星期她就去世了。”

我惊讶地捂住嘴：“这么说你是她第一个活下来的孩子了，可惜她没机会……”

汤姆一边抠指甲一边对我说：“有人说，这就是使用魔法的代价，是诅咒，还说我应该把你手里这样的书都烧掉。”我皱了皱眉，不明白他这话到底是什么意思，他继续道，“所谓诅咒就是说，有所得就会有所失，这世间任何事都得付出代价。如果魔法奏效了，顺了你的心意，那在真实的世界就会有事发生，而且一定会让你付出代价。”

我看了看他手里的书，心想若想把整本书看完估计得花上些时间，至少得几个小时，即使都看完了，谁敢保证一定能找到有用的东西？“你相信魔法吗？”我问他。

他迟疑片刻，“我也不知道，我只是觉得这本书对我有特殊的意义，要是没有它，这世上也就不会有我的存在。”说着，他把书又放回我腿上。“如果你喜欢，我愿意把它送给你，你不用给我钱。”

“哦，我有钱的。”我手心直冒汗，把手伸进口袋，摸到一枚硬币。

他伸出手打断我说，“我希望这本书能找到一个我喜欢的新主人，而不是随便一个陌生人。”

我一下子觉得浑身发热，胃里翻腾起来。“谢谢你。”我一边说，一边把书紧紧抱在怀里。

“答应我一件事，”他说，“如果你发现这里的哪个魔法有用，可不可以回来告诉我一声，那样就更能证明我母亲生下我确实是得益于这本书了。”

“嗯，我一定。”我一边说一边站起身，盘腿坐了太久，两条腿都麻了。虽然我并不想离开，但现在似乎已经没有理由继续待下去。于是，我朝门口走去，开门前又回头看了一眼：“要是我试过发现魔法没用呢？”

店员似乎没想到我会提出这个问题，“如果魔法没用……那，那就说明这本书都是乱写的，你也可以来找我，我再给你换一本。”他眼里闪过一丝调皮的神情。

“就是说，不管怎样，我……”

“我们一定会再见面的，伊丽莎，慢走。”

我走出书店，脑子晕晕的，从小到大，十二年了，我从来没有过这样的感觉。我也不知道该怎样形容这异样的感觉，不是饿，也不是疲惫，只觉得自己步履轻盈，脸上暖暖的。我一路向西，最后来到了圣保罗教堂的南边，我在教堂前面找了一张长椅，我想坐下来好好研读手里的魔法书，没准今天我就能找到一个回安维尔家的办法。

我仔仔细细阅读书上的每一个字，有了它，或许我就能找到驱鬼的法子，从此改弦更张，让一切都会好起来。还有更关键的，如果魔法奏效，我就有借口尽快回到那家书店，我盼着亲口将好消息告诉给汤姆·佩珀。

第二十回
奈拉

1791年2月10日

很久以前，一股邪祟的力量潜入了我的身体，扭曲、磨损了我的骨骼，僵化了我的关节，而后又把魔爪伸向了我的胳膊和大腿，终于，终于它又开始侵袭我的脑壳。它怎么可能放过我的大脑呢？毕竟，头骨也是骨骼的一部分，跟手腕和胸骨没什么两样，那邪祟怎么可能轻易放过我？

只不过这次它换了一种方式。我手指和手腕火烧火燎地疼痛，到了脑壳，它开始不断地摇晃敲打我，导致我的脑子一直嗡嗡作响。

我知道自己时日不多，大限将至。

要么是我身体不行了，骨骼僵成铁板一块，摔倒在药房一命呜呼；要么是整件事情败露，我最终被送上了绞刑架。

我刚把伊丽莎赶出门就开始想她了。我把迷迭香的叶子从根茎上摘下来，手指上残留着它的黏液和它独有的浓烈味道，这让我越发思念伊丽莎，若是她能在我身边多好啊！我把她赶走是不是太过残忍了？我觉得她说的什么安维尔的鬼魂都是小孩子在大惊小怪，那大房子里怎么可能有什么游荡的冤魂。但毕竟住在里面的人不是我，我是不是太过武断了？

她现在怎么样了？昨晚回安维尔家时她袍子上沾满了泥，手套也磨破了，唯一支撑她的就是那本魔法书，她一心以为那本书能帮她驱赶根本就不存在的鬼怪。我希望随着岁月的流转，她可以不用再胡思乱想，她可以找到真正在乎的东西：恩爱的丈夫、嗷嗷待哺的孩子，我多么希望自己的生活中能有这些宝贵的记忆。希望她今天早晨起来后可以把我彻底忘掉，希望她能成为全新的自己。尽管我很喜欢她，喜欢她在我身边开心地叽叽喳喳，但生活怎么可能顺了我的心意，我不是早已习惯了靠思念度日，这一次我也一定能挺过去。

我刚摘下四根迷迭香就听到隔壁储物间有动静。开始是着急的哭喊，而后是拳头砸墙的动静，砸的就是通往我密室的那道暗墙。我透过缝隙看到是克莱伦斯夫人，她怒目圆睁站在架子对面。收到她留言的那天我就有一种不祥的预感，所以这会儿看到她不请自来我并没有多惊讶，只是，她此刻的状态还是超出了我的预期。

“奈拉！”她大喊，一边喊一边挥舞双手，“喂？！奈拉，你在吗？”

我马上打开门，把她请了进来。她穿着塔夫绸质地的长袍，荷叶边的裙摆夸张地蓬起，鞋子上的银质鞋扣也非常抢眼，不过这次我没再对她的穿着大惊小怪，但却注意到她裙子下摆沾了好多泥，难道她是一路走过来的？

“我只有十分钟时间，”她哭着说，恨不得一头扎进我怀里，“我是找了个借口出来的，我们家出事了。”

她词不达意，听得我一头雾水。

“出事了，出大事了，”她说，“上帝呀，我再也……”

她抹着眼泪，哽咽着无法继续说下去。我在心里猜测着各种可能性，她是下错毒药了？不小心把毒药沾到了手上或是嘴上？我仔细打量她的脸，并没有发现水疱或脓包。

“嘘，”我让她平静下来，“到底怎么了？”

“那些甲虫……”她打了个嗝，好像刚刚吞下了什么苦的东西，“那些甲虫，一切都乱套了！”

我简直不敢相信自己的耳朵，我弄的甲虫没有效果？不可能啊。我跟伊丽莎去的地方没错，抓的也都是斑蝥，绝不是没有毒性的普通甲虫。不过，当时天色已晚，我真能保证自己抓对了吗？我真该先拿几只在自己身上试试，看有没有灼烧感，确认后再烘烤碾磨。

“你是说她还活着？”我问，紧张地用手捂住脖子。“我保证，那些甲虫都是有毒的。”

“是啊！”她虽然冷笑着回应，但一颗颗滚圆的泪珠却从脸颊滑落下来。她真是把我搞糊涂了。她继续道，“她活得好好的。”

听了她的话，我心惊肉跳，我的药竟然无效，心生失落的同时我又感到如释重负，终于，那个女人没有死在我手上。或许老天想要再给我一次机会，让我说服克莱伦斯夫人回心转意。想到这儿，我突然又感到无比惊恐，万一克莱伦斯夫人认为我是故意给她假药而告发我怎么办？她之前不就曾这样威胁过我吗？

我本能地退后一步，想要保护桌上的登记簿。她还没讲完，“不是她，是我的丈夫，”她痛苦地哀号，用手蒙住脸，“我的丈夫死了，克莱伦斯勋爵他……他死了。”

我瞠目结舌，“怎……怎么会？”我结结巴巴地问，“您不是要亲眼看着女仆给那个情妇下药吗？”

“这不能怪我，”她反驳道，“我的用人确实按照计划把毒药掺进了无花果味的利口酒，”她说着，一屁股坐在椅子上，平复了一下自己的呼吸，开始对我讲述事情的原委。

“吃完晚饭后，伯克韦尔小姐坐在一个离我很远的位置，我的丈夫则坐在我的右手边，我远远地看到伯克韦尔小姐喝了一口盛在精致水晶杯中的利口酒，不过她只喝了一口，然后我就看到她用手捂着脖子，笑眯眯的，一脸淫荡，两条腿一会儿交叉，一会儿劈开，骚得不行。奈拉，我亲眼看见了这一切，我知道那药奏效了。不过我担心别人注意到我的眼神，于是我刻意转向左边，跟我的好朋友玛瑞尔聊天，她一直跟我讲她刚从里昂回来，里昂怎么怎么样，我听她讲了好一阵才敢把目光再次投向伯克韦尔小姐。”

克莱伦斯夫人喘了口气，声音有些沙哑：“但我却发现她不在房间里，我丈夫也不在，那杯利口酒也消失了。我怎么可以如此粗心，竟然没注意到他跟她一起出了房间，我竟然一点也没注意到。我当时就想，也好，我这辈子再也不用见到那个贱人了，在这最后的时刻她肯定跟我的丈夫在什么地方鬼混，是他的书房？还是用人房？我内心竟然感到一丝安慰，你知道吗？”

我一动不动地听她讲，脑子里想象着晚宴的场景：灯红酒绿、纸醉金迷，还有混合了精细毒药粉末的黏稠的无花果味利口酒。

“可是，我马上又感到十分紧张，”克莱伦斯夫人继续讲道，“一切会不会发展得太快，她还没有喝几口毒酒，身心就被欲望彻底占据，开始跟我的丈夫搞在一起。万一服用的药量不够怎么办？”她停下来，四处张望，“你这儿有红酒什么的吗？我太紧张了，想喝点酒压压惊。”

我快速跑到橱柜那儿，找了一瓶红酒给她倒了一杯。

“奈拉，我越想越害怕，就想赶紧找到他们，哪怕是捉奸在床，我也要把她揪出来，让我的姐妹们看看她做下了什么丑事。可是，我却坐在原地动弹不得，耳边是玛瑞尔口若悬河地描述她的里昂见闻，我内心祈祷我的丈夫能马上回来，告诉我他的表妹发生了怎样的不幸。”克莱伦斯夫人低头看着地面，突然抱紧自己的胳膊，身体开始不断发抖。

“可是，我却看到了一个鬼魂从走廊走进宴会厅，正是伯克韦尔小姐，我差点喊出声来，她竟然还活着！好在我忍住了，要是我真的喊出来，在座的宾客会怎么想。但我很快意识到我看到的并不是什么鬼魂，就是伯克韦尔小姐本人，她活生生地站在我面前，我认识她脖子上的那颗痣。此刻，她的脖子涨得通红，好像刚刚被我的丈夫亲吻过。”

她从嗓子眼里哼唧了一声，继续道：“她一脸惊恐，个子小小的，一副弱不禁风的样子，刚见到人就无助地扑到人怀里，那人便是克莱伦斯勋爵的哥哥，他是一位医生。我看到他朝着伯克韦尔小姐来的方向飞速跑过去，人们也都跟着慌乱地跑来跑去，整个大厅乱作一团。我听到走廊尽头书房的方向传来一声声的哭喊，说什么他的心跳停止了，我赶紧跑过去想要一探究竟。谢天谢地，他衣服还穿得好好的。不出我所料，贵妃榻旁边的小桌上摆着那个空酒杯，他肯定是把酒都喝了，哦，奈拉，我不知道那东西见效这么快！”

“我当初不是跟你说了，人只要服用半罐的量，一个小时之内就会见上帝，你到底给他用了多少？”

听了我的问题，克莱伦斯夫人脸上的表情少了几分痛苦，多了几分愧疚，“我想我的女仆是把所有的药都掺进了那杯酒。”说到这里，她放声大哭，整个人俯在椅子里抬不起头。我简直不敢相信自己的耳朵，大口喘着粗气，怪不得他会瞬间丧命。

克莱伦斯夫人简直要被伯克韦尔小姐接下来的表现气疯了，她气急败坏地跟我说：“你知道吗，我坐在丈夫的尸首边，泣不成声，伯克韦尔小姐竟然走到我身边搂着我大哭起来！她还假惺惺地对我说，‘哦，克莱伦斯夫人，’她在我耳边号啕，我甚至能闻到她嘴里无花果的味道，

‘克莱伦斯勋爵对我就像父亲一般！’她这话简直让我恶心，我真想问她，她跟自己的亲生父亲也纠缠不清吗？”

克莱伦斯夫人突然开始大笑，笑声非常可怕，她眼窝深陷，讲述事件的经过似乎已经耗尽了她所有力气。“现在好了，我成了一个寡妇，表面上我有钱有势，好像可以呼风唤雨，但是有一样，我最想要的一样却永远也得不到了，那就是孩子！这将是我心里永远的痛，无法言说的痛！我永远也不可能有自己的孩子了！奈拉，永远也不可能了！”

她这话我太有共鸣了，我明白她内心的痛苦。但此刻有另外一件更重要的事一直悬着我的心：“你说他哥哥是医生？那个第一个跑去看他的人？”

她点点头，“是的，他人很好，从伯克韦尔小姐惊慌失措地跑去找人，到他最后宣布我丈夫死亡，前后只有不到五分钟。”

“他有没有怀疑旁边的空酒杯？”

克莱伦斯夫人摇了摇头，似乎非常笃定。“他确实问了一句，不过伯克韦尔小姐说那是她的，她说我丈夫之所以跟她来书房是想给她展示一块新买的挂毯，她还说什么自己最近对纺织艺术兴趣浓厚。她当然不会说我丈夫喝了她的酒，她怎么好意思说出口？那不正说明她跟我丈夫有染了？什么艺术？她真正感兴趣的是我的丈夫！”

“我给你的小药罐呢？”我问她。“你藏好了吧？或者已经销毁了？”

“是的，我的侍女把它藏在酒窖最里面的架子上，除了厨师，不会有人去那儿。我从你这儿一回去就会把它处理掉，可能的话，我今晚就办！”

我缓缓松了一口气，好在还没有人发现那药罐。即使被人找到，也没有太大的问题，我药房里的瓶瓶罐罐都没有标识，除了上面的小熊图案。“虽然通过那个小罐子追查不到我这儿，但你还是尽快把它处理掉。”我希望她明白这其中的利害。

“嗯，我知道。”她语气中带着些许责备。“不过，我不明白，你为什么非要在瓶子上弄个图案。”她擦了擦鼻子，情绪有所恢复，毕竟她这辈子一直是个注重形象的人，即使在这种情况下，她也不想失了分寸。

“就是一只小熊。”我一边说一边指了指身边架子上的一个小罐子。“喏，就是这样的。瓶子和瓶子都太像了，我怕有人拿错瓶子，或者不小心把药给错人——”我突然意识到自己唐突了，刚刚听了克莱伦斯夫人的故事，我竟脱口说出这样的话。

不过，她似乎对我的话并未多想。她站起身，走到架子边，摇了摇头。“你给我的罐子上的确有这个图案，不过上面好像还有别的东西。”她随手拿起一个罐子，翻来倒去看了几遍，然后笃定地说：“真的，真的不一样，你给我的罐子，在边上的位置有几个字，我确定。”

我内心翻腾，强努着笑对她说：“这不可能，您一定是记错了，我怎么敢在装毒药的罐子上刻字？”

“真的，”克莱伦斯夫人坚持说道，“上面真有字，七扭八歪的，应该是手工刻上去的。”

“是不是什么划痕，您没看清楚？或者是沾了什么脏东西？”我嘴上虽然这样提醒她，但胸口却像压了一块巨石，紧张得喘不过气来。

“不是，”她甚至有点生气，“我看得清清楚楚，就是刻着几个字。”她生气地瞥了我一眼，把手里的罐子放回架子上。

我晕头转向，脑壳又开始嗡嗡地响，我知道她还在讲话，却听不见她具体说了什么。她刚刚讲的一切，绝不仅是她个人的不幸，对我来说也是莫大的危机，就好像喝下甲虫毒药的不是别人，而是我自己，一个名字脱口而出：“啊，是伊丽莎。”

记忆渐渐清晰，昨天下午克莱伦斯夫人来之前是伊丽莎帮我找了一个装毒药的罐子，她拿的哪一个我根本没留意，我平时摆在跟前的这些罐子和瓶子上面除了小熊图案什么都没有，只有放在深处的那些我妈妈在世时用过的瓶瓶罐罐上才有其他标志。

“伊丽莎，对呀，她今天怎么没在这儿？”克莱伦斯夫人问我，她丝毫没有意识到我内心的恐惧已经达到了顶点。

“我必须马上找到她，”我紧张地说，“那个柜子……”我说不出话来，克莱伦斯夫人肯定被我弄糊涂了，我没有时间跟她解释，得赶紧去趟沃里克巷，到安维尔家找伊丽莎问个清楚。她一定要在那儿，一定要在那儿！“夫人，”我转向克莱伦斯夫人，“您现在就回去，把罐子拿回来给我。”

“你这是要吃人呀，”她大喊，“到底出什么事了？”

我没等她把话说完就出了门，她紧随在我身后也出了药房。外面的寒风打在我身上，脚下的鞋紧紧勒着我肿胀的脚，但我却感觉不到疼痛。眼前一群乌鸦仓皇飞走，就连它们也被我吓坏了。

我也不知道从什么时候开始克莱伦斯夫人就没再跟着我了，她一定是回家去取那个罐子了，希望如此。我一路朝着鲁德门大街的方向狂奔，大教堂近在眼前。安维尔家应该就在这附近，再走两三条街就该到了。

我刚要转到沃里克巷，忽然看到教堂外面的长椅上蜷缩着一个娇小的身影，是我的眼睛出问题了吗？那神秘的身影，轻巧翻书的模样令我的心怦怦直跳。这里马上就要到安维尔宅邸了，在这儿撞见伊丽莎也并不奇怪。

我的猜测很快得到了验证，毫无疑问，就是她。就在一个小时前，我还在担心这孩子被吓坏了，正一个人难过，但现在看来她很好。我走到她跟前，看到她正咧着嘴开心地看着一本书，那笑容阳光明媚，像一朵绽放的花朵。

“伊丽莎！”虽然我们只隔了几米远，我还是特别大声地喊出了她的名字。

她抬起头看到我，笑容一下子消失了。她把书紧紧抱在胸前，并不是我之前给她的那本。这本书没有我的那本大，封皮的色彩也要明快些。

“伊丽莎，哦，亲爱的，你听好了，我有急事找你。”

我走到她跟前，一把把她搂在怀里，她却站在那里无动于衷。她怎么了，有点不对劲，看到我她不高兴吗？今天早上我还在想她最好把我忘了，现在她似乎已经做到了，那我为什么会心生难过？她刚才不是笑得挺欢的吗？刚刚离开我不过一天，她这是遇到了什么开心的事？

“你赶紧跟我回药房一趟，孩子，我有样东西给你看。”其实我是需要她告诉我她是从哪里拿的那个盛甲虫毒药的药罐。

她一脸镇静，我读不懂她的表情，但她的话不能更直白了。“不是您把我赶出来的吗？您忘了？”

“我记得，是我让你走的，不过我也告诉过你，我害怕会有不好的事情发生，现在果然应验了。我想告诉你，但是……”我留意到身边有一个男人经过，于是压低了声音，“但是这里不是说话的地方，你这就跟我回药房，快点，我需要你的帮助。”

她还是紧紧抱着那本书，“好，没问题。”她嘟囔了一句，抬头看了看天，乌云滚滚而来，似乎马上就要下雨了。

我们一路朝着药房的方向走，伊丽莎一句话也没有跟我讲。我觉得她不仅因为我的唐突感到困惑，更因为我打断了她的思路而气愤。快到药房了，我多希望克莱伦斯夫人已经带着药罐子回来了，要真是如此，我就没有必要再跟伊丽莎打听罐子原来所放的位置，但即使真是如此，我还能再次轻而易举地把她打发走吗？

然而，我想多了，克莱伦斯夫人根本没在店里。我在桌子边坐下，佯装冷静，但心里一秒钟也等不了。“你还记得你给克莱伦斯夫人的那个罐子吗？”

“记得，夫人。”伊丽莎当即回答，她双手垂放在大腿上，看我的眼神形同陌路。“我按照您的吩咐，从柜子里找了一个大小合适的罐子。”

“你从哪儿拿的，你指给我看看。”我用颤抖的声音问她。她带着我，一步、两步、三步，走到桌子对面的柜子旁，她跪下来，打开下面的柜子，把身体探进去，将手伸到最里面对我说，“就是这儿。”我捂住胸口，一口老血差点吐出来。

“就在这儿，”她的身体还在柜子里，说话的声音有些失真，“我记得好像还有一个罐子跟那个很像的……”

我紧闭双眼，感受到了真实的恐惧，我喉咙发紧，舌头僵硬。这个柜子，伊丽莎钻进了半个身子的柜子，里面装的都是我母亲的东西，有我无法割舍的宝贝，也有我根本用不上的老方子，对，没错，还有几个她曾经用过的瓶瓶罐罐，上面清清楚楚刻着店铺的地址，那就是我这里的地址。母亲经营药房期间，这里是有口皆碑治病救人的地方，传到我这儿一切却都变了样。

伊丽莎小心翼翼地从柜子里钻出来，手里拿着一个乳白色的小罐子，大概四英寸高，是一对中的一个，瓶身上清清楚楚刻着“后巷三号”几个字。不等她开口，我已经知道另一只罐子的下落，应该就在克莱伦斯夫人豪宅的酒窖里。我的嗓子再次火烧火燎地疼，我扶着柜子，生怕自己站不稳跌倒在地。

“就是跟这个一模一样的罐子。”伊丽莎低着头，声音很小。“装甲虫粉末的那个罐子和这个一样，”她鼓起勇气抬头看着我，“奈拉，是我做错什么了吗？”

我真的恨得牙根儿直痒，真想掐死她，但我怎么能怪这个孩子呢？她知道什么？她根本不是故意的。房间里这么多架子，要怪只能怪我自己，不是我让她帮我找个罐子的吗？最初，不也是我让她帮我准备毒药的吗？我克制住自己想要给她一巴掌的冲动，伸手搂住她。“孩子，那个罐子你仔细看了吗？没看到上面有字吗？”

她哭了起来，鼻涕一把泪一把地对我说，“我看了，觉得那个不像是文字，”她泣不成声，“你看，就是几个根本看不清楚的刻痕，我根本看不清上面写的是什么。”她说得没错，罐子上的刻痕的确已经时间久远，几乎无法辨认，但这个错误的确是因为她不够细心造成的。

“你至少能够看出这是文字，不是图案吧？”我说。

她微微点了点头：“嗯，对不起，奈拉。这上面到底写的是什么啊？”她眯起眼睛，想努力看懂上面的字。我循着若隐若现的轮廓，用手指在罐子上画出一个写得方方正正的“三”和后巷的“后”字。

“后——三——”她稍加思索，脱口说出了“后巷三号”几个字。她把罐子放下，扑进我怀里：“哦，奈拉，您能原谅我吗？”她抽泣不止，肩膀随着哭泣一上一下地耸动，泪珠子啪嗒啪嗒掉在地上。“您要是被捕了，都是我的过错！”她哭着忏悔道。

“嘘，”我安抚她说，“嘘，别哭了。”我抱着她，前前后后晃来晃去，我晃啊晃啊，这让我想起了曾在船上邂逅的婴孩碧翠丝。我闭上眼，下巴抵着伊丽莎的额头，想起了我的母亲。我得知她生病后，她就是这样抱着我。当我发觉她时日无多，她也是这样安慰着我。我记得自己当时也是把脸埋在她的脖子下哭得死去活来。“我不会被逮捕的。”我轻声地安慰伊丽莎，但事实上我也不知道自己将是何下场。克莱伦斯勋爵的死已经成事实，杀死他的武器还在他家的酒窖里，不知是否已被人发现，而那武器上赫然写着我的地址。

我脑子里一直嗡嗡响，看来脑壳里的邪祟还是不肯放过我。我一直抱着伊丽莎晃来晃去，告诉她不要哭，想起母亲也曾对我撒谎，说她的病没有大碍，还告诉我说不用担心。她甚至还跟我发誓，说自己还能再活很多年。

可是，她说这话后的第六天就离开了我，害我一辈子都无法接受她的突然离去，始终无法弥合失去她的痛苦。母亲为什么不告诉我实情呢？为什么不用她所剩不多的日子教我从心理上为将来做好准备呢？

伊丽莎的眼泪终于干了，她哽咽着，一次，两次，然后放慢呼吸，我继续搂着她晃来晃去。“一切都会好的，”我小声说，声音小到我自己都听不清，“一切都会好的。”

母亲离开我已经整整二十年了，我突然发现我竟然像当初母亲安慰我一样安慰着一个刚刚认识不久的孩子。我也不知道自己为什么要这样做。人类为什么会这样，总要竭尽全力保护孩童脆弱的心灵？我们为什么要阻止他们认识真实的世界？他们本来有机会学会坚强的。如果学会了坚强，等到不幸来袭，他们至少已经变得麻木，不知痛痒。

第二十一回
卡洛琳

时间回到现在，星期三

后巷的豁口处是一间老房子的储物间，储物间里有一道隐藏在架子后面的暗门，打开暗门，里面有一块儿不大的地方。借着手机的光亮，我环顾四周，脚下突然失去了平衡。我赶紧扶住墙，这里面太暗了，没有窗子，伸手不见五指。

我只能凭借手机发出的光，一点一点看清周围的环境：镶在墙上的架子已经被几个乳白色的磨砂玻璃瓶压得变了形，地中间摆着一张木桌，有一条桌腿已经折了，桌面也里倒歪斜的。我的右手边是一个台子，上面除了一台金属天平，还有许多盒子或书一样的东西。这间密室的布局非常像老式的药房，一看就是药剂师曾经工作过的地方。

手机突然发出一声提示，我皱紧眉头看了一眼屏幕，电量剩下不到百分之十四了。我浑身发抖，既激动又害怕，不知接下来该做什么。但有一点我十分清楚，如果手机没电，一点光也没有，我恐怕很难从这里顺利出去。所以，我最好快速行动。

我颤抖着关掉手机的手电功能，打开相机和闪光灯给这里拍照，这是我此刻能想到的最可行的做法。万一我真的发现了什么有价值的东西，甚至引起国际轰动，那我必须出具可靠的记录。“一位美国游客在伦敦解开了尘封二百年的谋杀案之谜，”我甚至连新闻的标题都想好了，“回国处理完婚姻问题后，她迎来事业的第二春。”我摇了摇头，我也太能胡思乱想了,我必须马上回归理性,难道我已经解开什么谜题了吗?没有，什么都没有。

我想着要多拍几张照片，咔嚓咔嚓，每次按下快门，房间都被闪光灯照得亮如白昼。借着闪光灯发出的短暂但明亮的光线，我又有了新的发现：密室的墙角有一个炉子，旁边的桌脚处还放着一只杯子。闪光灯的光实在太强了，照片没拍几张，我眼前就出现了无数个飘浮的小白点，这让我头晕眼花，脚下也站不稳，差点儿摔倒。

电量还剩百分之九，我暗下决心，等到电量只剩百分之三时，我无论如何都要离开。剩下的这点电量，我该如何合理使用呢？我心里琢磨着。我看了一眼自己的右手边，给台面拍了张照片。借着闪光灯的光线，我认定台面上那些方方正正的东西不是盒子，而是书。于是，我翻开最大的一本，上面写着几个字，是手写的还是打印的我看不太清。书的封皮是黑色的，和我现在所处的环境一样，是绝对的黑色。我随手翻了十几页，把每页都拍了下来。我感觉自己像被蒙了眼罩，根本看不清拍的是什么，就连上面的字是不是英文我都不得而知。

书里的羊皮纸非常薄，所以每翻一页我都格外小心，结果还是把一片页角扯了下来，我真该死。我翻到本子的最后几页，又拍了几张照片，然后便把它合上放到一边。我拿起另外一本，翻开来，刚想拿起手机再拍几张照片，结果发现，手机的电量只剩下百分之三了。

我叹了口气，眼前是惊人的发现，而我却没办法深入探索，我心有不甘。可是，相机和闪光灯实在太耗电了，从现在起，我的手机随时可能关机，我必须在六十秒内走出去，而且越快越好。我再次打开手电功能，借着灯光走出密室，在身后把暗门关好，尽可能恢复成原来的模样。然后又顺着原路穿过外面的储物间走回过道处，微弱的月光从房子的木门方向透了进来。

不出我所料，我刚走出屋子手机就关机了。门口还是那片长满了荆棘的灌木丛，没有了手电的光，我摸索着关好木门，想尽可能恢复原样，但恐怕做得并不好。我从地下捧起一些尘土和落叶，随意撒在门口，想伪装成从未有人来过的样子。做好这一切，我穿过灌木丛，回头又看了看自己的杰作。木门虽不像我来之前那般隐蔽，但依然不太显眼，我只能寄希望没有人如我这般关注这个地方，这样它应该还是安全的。

我快步走到锁着的大铁门边，费了好大力气登上一侧的石柱，气喘吁吁地迈过铁门，还算敏捷地跳到了对面。我在裤子上蹭了蹭手，抬头看看头顶的几扇窗子，似乎没人留意我的存在，所以更不会有人知道我刚才做了什么。

难怪过了这么长时间，那位女药剂师的秘密始终无人揭晓，她的那道暗门做得实在太隐蔽了，若不是经历了二百多年的沧桑变化，我今天也不可能发现。当然我非法入侵的鲁莽之举也算帮了大忙。如果说之前我还对女药剂师的存在有所怀疑，现在所有疑虑都已彻底打消了。

我一边沿着小巷往外走，一边琢磨着这是我这辈子第一次涉嫌违法。我手里紧紧攥着已经没电的手机，指甲缝里满是尘土，这些就是我犯罪的证据。可是，我为何毫无愧疚，反倒心潮澎湃，只想赶紧跑回酒店给手机插上电源，好好看看我都拍了什么照片。

可房间里不止我一个人。我悄悄溜进门，生怕把詹姆斯吵醒，结果发现他已经醒了，正坐在沙发上看书，我的心顿时凉了半截。

我们谁跟谁也没讲话，我爬上床，给手机充上电。我真是累了，刚才肾上腺素带来的兴奋已经被身体疲惫的酸痛所取代，我打了个哈欠，瞥了一眼沙发上的詹姆斯，他的注意力似乎都在书上，跟昨天晚上的我一样，一点困意也没有，他应该是在倒时差。

既然他不睡，我也没办法安心翻看照片了，于是我转过身背朝着他，心想只能等到明天早上再研究我那些宝贵的发现了。

早晨一睁眼，我就听到浴室里传来洗澡的水流声，阳光透过窗帘的缝隙洒落在我的脸上。浴室的门虚掩着，热气顺着门缝窜了出来，我看到沙发上除了我给他的备用枕头，还有一张他叠得整整齐齐的毯子，和枕头并排摆在一起。

我拿起电话，电已经充满，极力地克制想翻看照片的冲动。我趴在床上，把脸埋在枕头里，憋了一夜，我真的很想上厕所，但我不能动，我要等到詹姆斯出门再好好享受自在的独处时光。

他终于从浴室出来了，没穿衣服，只在腰间裹了条浴巾。夫妻之间，这再正常不过了。不过，看到没穿衣服的他，我却心头一紧，我还无法接受这么快一切就回归所谓的“正常”。于是，我扭过脸去，尽量不看他。

“你昨天晚上吃饭吃到很晚啊，”他站在离我很远的地方，“这附近有什么好吃的吗？”

我摇摇头，“就吃了个三明治，饭后我又去转了转。”这根本不像我，以前的我很少撒谎，哪怕是善意的谎言我也很少讲。不过我这会儿还不打算把我昨晚的发现告诉他，或是其他任何人。再说了，跟他撒点小谎又怎么了？他可是瞒着我搞了好几个月的外遇呢。

詹姆斯在我身后大声地咳嗽了几下，然后走到沙发那儿，俯下身从地上捡起一包纸巾。我之前没注意，但我想他可能是一整晚都把它们放在那儿，可以随用随拿。“我有点难受，”他一边说一边拿出纸巾捂住嘴，“嗓子特别疼，估计是感冒了，飞机上实在太干了。”他打开行李箱，从里面拿出一件T恤和一条牛仔裤，把裹着的浴巾随手扔到地上，准备穿上自己的衣服。

我把目光从他赤裸的身体上移开，转到门口桌上摆着的花瓶，有几朵花已经打蔫儿了。我突然注意到羽绒被上自己的两只手，指甲缝里还残留着昨晚的尘土，我赶紧把手藏进被子里。“你今天是什么计划？”我多希望他能跟我说他今天要在城里逛逛，或是去博物馆转转，总而言之，只要他出门就行，我就想一个人待在房间里，守着我的手机，我甚至会在门口挂上“请勿打扰”的牌子。

“我想去伦敦塔看看。”他一边说，一边把腰带穿进牛仔裤的腰间。伦敦塔，这座古堡曾是我最心心念念的地方，那里可是皇权的象征，可眼下，它跟我昨晚在熊巷的发现比起来似乎成了一个小儿科的博物馆。现在，我的心里除了女药剂师的秘密什么也装不下了。

詹姆斯又咳嗽了一声，自己拍了拍胸口。“你带感冒药了吗？”他问我。

我的洗漱包在浴室，里面装着我的化妆品、牙线、体香剂和几瓶精油。我知道里面应该还有几片泰诺，但别的药我都没有带，谁知道到这儿后会出现什么症状，我也不可能什么药都带呀。“抱歉，我没有带，”我回答他道，“不过我带了桉树精油，你要吗？” 我每次有点感冒症状都会使用桉树精油，这样做已经很久了，桉树油其实就是维克斯伤风膏的主要成分，治疗鼻塞、咳嗽的效果特别好。“就在台子上的白口袋里。”我指着浴室的方向跟他说。

詹姆斯刚走进浴室，我的手机就传来一声提示音，应该不是什么重要的事，跟我昨晚的发现比起来，一切都变得不那么重要了。詹姆斯还在浴室里磨蹭，我拿起手机，心怦怦地跳。

他捏着鼻子走出浴室，“这东西味道真冲。”

我点头表示认同，我距离他有几米远，但也能闻到精油刺鼻的味道。

他已经穿戴整齐，应该很快就要出门了。我尽量避免跟他说话，好让他快点离开。“我想再躺会儿，”我一边说一边踢了踢被角，“你好好玩儿。”

他默默点点头，一脸哀伤，似乎欲言又止。收拾好钱包、手机，他终于出了门。

房间的门刚关上，我就把手机拿了过来。

我敲入密码，打开手机相册，对的，有二十多张照片。我打开头几张，拍的是房间里的摆设——桌子、炉子，但拍得一点也不清晰。不会每张照片都是这种效果吧。我终于翻到了那本书的特写，还好，我长舒了一口气，后面这几张照片还算清晰。估计房间里灰尘太大，闪光灯也无法穿透微尘做到精准对焦，这几张照片要不是因为是特写，距离特别近，估计也拍不了这么清晰。

忽然门外传来一阵嘈杂，吓了我一跳。我关上手机屏幕，跑到门口透过门镜往外看，刚好看到一个酒店员工拿着写字板从我门口经过。他不是要来我的房间，只是刚好经过，这正好提醒我把“请勿打扰”的牌子挂到外面。

我再次爬回床上，打开手机相册，仔细研究第一张特写照片。我屏住呼吸，用两根手指把图片放到最大，转来转去，不想放过任何一个细节。我坐在床上，整个人都傻了，不敢相信眼睛看到的一切。

书上的字都是手写的，满是斑斑点点的墨迹。文字一行一行写得很工整，每一条记录都遵循着相同的模式，有人名和日期，应该是一个登记簿？我翻到下一张图片，内容与之前的大同小异，只是墨水的颜色更深了些，笔迹也与前一页有所不同。我又翻到下一张，再下一张，每划一张，我的手都抖得更加厉害。我不能完全确定这本子里记录的是什么东西，但我相信它一定有着不可估量的历史价值。

特写照片大部分都算清晰，只是边缘处有些曝光过度，因为太白了，所以看不太清具体的内容。不过话说回来，特写的部分虽然我看得清楚，但却看不明白，这让我十分恼火。每条记录都用了缩略语，再加上有些地方的字迹非常潦草，让我一度以为自己读到的根本不是英文。其中一张照片，我只能勉强读懂靠近上面的一行字，字迹也非常模糊：

加略特·查德维奇，地址：马尔博，鸦片，制成片剂，1789年8月17日，经办人：查德维奇夫人，关系：妻子。

我绞尽脑汁想把残缺的字补上，想推测出整段话的意思，自己像是在玩猜字游戏。没过几分钟，我终于总结出了书写的规律，起初觉得前言不搭后语的段落，很快被我整理出了完整的意思。

福莱尔先生，南华克区，烟叶，调油，1790年5月3日，经办人：艾默尔夫人，关系：姐妹，敏斯菲尔德女士的朋友。

B女士，贝尔区，覆盆子叶，研磨成膏状，1790年5月12日。

查理·特纳，梅菲尔区，NV汤药，经办人：埃普女士，帮厨。

我托着下巴，继续看下面几条记录，心里颇有些不满，覆盆子叶？烟草？这些东西应该没什么毒性呀？不过我之前倒也听说过，尼古丁如果大剂量使用也会有一定的毒副作用，难道说剂量才是致命的关键？还有一些内容，比如 NV 汤药，我根本不知道具体指的是什么。

我努力总结出每条记录的规律，写在最前面的都是人名，然后是药材名，有毒没毒的都会记下来，再后面记录的是日期。有些记录的最后还会出现一个人名，被明确标注为经办人。我推测，第一个人名是用药的对象，而第二个人名则是来买药的人，比方说，查理·特纳就是服用 NV 汤药的人，而埃普女士则是来买药的经办人。

我从床头柜上抓来一支笔和我的笔记本，想在上面写下我下一步的研究方向：

无毒药材的致命剂量

鸦片——片剂？

烟叶——调油？

NV 汤药——NV 是什么意思？

接下来的十五分钟，我盘腿坐在床上奋笔疾书，把我心里的问题和一些或熟悉或陌生的词条都一一记录了下来。龙葵，这不是一种植物吗？曼陀罗又是什么东西？我从来没听说过。还有狼毒乌头，我也不认识。打兰、药丸、蜡膏、红豆杉等，我通通记了下来，等待进一步深入的研究。

我翻开另一张照片，一眼发现了一个我认识的词，让我倒吸了一口凉气，这东西肯定是致命的，砒霜。我把它也记在本子上，还特意在旁边加了个星号。我把照片放到最大，想看清上面其他的字，这时门外面传来了脚步声。

我坐在那儿一动不动，生怕弄出一点动静，脚步声好像就停在我的门口。我心里默默念叨着，这谁啊？这么不长眼，看不见我门上挂着“请勿打扰”的牌子吗？不过我马上听到刷门卡的动静，詹姆斯这么快就回来了？我赶紧把手机塞到枕头下面。

詹姆斯进了门，我当即知道大事不好，他脸色煞白，满头大汗，两只手不停地颤抖。

我本能地从床上站起来，跑到他跟前：“哦，天哪，”我闻到他身上的汗味，夹杂着一股说不清的酸甜味道。“你这是怎么了？”

“我没事。”他边说边冲进浴室，俯在面盆上，大口喘着粗气。“估计是昨天在意大利餐厅吃坏了肚子。”他抬头看了看面盆上面的镜子，通过镜子看到站在他身后的我，我们四目相对。“我的生活真是糟透了，卡洛琳，我先是伤害了你，现在又把自己糟蹋成这样。我出门后刚走上人行道就感觉不太对劲，”他继续道，“我想等我都吐出来就好了，你能不能……”他欲言又止，“你可不可以先出去，让我自己在这儿待会儿，等我都吐出来就应该没事了。”

我当即表示理解，“当然。”一起生活了这么多年，我太了解詹姆斯了，他从不愿让人看到他的窘态。再说了，我也想要一个私密空间。“你确定你没事吗？要不要我给你倒一杯果汁什么的？”

他摇摇头，已经准备关上浴室的门。“我没事，真的，让我在这儿待一会儿就好。”

我点点头，穿上鞋子，拎起包，把小本子放了进去。我在浴室门口给詹姆斯放了一瓶水，跟他说我会很快回来，看他到时候会不会好一些。

我记得出了酒店大门往前再走一条街就有一个咖啡馆，于是我就朝着那个方向走了过去，想着可以坐在里面安静地看完手机里的其他照片。没想到刚走两步手机就响了，来电号码我并不认识，想到有可能是詹姆斯用房间电话打给我的，我赶紧接了起来：“喂？”

“卡洛琳吗，我是盖尔娜！”

“哦，天哪，是你啊，你好，盖尔娜。”我站在人行道正中，过往的行人朝我投来不满的目光。

“抱歉，这么早给你打电话，昨晚短信跟你说的那个手稿数据我已经拿到了，您现在能来图书馆一趟吗？越快越好。我今天本来不用上班，刚刚过来就是想看看我申请的数据下来了没？你猜我找到了什么？你肯定想不到。”

我闭上眼，努力回忆她昨天跟我说起的文献。过去的二十四小时发生了太多事，昨天晚上我的发现、今天早上詹姆斯的突发状况，她的短信早被我抛到了脑后。

“抱歉盖尔娜，我这会儿过不去，我得待在酒店附近，以免……”我没把话说完，虽然我俩在一起做了一下午的调研，但其实我跟她并不熟，还不至于把我那不忠的丈夫生病的事告诉她。想想，她甚至都不知道我已经结婚了。我们俩虽然说了很多话，但从未涉及彼此的私生活。“我现在真的没办法过去，不过我马上要到咖啡馆喝杯咖啡，你愿意过来一起吗？可以把文献带过来。”

我听到她在电话那头哈哈大笑，“要是把这么宝贵的文献带出图书馆，那我的饭碗就保不住了，不过我可以复印一份带给你，再说我也着实想来喝一杯咖啡。”

我们俩约好半个小时后在我酒店附近的咖啡馆见。等她的时候，我坐在角落的一张小桌边，给自己点了一个覆盆子可颂，一边吃，一边研究我在女药剂师的药房里拍摄的照片。

看到盖尔娜从咖啡馆的玻璃门走进来，我赶紧关掉手机屏幕，合上我的笔记本，顺手扔进了包里。我跟自己说要冷静，不要说错话，还不能告诉她我昨晚的发现，毕竟我跟盖尔娜还不熟，要是跟她讲昨晚的事，就意味着我要暴露我自己违法的行为，关键我涉足的可能还是一个重要的历史遗址。她作为大英图书馆的工作人员，即使只是出于职业道德，也很有可能向官方举报我。

我把最后一口可颂吃掉，想到自己的所作所为，不禁觉得生活充满了讽刺。我千里迢迢来到伦敦，是因为别人的秘密深深伤害了我，而我现在在做什么？我在躲躲藏藏，生怕别人知道我的秘密。

盖尔娜在我旁边坐下，兴奋地看着我。“简直难以置信。”她一边说，一边从她的大包里拿出一个文件夹，从里面抽出两张纸，复印的是旧报纸上的文章，大标题下分了好几栏。“这两则公告的日期只相隔几天，”她指了指标题继续道，“第一篇是 1791 年 2 月 10 日的，第二篇是 1791 年 2 月 12 日的。”她把 2 月 10 日的那份公报摆在我面前，靠在椅背上看着我。

我仔细看了看公报的内容，不知该说什么好。

“你记得昨天吗？”盖尔娜跟我解释说，“我短信里跟你说了，文献里边有一个图案，这就是那个图案。”她指着复印文件中间的位置，其实不用她指我也看得见，我不错眼珠地盯着那页纸，上面印有一个动物图案，画工非常初级，简直就像蹒跚学步的孩子在沙子上随便招呼的作品，但我百分之百确定我见过跟这个一模一样的图案。

那上面画的是一只小熊，跟我在泰晤士河边的淤泥里找到的蓝色小瓶上的图案一模一样。

第二十二回
伊丽莎

1791年2月10日

现在的时间是晚上八点多，奈拉已经连续工作了几个小时，却执意不让我伸手帮忙。她把所有的瓶子都封好，瓶塞按得紧紧的，还把空盒子都叠在一起，恨不得用上吃奶的力气把坩埚彻底洗刷干净。她把密室收拾得干干净净，让人感觉她好像再也不会回来了一样，至少会在外面待上很长一段日子，这一切的一切，都是我的粗心造成的。

人生在世这十二年，我犯过大大小小的错误，但这次从柜子最里面挑个罐子绝对是我犯下的最大过错。我怎么就没看到罐子上刻着字呢？我这辈子第一次给人留下这么大个烂摊子，真的，以前从来没有过。

我多希望时间可以倒流，对于奈拉来说，我还不如是个没用的人。如今，一切已不可挽回，因为我的过错，我不仅害了她，还牵连了登记簿上的每个人。我回想起自己前几天在登记簿上描画过的每一个名字，我把褪色的墨痕重新描黑，希望永远留住那些女性的名字，永远保护好她们，用奈拉的话说就是让她们在历史中留下痕迹。事到如今，我恐怕谁也保护不了了，相反，由于我的错误，她们的事情很可能败露，是我亲手毁了所有人。

我想过用什么办法可以弥补我的错误，但绞尽脑汁仍一筹莫展，似乎只有重新回到过去才能阻止这一切的发生，但如何回到过去？这真的太难了，即使用魔法也难以实现。

奈拉并没有赶我走，她不会是要杀了我吧？毕竟是我犯下的错，所以我必须承担后果。我们俩坐在密室里，一句话也没有说，房间里空气凝重，我能真切地感到她的无奈和不舍。我尽量不弄出动静，不想烦到她，我羞愧地缩在那该死的柜子边，蔫头耷脑，无所适从。我的眼前有三样东西：怀里捧着的是汤姆·佩珀送我的家用魔法书，旁边放着的是奈拉给我的那本产婆魔法书，还有一样是一根即将燃尽的蜡烛。我不敢跟奈拉要新的蜡烛，用不了多久就得把书放下了，接下来我还能做些什么？靠墙睡一觉吗？还是等着奈拉宣判对我的惩罚？

我借着蜡烛奄奄一息的微弱烛光继续看着汤姆·佩珀送我的魔法书，书上的文字随着烛光一闪一闪的，像是在舞蹈。我费很大力气才能看清一行字，这让我倍加心痛。如果这世上真有魔法，真能让汤姆这样的死胎起死回生，那请它这次也能显灵，帮帮我和奈拉。我必须马上找到适用的咒语，越快越好。既然今天下午我能找到办法赶走一直纠缠我的鬼魂，我希望此刻也能找到办法解决我的无心之失对所有人造成的困扰，包括奈拉、我和许多其他女人，我不想任何人被逮捕，更别说面对审判或枪决了。

我用食指快速划过汤姆的魔法书上的每一句话，想要尽快找到合适的魔法。

神油帮你透视扑克牌，助你成为永远的赢家

神奇泡泡帮你春耕大丰收

一剂汤药，即刻帮你逆转不幸

奈拉在旁边叮叮当当地钉着木箱子，可那噪声根本吵不到我。看到这最后一行字，我的眼睛一下子亮了，一剂汤药，即刻帮你逆转不幸。这个魔法应该有用，过去这段时间，我可以说是倒霉到家了，如果真能逆转不幸，我们的所有问题不就迎刃而解了。我激动得手不停地抖，蜡烛的小火苗也在一旁闪个不停。我仔细研究着这个魔法，书上面写了，此处介绍的魔法的威力比所有武器、法庭甚至王权都要大。我看了看这一魔法所需要的材料——蛇毒、玫瑰水、碎羽毛、蕨根粉，还有其他一些七七八八的东西，我使劲咽了咽口水，整个人激动不已。这些材料的确很怪异，但奈拉的药房里最不缺的就是各种奇怪的东西。就连我都知道她这儿有其中至少两样：玫瑰水和蕨根粉，就在架子上放着。

但其他东西呢？我要是在房间里走来走去找东西，不可能不引起奈拉的注意，我怎样才能收集到所有材料，再按照书中的指示把一切准备好呢？除了跟奈拉摊牌，我似乎没有别的办法。

正想着，耳边传来一声刺耳的声响，之前我看到奈拉一直在用锤子钉箱子，但这会儿她已经把锤子放下了，那会是什么声音呢？天哪，有人敲门，吓得我差点儿把蜡烛掉到地上。

奈拉一直在炉子边收拾东西，听到敲门声她抬头看了看门口，我看不出她脸上有丝毫的恐惧和紧张。难道她巴不得来的是警察把她抓走？如果真是这样，她或许可以尽早结束一切，倒也落得个一了百了。她那么从容，而我却被吓得动弹不得。如果门外真是警察，真是来逮捕奈拉的，那我的下场又会如何？奈拉会不会把我给安维尔先生下毒的事告诉警察，如果真是那样，我就再也见不到我的母亲了，还有安维尔太太，我也再没有机会告诉汤姆他的魔法书是否真的有用……

又或者，来的人不是警察，而是更为可怕的鬼魂，那该怎么办？我想到安维尔先生那双凹陷的眼睛，想到他朦朦胧胧的白色鬼魂，我简直吓得魂都没了，心头像压了一块巨大的石头。或许那鬼魂已经厌倦了伺机而动，索性直接来找我索命。“奈拉，等一下……”我哭着说。

奈拉没理我，脚步没有丝毫迟疑，径直走过去开了门。我整个人紧绷了起来，把书放到一边，探头看了看门口。还好，进来的是一个人，不是鬼，也不是警察，若是警察的话，不可能一个人出警。

来者身披黑色长袍，头上裹着围巾，蒙着脸，鞋上沾满了泥，身上的味道非常难闻，像混合了马尿的泥巴。从我这个角度看，访客一身黑色，更像是一个来回晃动的影子。

一双戴着黑色手套的手从袍子里伸了出来，手里握着一个罐子，正是我昨天装毒药的罐子，我恍然大悟，是那个罐子！奈拉应该安全了！

来者摘下面纱，正是克莱伦斯夫人，我这辈子应该再也不会因为见到一个人而如此开心了。

奈拉伸手扶住墙，“哦，太好了，您找到这个罐子了。”她说话的声音十分虚弱。“我真担心您找不到……”她身体前倾，捂着胸口，我真怕她站不稳跪在地上，赶紧站起身走上前去想扶她一把。

“我刚找到就来找你了，一刻都不敢耽搁。”克莱伦斯夫人告诉我们。她头上的一枚发卡随着一缕头发垂落在脖子上，感觉随时可能掉下来。“你们肯定能想到，我们家现在已经乱作一团，我们家从来没有过那么多人，好像马上要举办晚宴似的。氛围十分压抑，他们一直不停地问我们各种问题。最可怕的就是律师，我的侍女因无法承受巨大的压力离开了我家，今天早上天没亮就不辞而别了。临走时告诉车夫她辞职不干了，说要离开伦敦。最近发生了这么多事，她要走我也能理解，我不怪她。整件事她确实有参与，毒药就是她掺到伯克韦尔小姐的酒杯里的，但是她的离开确实给我造成了巨大的不便。”

“老天。”奈拉感慨道。但我从她的话语中感觉不到丝毫的关切，她当然没有精力关心侍女的离开会给克莱伦斯夫人造成哪些不便。她伸手接过罐子，转过来转过去，仔细打量一番，终于长舒了一口气。“对，就是这个，就是这个。克莱伦斯夫人，您真是救了我的命……”

“对吧，我跟你说了，我会收好把它还给你，这本来也不是什么大事，但你今天下午的状态真是把我吓着了。现在终于没事了，我也没必要在你这儿久留，我这就回去了，这两天忙得我连好好大哭一场的时间都没有。”

奈拉问她要不要喝杯茶再走，克莱伦斯夫人说不喝了。

“对了，还有一件事，”她瞥了我一眼，又看了看这间简陋的密室，“我不知道你对这孩子有何打算，但是如果可能的话，你可以考虑让她去我那儿，我那儿正好缺一个帮佣。”她随手指了指我，好像我不是一个人，倒像是一件家具。“她年纪有点小，不过也没什么大碍，只要她听话，能管好自己的嘴就行，你明白我的意思吧？要是行的话，最好这周末之前就让她过来。总而言之，你尽快给我一个答复，我之前跟你说过，我家住在卡特巷。”

奈拉结结巴巴地回答道：“谢……谢谢您，我跟伊丽莎商量一下，这对她来说是个难得的机会。”

克莱伦斯夫人点点头，出了门，房间里又只剩下我和奈拉两个人。

奈拉把罐子放在桌上，瘫坐在椅子上，现在不用收拾东西了。我看了看汤姆的魔法书，还在地上放着，旁边的蜡烛已经燃尽。“嗯，”奈拉开口道，“暂时应该没有什么危险了。你今晚可以住在这儿，明天一早我建议你去克莱伦斯夫人那儿看看，或许是个不错的工作，你也不用待在安维尔家继续担惊受怕了。”

安维尔家，我这才想起来，罐子找回来也并不能解决所有问题，我给奈拉造成的麻烦或许解决了，但我自己似乎又回到了之前的困境。我不想去克莱伦斯夫人那儿干活，我不信任她，她的冷漠态度也让我受不了。要是继续当用人，我只想回去伺候我家太太，那也就是说，我还是得回去安维尔家，所以还是有必要使用“一剂汤药，即刻帮你逆转不幸”的魔法。我读了那本书上几百条魔法，这是唯一可能赶走安维尔先生冤魂的办法。

感谢奈拉，我今晚睡觉的地方有了着落，希望她也能答应帮我准备一服汤药，想到这儿，我的心又开始怦怦地跳。要想使用魔法，摆在我面前的只有两条路：要么告诉奈拉我的计划，请她允许我用她的存货；要么想办法在她不知情的情况下把所有材料敛齐，像当初弗雷德里克的做法一样。

说到第一个办法，眼下绝非最佳时机，我们俩都太累了，奈拉眼睛都熬红了，现在我们俩最该做的事就是好好睡上一觉。

等我们再睁开眼应该就是明天了，到时候我再想办法收集魔法所需的各种材料也不迟。想到这儿，我把魔法书往脑袋下面一塞，睡觉！谁能想到，我刚睡着就梦见了汤姆，梦见了那个送我魔法书的男孩儿。

第二十三回
奈拉

1791年2月11日

如果我的体弱多病是因为我用毒药造成了太多的不幸，属于我咎由自取，那克莱伦斯勋爵的死对于我的病痛来说无疑是雪上加霜。我甚至在想，是不是受害者的名气越大，我所遭受的惩罚就会越严重？

克莱伦斯夫人找回那该死的药罐确实可以暂时把我从绞刑架上解救下来，但却无法阻止我身体的每况愈下。昨天，我已经开始咯血，或许是因为我之前整夜在田埂里逮甲虫累到了，但最让我担心的还是一直折磨我骨骼，甚至脑壳的邪祟已经入侵了我的肺部。

想到克莱伦斯夫人把散发着玫瑰香气的字条留在米缸里的那一天，我后悔莫及。我知道那么多药方，却没有一个能解决我自身的问题，我甚至连自己得的什么病都不知道，更别说怎么医治了。

我一刻也不想待在家里，难道我要在家等死吗？再说，我明天还得出门买一块猪油。我不忍心克莱伦斯夫人一走就赶伊丽莎离开，但明天她无论如何也不能继续待在我这儿了。明天一早我要去集市，出门前我就告诉她离开，还要告诉她永远不要再回来。

她问我去集市需要多久，我回答她说："最多一个小时。"她求我让她再多待半个小时，说昨天太紧张，现在头疼得厉害。老实讲，我自己也头疼欲裂，所以我给她找了夏枯草油，让她擦在太阳穴上，答应她可以再待一会儿。我们道了别，她跟我保证一定在我回家前离开。

我强打着精神往弗利特大街的方向走，一路都低着头，担心与别人发生目光接触，生怕有人能参透我眼里的秘密，好像每个害人的故事都被我写在眼里了似的。事实上是我想多了，大街上根本没有人留意我。一路上，除了一个沿街售卖柠檬糖果的妇人和一位画漫画的街头艺人，我什么人也没碰到。阳光穿过云朵洒在我身上，把我疲惫酸痛的脖子照得暖暖的。须臾间，周围人开始多了起来，好在他们都在跟同行的人聊天，我便慢慢放下了戒备。没有人对我感兴趣，甚至没人注意到我，我突然觉得生活又有了希望，日子似乎又好了起来。

我经过一个报摊，差点儿撞到一对母子。那母亲刚刚买了一份报纸，小男孩绕着她来回地跑，她正努力把他拽回身边，想把外套给他穿上。因为我一直低着头，根本没看到小孩子在玩闹，等我发现时，那孩子已经和我撞了个满怀。

"哦！"我大叫了一声，肩上背着的口袋往前一甩，刚好撞到了小男孩的头。他母亲见状，立即举起手中的报纸在孩子屁股上狠狠拍了一下。

连续遭到两个女人的攻击，尤其还有我这么一个陌生人，那孩子终于消停了下来。"好吧，妈妈。"他一边说，一边伸展双臂，像一只还没长羽毛的小鸟，等着妈妈把衣服给他穿上。母亲一副胜利的表情，把孩子拢到身边，顺手把报纸递给了旁边的人，对，没错，就是递给了我。

我低头一看，那是一份昨天的晚报，报纸名是《星期四公报》。报纸很薄，不像《纪事报》或《邮报》，动不动就是一厚沓。我随意瞟了一眼，心想等那位母亲腾出手来我就把报纸还给她，但报纸中缝的一则启事瞬间引起了我的注意，我清楚地看到几个大字：

“法警现征询克莱伦斯勋爵谋杀案的线索。”

我当时就傻了，赶紧捂住嘴，真担心自己一口老血喷到报纸上。命运怕不是在捉弄我吧？克莱伦斯夫人已经把药罐还回来了，看似一切顺利，我还以为不会再有什么犯罪嫌疑人，难道是我看错了？我怕自己暴露，强迫自己把目光从报纸上移开。我刻意抬起头，看到街对面的一位女士戴着一顶装饰着紫色蝴蝶结的帽子，她身后帽子店的橱窗反射着刺眼的阳光，可是，我还是忍不住，又低头看了一眼手中的报纸。

我没看错，这次跟我刚才看到的内容一字不差。

“小姐。”我耳边传来一声温柔的召唤，“小姐。”我抬头看到那位母亲，右手牵着已经穿好外套终于消停下来的儿子，正等着我把报纸还给她。

“哦，哦，”我结结巴巴地回应道，“嗯，快给您。”我赶紧把报纸递了过去，手却一直在发抖。她谢过我后便带着儿子走了，看她一走我即刻冲到报摊前，问卖报的说：“《星期四公报》还有吧？”

“还有几份。”他从桌子上拿起一份递给我。

我扔下一枚硬币，把报纸塞进口袋，快速离开，生怕对方看到我脸上的慌张。我一路跑向鲁德门山，三步并作两步，揣测着各种可怕的结果。警察这会儿不会已经在我的店里了吧？小伊丽莎一个人应付得了吗？我躲在大楼边的两个垃圾桶中间打开报纸，快速浏览了一遍。那报纸一看就是连夜印制的，还能闻到油墨的味道。

刚开始，我觉得那则启事不是真的，不过是一场戏，而我则是个拙劣的演员，那份报纸也只是剧中的道具。可启事中的细节刻画得太真实了，我知道这次事情真的败露了。

启事上说得很明白，克莱伦斯的侍女突然辞职不干了，这跟克莱伦斯夫人之前说的一样，她肯定是推测出了克莱伦斯勋爵的死因，所以带着我母亲刻了地址的药罐蜡模去了警察局。读到这里，我差点叫出声来，即使那罐子稳妥地藏在我的店里，又有什么用？谁能想到那侍女竟然复制了一个蜡模！她肯定是在克莱伦斯夫人去酒窖取回药罐之前做了复制，至于为什么不直接把罐子拿走，估计是担心被人当成小偷。

文章说蜡模上的字迹不是特别清楚，好像写的是什么巷，瓶子上还有一只熊的图案。据那侍女交代，克莱伦斯夫人让她把罐子里的东西掺进利口酒，她猜测就是因为这个才造成了克莱伦斯勋爵的死亡。侍女说，她开始以为罐子里装的是甜味剂，后来才意识到有可能是毒药。

我继续往下读，手紧紧捂着喉咙。昨天半夜，警察跑到克莱伦斯夫人家了解情况，应该就是在她还我罐子回家后不久，这也解释了为什么报纸是连夜印制的。但克莱伦斯夫人极力否认侍女的指证，坚持说自己根本就不知道什么毒药或是药罐。

继续读下去，我发现当局眼下最关心的是毒药的来源，报上说了，只有找到“制药的人”才能判断克莱伦斯夫人和侍女究竟谁说了假话。警察希望，那位药剂师能够发发善心，出来指认毒害克莱伦斯勋爵的凶手。

这都是什么破事！那药本来不该毒死克莱伦斯勋爵，与此事直接相关的伯克韦尔小姐不仅大难不死，而且还能全身而退。搞在一起的情人死了，她竟一点嫌疑都没有，报纸上对她竟然只字未提。难为我还一直为她差点遇害而难过，真没想到她竟然成了最大的赢家！

文章最后附了一个非常粗糙的图案，是侍女提供的蜡模的手绘图。如果说罐子上的字迹已经非常模糊，那这个手绘图更是让人难以辨认，想到这儿，我觉得自己应该还有一线生机。

我抬眼看到手指上沾满了墨印，腋下和大腿根都潮乎乎的，吓得我出了一身的汗。我站在狭窄的巷子里，窝在两个垃圾箱中间，深深地吸了一口气，闻到一股浓烈的腐败味道。

从现在的形势分析，事态的发展有两种可能：第一钟，我回到店里，吹灯拔蜡，关门谢客。这样的话，即使警察查到后巷三号，我的那道暗墙也能保护我，同时保住密室里的所有秘密。但我拖着病痛的身子又能坚持多久？恐怕坚持不了几天。我真不想困死在母亲留给我的店里！我已经做尽坏事，毁了药店的名声，难道还要用自己腐烂的尸体将它祸害得更惨吗？

第二种可能是暗墙也保护不了我。这么多年来，我的事情没有败露，主要是因为我的地址没大张旗鼓地公布于众。我那密室的伪装绝非万无一失，万一警察带着警犬来搜查，即使隔着一道墙，我也无处可逃。到时候警察如果破门而入，将我一举拿下，进了监狱的我还怎么保护母亲留下来的一切？说真的，母亲留给我的记忆已经越来越模糊，生活在店里我或许还能想起有关她的点点滴滴，但若被押到新门监狱，我真的还能记起她吗？

更为关键的是这事牵连的不只我自己，警察用不了多久就能查出一连串的女子，她们的名字都清晰地记录在我的登记簿上。我本来是想帮助、安抚她们的，结果却害她们跟我一起身陷囹圄，还可能时不时遭受狱警的凌辱。

不，我决不能让这一切发生，我一定能想到其他办法。

第三个办法，也是最后的办法，就是我把药房彻底关掉，把登记簿安放在密室里，然后尽早自我了结，纵身跳入冰冷的泰晤士河，成为黑衣修士桥上又一个孤魂野鬼。这种死法我已经想过很多次，最近一次是坐船过河怀里抱着碧翠丝。当时，我看着波浪拍打着白色的桥墩，激动得鼻子直冒汗。

我这一生注定是这种结局吗？我的生命注定要在冰冷河水的裹挟下结束吗？

那可怜的孩子该怎么办？伊丽莎还在店里，独自一人，万一警察找到后巷三号，我怎能让她一人独自面对拷问？万一她听到外面有动静，向外窥探时不小心被人发现了那道暗墙怎么办？她已经犯下一个致命错误，如果她再出错，招来警察……我怎么可以让一个孩子面对警察的盘问？怎么能让一个孩子替我承担我犯下的罪过？

从出门到现在已经过去了十五分钟，我必须马上赶回去。我把报纸塞进口袋，走出巷子朝着药房的方向跑。至于死不死，怎么死，我还没决定，毕竟还没到做决定的时候。

当务之急是回去找她，回去找到小伊丽莎。

还没进门我就听到她在里面弄出的巨大动静，我不禁火冒三丈，她竟然这么不小心，这么大的动静分明是想告诉别人有人藏在里面，警察根本用不着报纸上提供的地址就能找到我们。

“伊丽莎。”我示意她小点声。我进了密室，赶紧把暗门关好。“隔着整座城我都能听到你闹出的动静。你不知道……”

眼前的一幕让我惊呆了：地中间的桌子上摆满了瓶瓶罐罐，还有碾碎了的各种颜色的叶子分装在不同的碗中，我大概看了一眼，桌上还有大大小小二十多个瓶子。

她抬头看了我一眼，手里还拿着碾杵，眉头紧锁，一副凝重的表情。她的小脸蛋上不知蹭上了什么红色颜料，希望只是甜菜粉末。额头上的一缕头发恨不得翘到了天上，应该是在炉子上烧水时被火烤的。有那么一刹那，我仿佛看到了三十年前的自己。那时的我总是在桌边忙活，母亲则站在身后耐心地看着我。

不过，我马上回到了现实：“你在搞什么？”我问她，担心那些撒得到处都是的碎叶子会有致命的毒性，如果真是这样，我该怎么把这个烂摊子收拾好。

“我……我在熬汤，”她结结巴巴地回答我，“您还记得我第一次来的时候，您给我煮了一杯缬草茶吧？我在这儿找到了一些。”说着，她把一个暗红色的罐子拖到自己跟前。我本能地瞥了一眼墙根的第三层架子，原来摆着缬草的位置果然空了。“这里还有些玫瑰水和薄荷。”她把瓶子推到我这边让我看。

我该怎么说这个无知的孩子呢？难道她毫无感觉吗？

“伊丽莎，别乱动这些东西，你怎么知道哪样东西有毒，万一碰到有毒的你就没命了！”我冲到桌子那儿，目光快速扫过每一个罐子。“你怎么可以随便从我的架子上拿东西，你根本就不知道每个罐子里装的是什么！老天，你尝过哪些？”

我万般惶恐，心里已经开始盘算有哪些可以解毒的解药，得是又好配又有效的那种，否则时间根本来不及。

“这几天我认真听了您讲过的每一句话。”她说。我皱皱眉，不记得自己最近用到过玫瑰水、蛇毒和蕨根粉。蕨根粉我一直放在桌子下面一个不太结实的木头箱子里的，还在上面贴了标签。“我还仔细查阅了您放在那儿的几本书。”她指了指眼前的几本书，但很显然那几本书她根本没动过。这也就是说，伊丽莎要么在撒谎，要么已经谙熟偷盗的门路。“我在准备几种不同的茶，想等您回来跟您一起尝尝。”她把两杯茶推到我这边，我看到其中一杯盛满了深蓝色的液体，另外一杯是浅褐色，像极了夜壶里的尿。“因为我马上要走，而且再也不回来了。”她颤抖着说。

我对她发明的热饮毫无兴趣，也懒得跟她讲，不过我提醒自己，伊丽莎还没看过报纸，所以完全不理解我的焦虑，但越是这种时候，我越是应该小心谨慎。我要把房间整理干净，尽管我已不打算再回来，但也无法容忍它乱七八糟的样子。

“姑娘，你仔细听好了。”我放下赶集用的口袋，里面除了一份报纸什么也没有。“你必须马上离开，马上，一刻也不能耽误。”

她把手摊在桌上，手底下是一堆碾碎的叶子。我看得出她很难过，像霜打了的茄子，那一刻她真是一个弱小无助的孩子。她看了看柜子上克莱伦斯夫人还回来的罐子，她肯定不明白为什么我又一下子变得如此强硬，非要让她即刻离开。

我还不能跟她道出实情，还不是时候，我不想跟她讲我所知道的一切，我要保护眼前这个孩子。

我歪着头，心想我们两个真的很不幸，当初我还希望她能听我的话去克莱伦斯夫人家干活，但这会儿警察一定正在那里调查案情，希望他们不会很快查到我这里。“你回安维尔太太那儿吧，孩子。我知道你害怕，但你必须得回去，那里才安全，真的，听我的，我不会骗你的。”

伊丽莎弄了一身碎叶子，溅了一身五颜六色的颜料，听了我的话，她盯着眼前的瓶瓶罐罐不知在想什么。最后，她点点头，对我说：“好的，我这就走。”她捧了一捧什么东西，塞进衣服里，具体是什么我没看清，也不想问。她愿意拿什么就拿吧，我现在哪有心思管这些？

毕竟，生死攸关，谁还会在乎那些身外之物？

第二十四回
卡洛琳

时间回到现在，星期三

在咖啡馆一个隐蔽的角落，我和盖尔娜头碰着头，正在仔细研究桌上摊开的两篇关于女药剂师的报道，两篇文章都发表在一份名为《星期四公报》的报纸上。盖尔娜说这份报纸是周刊，发行量不大，发行的时间也不长，1778 年开始发行，1792 年就停止发行了。根据她之前做的粗略研究，报刊倒闭的原因是资金链断裂，大英图书馆也只收藏了该报的很小一部分，而且尚未做数字化处理。

“你是怎么找到这些文章的？”我喝了一口咖啡，问她说。

盖尔娜笑眯眯地回答道：“我们之前查的日期不对，如果你发现的医院记录真是某位患者的临终忏悔，那当事人说的很有可能是早年间发生的事。所以，我就把手稿数据的搜索范围扩大到十八世纪末，另外又增加了一个关键词——毒药。因为那位女药剂师是杀人犯的帮凶，所以毒药这个关键词是成立的。这篇文章就是馆里反馈给我的搜索结果，我当即就注意到了上面的小熊图案。”

盖尔娜拿起那份较早的公报，时间是 1791 年 2 月 10 日，新闻的标题是“法警现征集克莱伦斯勋爵谋杀案的线索”。

盖尔娜已经读过一遍，所以便把报纸复印件留给我，自己起身去柜台点了一杯拿铁，而我坐在位子上快速浏览了一遍全文。等她拿着咖啡回来，我已经读完了，整个人坐在那儿，呆如木鸡，不知道该说什么好。

“这也太夸张了！”我说，“克莱伦斯勋爵、克莱伦斯夫人，把利口酒端给情妇的侍女……您觉得这能是真的吗？”

“肯定是真的，”盖尔娜回答，“我查了克莱伦斯勋爵的教会记录，他的死亡时间就是 1791 年 2 月 9 日。”

我又指了指文章最后附的图案，“那就是说，侍女真的给那个药罐做了蜡模，罐子上的图案就是这个小熊……”我用手指摩挲着报上的图案，“这上面的小熊图案和我瓶子上的一模一样。”

“没错，一模一样，”盖尔娜非常坚定，“我越想越觉得合理。如果那位女药剂师真的把毒药卖给过很多女性，那只小熊或许就是她的标识，她所有的瓶子上都有这个图案。也就是说，您在河里淘到这个宝贝虽然很难得，但也算不上是百年一遇。”

盖尔娜再次拿起那篇文章，挑重点部分又读了一遍。“估计这就是女药剂师不幸的开始，药罐的蜡模上不仅有小熊图案，还有几个字。”文章上说了，警察正在努力破解文字的内容。

“警察怀疑是药房的地址，我们看过医院记录，知道那几个字写的是熊巷，但这份报纸刊出的时候，警察还没搞明白地址究竟在哪儿。”盖尔娜把咖啡杯的盖子拿下来，想让她的拿铁快点凉下来。我屏住呼吸，脑海里出现了昨晚发现的那道暗门。我怀疑那几个字写的不是熊巷，而是后巷，是通往密室的那条通道。

“真不明白她为什么要在瓶子上留下自己的地址。”盖尔娜耸了耸肩。“想不明白，或许是无心之失。”她拿起第二篇报道，继续说道：

“这是另一份公报，上面确认了女药剂师的身份，说她不仅是个女药剂师，还是个杀人凶手。我怀疑第一篇报道出来没多久……”盖尔娜没把话说完，过了片刻又继续道：“咱们这么说吧，这仅是她末日的开始。”

我不解地重复她的话：“末日的开始？”

盖尔娜翻开第二篇报道，上面显示的日期是1791年2月12日。我刚想拿过来看，结果手机响了，我一直把手机放在桌上，生怕万一詹姆斯打给我我听不见。我看了一眼屏幕，心头一紧，真的是他：“嗨，你好些了吗？”

我听到电话那头呼吸微弱，气息缓慢，毫无力气。“卡洛琳，”他声音很小，我要是不竖着耳朵都听不清他在说什么，“我觉得我得去趟医院。”我捂住嘴巴，心里咯噔了一下。“我试着打911，但一直拨不通。”

我闭上眼，模糊记得酒店前台的小册子上写着英国的急救电话，但此时我整个人都蒙了，哪还想得起上面的电话号码。

心里一慌，我立刻觉得头晕目眩。整个咖啡馆人声嘈杂，咖啡机吱吱作响，周遭的一切都在旋转。“我马上就回去。”我声音哽咽，一边说一边站起身，收拾好东西准备离开。

“盖尔娜，我有急事得先走。”我告诉盖尔娜，手不停地发抖。“非常抱歉，我丈夫他……他病得很重。”说着，眼泪夺眶而出。尽管近日来我对詹姆斯无比憎恶，但此时此刻我还是非常担心他，只觉得口干舌燥，说不出话来。电话那头的詹姆斯呼吸困难，他可千万不要有事呀。

盖尔娜看着我，既担心又困惑。“你丈夫？哦，老天，好的，没问题，快走吧，不过……”说着，她把第二篇报道递给我，“这个你拿着，这是复印件，你留着就好。”

我谢过她，把那几张纸对折后塞进包里。我再次跟她道歉，然后飞快地冲出咖啡馆，朝着酒店一路狂奔，两行眼泪止不住地往下流，这是我到伦敦以后第一次落泪。

我回到酒店房间，一打开门就闻到一股难闻的味道，带着一丝酸甜，是他呕吐物的气味。

我把包扔在地上，里面的水瓶和笔记本掉了出来，但我没时间理会，径直跑进了浴室。詹姆斯侧身躺在地上，蜷缩着像母亲腹中的胎儿，他用膝盖抵着胸口，面色惨白，浑身发抖。不知道他什么时候把衬衫脱了，团成一团扔在门口，我看了一眼，已经被汗水浸湿了。就在今天早上我还无法直视他赤裸的身体，但现在我已经顾不得那么多，我跪下来用手捂住他的肚子。

他眼窝深陷，嘴角还有血，吓得我大叫了一声。

“詹姆斯，”我大喊，“哦，上帝呀！”

我看了一眼马桶，里面的呕吐物好像被掺了红色的颜料。我打了个趔趄，跑出浴室拿起电话，请前台帮我叫一辆救护车。挂断电话后，我又冲回浴室，很明显，詹姆斯绝不是在意大利餐厅吃坏了肚子。对于医学知识，我一窍不通，他今天早上还只是轻微的咳嗽，怎么现在就吐血吐到了奄奄一息的程度？这不合理呀。

“你早上出门后吃什么了？”我问他。

他躺在浴室的地上，轻轻摇了摇头。“我什么也没吃，什么也没吃。”

“水呢？水也没喝吗？”他或许喝了什么不该喝的东西……

“就是你给我那个什么油，那个东西是不是时间太久变质了。”

我皱紧眉头，“什么东西太久了，你不是该把它抹在喉咙处吗？以前你不是也用过。”

詹姆斯摇摇头，“我不是问你有没有感冒药，你说没有，然后你说你带了什么油。”

我脸都白了："你说那个桉树油？"

"对，就是桉树油，"他痛苦地呻吟着，用手抹了抹嘴，"我给咽了，像吃感冒药似的。"

桉树油的瓶子还在面盆边上放着，上面的标签上清清楚楚地写着：有毒，只可外用，不可内服。也许怕人不当回事，还特意注明若不慎食用，可导致昏厥甚至死亡。

"你喝这个了？"我简直不敢相信自己的耳朵，詹姆斯点点头。"喝了多少？"没等他回答，我迅速拿起药瓶冲着灯光查看里面还剩多少。感谢上帝，里面还剩一半。不过这说明他至少也喝了一大口啊！"詹姆斯，这个东西有毒！"

他抱紧蜷起的腿，回答我说："我不知道。"他声音微弱。他太可怜了，我真想趴在他身边跟他说句对不起，可我知道自己并没做错什么。

突然门外传来一阵猛烈的敲门声，一边敲门，一边有人喊："我们是医护人员。"说话的是一位男士。

接下来的几分钟我整个人都处于混乱的状态，只记得医务人员请我让开，他们要给詹姆斯做初步的检查。一同进门的除了医务人员还有两位酒店经理，我一算，房间里至少站了十个人，走马灯一样在我面前晃来晃去，个个面色凝重。

一位穿着藏蓝色制服的年轻女子站在我身旁，我看到她的衬衫上绣着嘉岚酒店的标识，她问我要不要吃点东西，或喝点什么，我委婉谢绝，我现在只想听那些带着浓重英国口音的医护人员告诉我，我丈夫的初步诊断结果。他们问了他好几个问题，有一些我真的没听明白。

医护人员从一个巨大的帆布包里取出一些设备：氧气面罩、血压计、听诊器。酒店浴室立马成了病房，看到那些设备，我竟然开始担心詹姆斯会不会闯不过这个鬼门关，我真想狠狠抽自己一个嘴巴，我怎么能这么想，千万别往那儿想，他不可能闯不过去，这儿不是有医生吗！

当我决定独自一人来伦敦完成结婚纪念旅行时，我料想到自己会有些情绪上的波动，但无论如何我也想不到会如此夸张。的确，詹姆斯对我造成了巨大的伤害，我的伤口也尚未愈合，但我也绝不要他这样死在我面前。我记得刚刚发现他出轨时，有那么一瞬间我真是连杀人的心都有，但此刻，我要詹姆斯好好活着。

詹姆斯跟医护人员说了自己误服桉树油的经过，其中一位听罢像我一样拿起瓶子看了看，“瓶子是四十毫升，现在只剩下一半，”他语气坚定，“你喝了多少？”

“就一口。”詹姆斯回答。另一个医护人员用手电照了照他的瞳孔。

还有一位医护人员把上述信息冲着电话重复了一遍：“血压升高，对，呕吐严重，是的，没错，伴有呕血，没有喝酒，也没有吃过别的药。”他稍停片刻，我想电话那头的人可能需要时间把信息录入系统，又或者需要时间确定紧急治疗方案。

“您误服这个东西多久了？”医护人员继续问詹姆斯，一边问，一边给他戴上了氧气面罩。詹姆斯故作轻松地耸了耸肩，但我从他的眼中读到了恐惧和困惑，现在他连呼吸都困难了。

“两个半到三个小时。”我主动回答。

大家一起把目光转向了我，好像刚刚意识到我的存在。

“他喝药的时候您也在？”

我点点头。

“那个桉树油是您的？”

我又点点头。

“那好，”医护人员转回去照看詹姆斯，随口说了一句，“您跟我们一起去医院吧。”

“去……去医院？”詹姆斯虚弱地抬了抬脑袋。我太了解他了，他总想凭借自己的意志战胜病痛，他甚至会说自己过几分钟就会好的。

“对，去医院，”医护人员回应，“现在看，他应该没有昏厥的危险，但中枢神经压迫在摄入桉树油后数小时内随时可能出现，也不排除严重症状延迟发作的风险。”医护人员转头对我说，“他的情况非常严重，”他拿起那个药瓶继续道，“如果你们有孩子，一定不能让孩子接触这些东西，这种误服中毒的情况，我接触已经不止一两次了。”

这话说的，就好像我一点也不内疚似的。但无论是中毒事件还是没有孩子，我知道，那都不是我的错。

“帕斯韦尔先生，”一位医护人员抓着詹姆斯的肩膀，“帕斯韦尔先生，别睡，别睡！您能听见我说话吗？”情况看来十分紧急。

我冲进浴室，看到詹姆斯的头歪到一边，已经开始翻白眼。他完全失去了意识，我冲到他跟前想要抱住他，但被一双手拦住了。

房间里又是一阵骚乱，步话机传来一串我听不懂的指令，从门外推进来的轮床发出金属碰撞的声响，好几个人一起把我丈夫从地上抬了起来，我看到他的手臂无力地垂在两侧。我开始抽泣，酒店工作人员先出门到走廊上开路，他们也都一脸恐惧，我看到那个穿着藏蓝色西装的女人紧张到浑身发抖，好在医护人员个个训练有素，迅速把詹姆斯抬上了轮床，推出了浴室，房间里终于安静了下来。

他们把詹姆斯快速推过走廊，推到电梯口，几秒钟的工夫，房间里就剩下了我和另外一位医护人员。刚才就是他一直在窗边打电话。他在桌子附近蹲下来，拉开大帆布包外面口袋的拉链。

“我可以跟他一起吗？一起坐救护车去医院？”我一边流着泪问他，一边朝门口走去。

“女士，您可以跟我们一起。”他的话给了我一丝安慰，不过他冰冷的口吻又不免让我有些担心，他似乎不太敢正视我的眼睛。忽然，我看到在他的医疗袋旁边躺着的我的笔记本，正好翻到我今天早上做笔记的那一页，吓得我差点背过气去。“这个我也得带着，”他说着把我的笔记本从地上捡了起来。“两名警员会在医院跟你调查一些事情。”

“警……警员？”我结巴了起来，“我不明白……”

那位医护人员目不转睛地盯着我，打出了一个非常坚定的手势，然后又指了指我笔记本翻开的那一页，上面写着：

无毒药材的致命剂量。

第二十五回
伊丽莎

1791年2月11日

奈拉本来说要出去一个小时的，怎么不到半个小时就回来了，吓了我一大跳。好在我已经找到了逆转不幸所需要的所有材料，而且已经把它们混在了一起，只是还没来得及把战场打扫干净，瓶瓶罐罐也都没能放回原处。

奈拉刚进门就发现我手上沾着各种颜色，好在我煮了两杯茶，这是我事先就想好的说辞。万一她提前回来，问我在忙什么，我可以用茶为自己打掩护，我不想让她知道我在用她的东西施魔法。可是话说回来，虽然我那两杯热茶完全没有毒，但也让我想到了弗雷德里克，他当初就是像我一样背着奈拉给她熬制了汤药，最终才害她流了产。我必须声明，我虽然没有告诉奈拉实情，但我对她绝无恶意。

奈拉一回来我就发现她特别焦虑，即使撞见我把店里搞得乱七八糟她也没有生气，她虚弱得甚至连气都喘不匀，却还是坚持要我即刻离开，而且还苦口婆心地劝我回安维尔太太家。

回就回吧，反正魔法需要的东西我都准备好了。在她进门前，我把混合好的液体倒进了两个小药瓶，那两个瓶子之前一直放在她的工作台上。稳妥起见，我还特意准备了两瓶，万一不小心打碎一瓶，我还能有个备用。两个小瓶子只有四英寸高，形状一模一样，但颜色不同，一个是透明的天蓝色，另外一个是淡淡的粉色。

我仔细检查了两三次，瓶身上除了小熊图案什么也没有。趁她不注意，我已经把瓶子塞进裙子的前大襟藏好了。

听说我答应离开，奈拉似乎松了一口气，但我还不能直接回安维尔家，魔法书上说了，汤药放置六十六分钟才能奏效，而从我配置完所有材料到现在才过了四分钟而已，我记得我弄好汤药时刚好一点整，对，是四分钟没错。所以我现在还不能回安维尔家，还没到时候。

我说我帮她收拾完再走，她摇摇头说不用，还说完全没有必要。我不相信这是她真实的想法，她怎么可能允许自己的店里乱成这样？我真希望一切能尽快回归正常，再过几个星期，我家太太就从诺维奇回来了，到时候我就又可以每天待在她的房间帮她做事，最重要的是，到时候安维尔先生……不管他是人是鬼，再也无法打扰我们，他将从我们生命中彻底消失。

就这样，连续两天，我跟奈拉先后告别了两次。我心想，这次一别我可能真的再也见不到她了。既然她不想见我，不管魔法奏不奏效，我都不会再回到这儿了。虽然很舍不得这个新朋友，但我现在的心情好了许多。贴身的那两个小药瓶凉丝丝的，让我觉得心里很是踏实，我的未来还有很多选择。这次分别，我没有哭，奈拉也显得有些心不在焉，但我知道她绝非铁石心肠的人。

我最后抱了抱奈拉，顺便抬头看了看她身后的时钟。又过了八分钟，我把汤姆·佩珀给我的魔法书塞进外袍的口袋，这次真的要离开了。虽然汤药已经配制好，貌似我不再需要这本书了，但那毕竟是他送给我的礼物，我要好好珍惜，说不准我很快就会再次光顾他的店，跟他一起研究别的魔法。想到这些，我觉得手指发麻，从未有过的开心。

我还得再过一个小时才能回安维尔家，不过我还是朝着那个方向一直往西走，因为我想顺道去克莱伦斯夫人家看看。当然，我不想在她家干活，但想看看克莱伦斯先生临终的地方到底是什么样子。我朝着雄伟的圣保罗大教堂走去，最终拐进了卡特巷。克莱伦斯夫人说了，她家就住在卡特巷。

巷子里有六七户大房子，每家都有一个大露台。从外面看，所有房子都一模一样。若是放在平时，我肯定分辨不出哪里才是克莱伦斯夫人的家，但今天情况特殊，我一眼就认定她家住在巷子最里面，因为那里挤满了人，像蜜罐周围盘踞着乌泱乌泱的蜜蜂，所有人都在窃窃私语，我当即知道这就是克莱伦斯家。完了，出事了，我僵在原地，不敢靠近。

我躲在树墙后面仔细观察房子周围的状况，那里至少围了二十多人，一大半是穿着深蓝色制服的警察。我没在人群中看到克莱伦斯夫人，搞不明白她家怎么会这么热闹。昨晚我亲眼看见克莱伦斯夫人把药罐还给了奈拉，她当时还一脸轻松，好像困扰她的头等大事不是别的，只有侍女离开给她造成的不便。如果她成了嫌疑人，昨天晚上她不可能只字不提啊。究竟出了什么事？

我急中生智，冒出一个想法：我要去她家看看，就假装是为了找工作的事，说不准能刺探出事情的进展。我绕过树篱，若无其事地朝着房子走去，好像我对这家刚死过人的事情毫不知情似的。而事实上，那杀人的毒药就出自我的手。

克莱伦斯夫人家门口站着几个人，我一边迈上台阶，一边听到他们断断续续的对话。

“他就死在起居室，当场死亡……”

“侍女做了瓶子的蜡模，上面有个图案，跟那个一模一样。”

听了这话，我顿时浑身冒汗，胸口的一个小药瓶滑到了胃部靠下的位置。我缓缓走上台阶，心里念叨着自己来这儿的借口，不管看到或听到什么，我都不能忘了我到这儿是来应招女佣的。我马上就要进门了，似乎依旧没人留意到我，每个人都在侃侃而谈。

“对，还有一桩与这类似的死亡事件，跟这个特别像，也是中毒。”

“看来是连续作案，连环杀手。”

我打了个趔趄，差点摔个跟头，好在一双手臂及时扶住了我，我抬头一看是一位警官，左边脸上有一道伤疤。

“克莱伦斯夫人在吗？”我故作镇静，“我有事情找她。”

他皱紧眉头，问我说：“你找她什么事？”

我迟疑了一下，脑子里冒出来的各种药材的名字，还有人名和日期，就像奈拉登记簿上登记的记录一样。连环杀手，这四个字一直在我耳边回响，好像有人反复对我耳语。突然，我眼前出现一道强光，我真担心自己晕倒，好在那位警官还一直扶着我没有撒手。“侍女……”我结结巴巴地说，“我找她是问问她家招侍女的事。”

那警察听了我的话歪了歪脑袋，眉头不展：“夫人的侍女昨天才离开，她今天就开始招人了？”他回头看了一眼，像是要直接把太太找来问话，“你跟我过来，”他对我说，“她就在大厅。”

我跟着他进了门，穿过拥挤的门厅，那儿的味道非常难闻，汗味混杂着口气的味道。门厅站了好几个警员，正围在一起讨论报纸上的什么图案，具体我没太听清。镶了金边的黑色漆木边桌上摆着一个大镜子，我看到了镜子里的自己，看到了我眼中的惶恐。我赶紧把脸转开，真想马上逃离这里，逃离这些面红耳赤的警察。我真后悔自己的鲁莽，为什么要跑到这儿自投罗网。

克莱伦斯夫人坐在客厅，身边站着两个警察，她一看到我就长舒了一口气，“老天爷，”她说，“你是来应招侍女的吧？快过来，我跟你说说。”

一位警察举起手，语气严厉地对她说：“克莱伦斯夫人，我们的问话还没有结束。”

“我知道，警官，我跟这个孩子说句话耽误不了几分钟。”说罢她就抓着我的胳膊把我推出了客厅。我感觉她手上都是汗，额头上也渗出了汗珠。她把我拽到二楼，带我进了一个房间，房间布置得很整洁，中间摆着一张有四根柱子的大床，看样子从来没有人住过。旁边是一个壁橱，像是刚抛过光，亮闪闪的，反射着窗外洒进来的太阳白光。

“大事不好，伊丽莎，”她关上房门，压低声音，“你必须马上回到奈拉那儿，告诉她找个地方躲躲。你也是，越快越好，否则她很有可能被捕被判处死刑，你也有可能，你不要以为你年纪小他们就能饶了你。哎，天知道事情怎么会这样！”

“我不太明白，”我的嘴唇一直在发抖，话都说不利索了，“您不是把药罐还回去了，还说一切正常……”

“昨天晚上才出的事！你看，我的侍女是昨天离开的，我哪知道她去警察那儿告发我了。她跟他们说是我让她把罐子里的东西掺进酒里的，她还给那个药罐做了个蜡模，上面有那个小熊图案和地址。好在现在他们还没搞明白地址到底是哪儿，但我觉得那是早晚的事。警察有了蜡模，那罐子是否还给奈拉都无关紧要了，你明白吗？侍女太缺德了，就是个胆小鬼！她要是真有本事，完全可以直接把罐子拿去交给警察，我想她是怕被人撞见，把她当成小偷，所以才特意做了蜡模。”

克莱伦斯夫人坐在床边，摩挲了一下裙子继续道：“他们连夜就印发了报纸，上面画着小熊图案。没想到报纸出来没几个小时，就有一个住在圣詹姆斯广场的男的也去了警察局，说几个星期前他儿子死了。事出突然，开始他以为是死于伤寒，后来他在他儿子床下发现了一个小药瓶。当时他也没有多想，但看到报纸后，他突然意识到事有蹊跷，报纸上的小熊图案跟他发现的瓶子上的图案一模一样！”

克莱伦斯夫人喘了口气，无助地看了一眼窗外。“谢天谢地，那个瓶子上没有地址。伊丽莎，我知道的就这么多了。对了，我刚刚听警察私下交流，说另外还有一两个人也拿着类似的瓶子去了警察局，上面也有小熊图案，关键是每个人都遭遇了家人或朋友的突然离世。谁知道还会有多少人去报案？！反正现在有种说法，说是咱们这儿附近有个连环杀手，警察现在正急着确认地址，据说已经有了点眉目，很快还会召集绘制地图的专业人士逐一排查，最终一定会找到药房的地址。”

克莱伦斯夫人用手抹了抹旁边的梳妆台，上面本来一尘不染，被她这么一抹反倒留下了一道油乎乎的印子。“这件事也关系到我的安危，”她降低音量继续道，“昨天半夜，警察直接跑来我家找我对质，说我的侍女举报我谋杀了我的丈夫，我当然矢口否认，难道还能承认不成？现在对于警察来说，最重要的事就是弄清瓶子上的地址，他们希望找到制毒的人，这样就可以让药剂师指认买毒药的究竟是何人。你来了太好了，要不然我怎么逃过这么多双盯着我的眼睛，去给奈拉通风报信。她不会把我供出来吧？你现在赶紧回去，跟她讲千万不要把我供出来！告诉她赶紧跑，否则警察早晚会找到她，到时候会用尽各种手段让她交代实情。”

克莱伦斯夫人激动得浑身发抖，最后不得不抱住肩膀让自己平静下来。想想当初她把毒药烧了的时候，我还威胁她要去警察局举报她，结果……上帝呀，没想到受牵连的竟是我自己。“你们快跑吧，能跑一个算一个，天黑之前我们都会被法办也说不准。”

我不知道还能问她什么，我根本不关心都有谁拿着相似的瓶子去警察局报了案，也不在乎夫人的侍女究竟跑去了哪里，又或者可怜的克莱伦斯勋爵是否已经入土为安。我知道的已经够多了，我眼前的麻烦已经不只是安维尔先生的冤魂。由于我的过失闯了这么大的祸，本来几个小时前我还以为问题已经解决，没想到后果却愈演愈烈。我必须第一时间回到奈拉的药房，把我知道的一切告诉她，又或者……

“现在几点了？”我问克莱伦斯夫人。我心里还惦记着一件头等大事，那就是逆转不幸的汤药，现在看来，能救我和奈拉的只有这个魔法了。

克莱伦斯夫人吃惊地看着我，“走廊里有钟表。”她告诉我说。我们走出房间，我看到时间还不到一点半，也就是说距离我配制好汤药、封好瓶口才过去二十八分钟，我不禁叹了口气。

走出大门，穿过在门厅闲逛的那帮身着制服的警察，我一路狂奔，离开了克莱伦斯家的豪宅。好几个警员都留意到了我，我听到克莱伦斯夫人跟他们说她没看上我，说我不适合在她家帮佣。我头也不敢回，一口气跑到迪恩宅邸，回头看到没有人跟来我这才松了一口气。为了保险起见，我来来回回兜了好几圈才最终回到奈拉的药房。我推开储物间的门，根本顾不上敲暗门，直接摸索着找到机关把门推开。

奈拉站在桌边，面前摆着登记簿。翻开到本子中间的部分，她俯下身，趴在桌上，好像想要把登记簿再认真通读一遍。听到动静，她抬起头看到是我。

“奈拉，咱们必须马上离开这儿，”我大声对她讲，“大事不好了，克莱伦斯夫人的侍女向警察告发了她。”

“你看到报纸了？侍女做了蜡模，我都知道了。”奈拉没等我说完，便把话接了过去。她声音沙哑，我觉得她很可能刚刚服用了大量的鸦片。

我惊讶地盯着她，她竟然都知道了，那她为什么还不赶紧跑？

我看了一眼时钟，过了三十七分钟了。我跑到桌上的架子那儿，取下一个装着乳香丸的罐子，我之前看奈拉用过，她把它擦在手上，据说能缓解疼痛。

“不光如此，”我继续对她讲，“您一边听我说，一边收拾东西。”我跟她讲了自己如何去了克莱伦斯家，夫人对我说，报纸出来后，又有人……两个、三个或许更多人拿着刻有小熊的药瓶去警察局反映情况，关键所有举报人家里近期都死了亲戚或朋友，所以现在警察认为这些瓶子可能和一系列连环杀人案有关。

“这些我倒是不知道。”奈拉竟然一脸平静，她是疯了吗？不知道现在形势有多紧迫吗？刚才她还告诉我别磨蹭，现在她自己这是在干什么？

“奈拉，你听我说，”我央求她说，“您不能待在这儿，还记得那天晚上我们一起抓甲虫吗？那天您已经累得不行了，但还是凭借意志一鼓作气把毒药做好了，现在您也一定能做到！快点吧，求您了！”我突然冒出个想法，“我们先去安维尔家避一避，等想好了下一步去哪儿，咱们再从那里动身，那里非常安全，现在根本没人住。”我觉得如果奈拉跟我一起住在那儿，即使安维尔先生的魂魄没有完全消失我也没什么好怕的。有奈拉在，安维尔先生应该不敢靠近我，应该是吧。

“孩子，别慌，”奈拉倒了一把乳香滴丸塞进嘴里，“我没打算继续待在这儿。”她把罐子放在一边，“我知道去哪儿，我也准备马上就走，但我没办法带你跟我一起走。”

如果只有这样她才肯离开，那就这样吧。我微笑着看着她，帮她整理好外套。我突然想到第一次来这里的情景，时间仅仅过去了一个星期，谁能想到竟然发生了这么多事，一桩比一桩倒霉。记得第一次来这儿的时候，我跟她面对面坐在桌子两侧，我连她给我煮的茶都不敢喝。那时候安维尔先生和克莱伦斯勋爵都还活着，还不知道有人在背后谋算他们。我还记得第二次来这儿时，我的心情可谓喜忧参半，虽然毒害安维尔的计划成功是件值得高兴的事，但我下面不停地流血却给我带来了巨大的恐惧。

我突然想起一件事。“奈拉，记得那天我们抓完甲虫，您给我讲了弗雷德里克的事。您当时说，如果您还能再流血，就不至于走上这条不归路。”

奈拉快速地转过头去，好像被我的问题扇了一个耳光，神情痛苦而恍惚。“嗯。”她从牙缝里挤出一个字。“是呀，我或许不至于这样。你现在还太小，还不明白，所以你不如把这话忘了，别再纠结了。”

“可是我要等到多大才能明白您的意思？”

“并没有一个确切的年纪。”她低下头看外套的扣子有没有系好。“等到你的子宫成熟到可以孕育生命了，你的下面也会流血，每个月一次，就像月亮每个月要绕地球一周一样，这是一个女孩成长为女人必经的过程。”

我心中不解，就像月亮每个月要绕地球一周一样，究竟是什么意思？在我们毒杀先生的那晚，安维尔太太也说过类似的话，我就是那晚开始流血的。“那每次流血大概持续多长时间？”我继续问。

奈拉看着我，表情很是奇怪，眼睛眯成了一条缝，好像在重新审视我的情况。“三四天吧，也可能更久一点。”她压低声音问我，“你母亲或是安维尔太太从来没跟你提起过吗？”

我摇摇头。

“孩子，你现在是在流血吗？”她问我。

我感到十分尴尬，回答说：“现在没有，不过前几天我一直流血，而且肚子还特别疼，腹胀特别严重，一抽一抽地疼。”

“你这是第一次？”

我点点头：“安维尔先生刚死，我下面就开始流血，我害怕是他的冤魂找我寻仇来了。”

奈拉摆了摆手，笑盈盈地看着我。“孩子，那只是个巧合，上帝会保佑你的，你肯定比我有福气，你要是早点告诉我多好，我可以给你配点药，缓解你的腹痛。”

是呀，我真希望自己能早点把这一切告诉奈拉。终于，自从安维尔先生死后，我第一次明白我的流血或许跟安维尔的冤魂没有关系，或许真如奈拉所说，不过是一个月一次的月事？是我走向成熟的过程？我以前从来没觉得自己是个女人，我不过是个孩子，一个小姑娘。

我真想跟她再多聊聊这件事，但是时间不允许，我们早该离开才对。

奈拉的登记簿还在桌上放着，我看了一眼，她翻看的是1770年的记录，距今已经过去二十年了。那页纸已经很破旧，边上沾满了红色的污渍，像是红酒。

奈拉为什么要翻看这么古老的记录呢？或许她想回顾自己的过去，缅怀自己曾经单纯的日子。写这页记录时，奈拉的心里还没有伤痕，她的关节也没有肿胀僵直，她的母亲还在身边，她还可以幻想未来自己成为母亲的美好生活。她之所以翻看过往的记录，或许是想回顾很多宝贵的记忆。她也曾帮助母亲治病救人，也可以成为称职的药剂师，也可以像母亲盼望的那样成为一个正直善良的女人。

但是，所有这一切都因为弗雷德里克的背叛而彻底改变。

奈拉捕捉到我的眼神，啪的一声把登记簿合上。我们俩走到门口，我知道，出了门我们就将分道扬镳。

第二十六回
卡洛琳

时间回到现在，星期三

在圣巴塞洛缪医院三楼的一间密不透风的房间里，我坐在两位男警官的对面，面前摆着我的笔记本。房间里消毒剂和清洁剂的味道令人作呕，荧光灯在我们头顶忽明忽暗，嗡嗡地响个不停。

领头的那位警员把我的笔记本转向他那边，用手指点了点害我陷入困境的那行字：无毒药材的致命剂量。我打起精神，生怕他在我潦草的字迹中发现别的什么。老天啊，我甚至还在砒霜两个字旁边打了个星号。

我很想知道詹姆斯的情况，我看到他被推进了重症监护室，所以一心想要过去找他。但直觉告诉我不能这么做，恐怕还没等我走出这间屋子，对面那位一脸胡茬的警察就已经将我一把按住，并给我戴上手铐了。眼下，我只能乖乖待在这里，哪儿也别想去。

我有太多事需要解释。

我屏住呼吸，祈祷着警察不要翻看笔记本里的其他内容，如果他们看了全部内容，我更不知道该如何跟他们解释了。从哪儿说起呢？从我丈夫的出轨开始吗？告诉他们是他不请自来，打乱了我在伦敦的安排？告诉他们我如何非法入侵了一位连环杀手的药房？告诉他们我为何在洗漱包里放了一瓶桉树油？不管我说什么都对我非常不利，我的解释要么不可信，要么过于巧合，我究竟该怎么办？

我担心自己讲述的事实不仅帮不了我，反而会害了我。我心情糟透了，大脑一片混乱，这种情况下我怎么可能把话说周详。鉴于詹姆斯的病症属于突发状况，时间才是一切的关键，我必须尽快想好说辞离开这里。

这时，另一位警官的电话响了，他站起身走出去接电话。之前的那位警官清了清嗓子开口道："帕斯韦尔夫人，你能解释一下你为什么要在本子上写这些吗？"

我急中生智，"这些是我在做的一个历史调研项目，"我语气坚定，"就这么简单。"

"调研？"他脸上写满了怀疑，身体向后靠在椅背上，叉开腿。我突然又是一阵恶心，甚至差点吐出来。

"对，调研，关于一个未解之谜。"这么说，我确实也没撒谎。我突然想到，或许我没必要对我这几天的行踪和盘托出，挑那些能说的说一下，他们没准就会把我放了。"我是学历史的，来伦敦后去了两次大英图书馆，目的是调研一位药剂师，两百多年前她曾毒害了很多人。您在本子上看到的都是我的调研结果，是她的投毒记录。"

"嗯，"他心里琢磨着，跷起二郎腿继续道，"你这故事讲得挺好啊。"

我就担心他会有这种反应，我盯着他，不知接下来说什么好，极力克制着自己内心的冲动。我真怕我张牙舞爪地对他喊话，说什么，混蛋，你要是不信，我就给你看看我的发现。他从口袋里拿出他的记录本和铅笔，在上面写下了几个字，还特意给几个字加了粗粗的下画线，以示强调。“你是从什么时候开始你所谓的研究项目的？”他问我话时一直盯着我，应该是想看到我的反应。

“就几天前。”

“你是哪儿的人？”

“美国，俄亥俄州。”

“你有犯罪前科吗？”

我简直不敢相信自己的耳朵：“没有，当然没有！”我突然感觉脖子后面奇痒无比，想到我昨天的非法入侵，哎，至少截至目前还没有人指控过我。

这会儿工夫出去接电话的警察回来了，他靠墙站着，不停用脚尖点着地。“我们知道你和你丈夫之间出现了……矛盾。”

我张大嘴巴，“谁？”我尽量缓和语气，因为我知道，我越是争辩，他们就越会觉得我有问题。“谁告诉您的？”我故作镇静。

“你丈夫时而清醒，时而昏迷，病房的护士……”

“那他是不是没事了？”我真想即刻站起身冲出去找他。

“病房的护士，”那位警官继续道，“在给他输液，同时问了他一些问题。”

我的脸火烧火燎的，詹姆斯竟然告诉护士我们的婚姻出现了问题？他该不会起诉我吧？

不过我马上提醒自己，詹姆斯根本不了解我这边的情况，除非警察告诉他我正在接受审讯，否则他根本想不到事态会发展到这步田地。

领头的警官一直用铅笔敲打着桌子，等着看我做何反应。单纯出于对我有利的考虑，我想过否认我们之间所谓的矛盾，我可以说詹姆斯在撒谎。但是如果我真这么做，警察会不会更加怀疑我？比起我这个拿着可疑笔记本的健康妻子，警察自然更愿意相信躺在重症病房中丈夫的证词。既然詹姆斯说我们的婚姻出现了问题，我也不能否认。事态对我越来越不利，我几乎可以想象自己被关进冰冷监狱的惨状，我是不是该请一位律师？

“对。”我不想否认事实，打算说出詹姆斯出轨的实情。想想他刚刚遭遇的一切，我真的有点不忍心跟警察说他出轨的事，但我还能怎样为自己辩解呢？“上周，我发现他……”我没再说下去，跟警察说他出轨的事于我又有什么好处呢？毫无好处，这一点我是明白的，这不正好成了我情绪不稳的理由，也成了我一心要报复他的动机？

“上个星期，我和詹姆斯发现我们的婚姻出现了一些问题，我之所以一个人来伦敦就是想冷静一下。本来我是一个人来的，你们可以问问酒店前台，他们有登记，我是一个人办理的入住。”我挺直后背，正视着第二位警官的眼睛继续道，“詹姆斯的出现我根本没想到，他甚至没事先跟我打声招呼，你可以问问护士，詹姆斯肯定也承认这一点。”

两位警官彼此对视了一眼，神情十分警觉。

“你跟我们回趟局吧，”对面的警官对我说，眼睛瞥了一眼门口，“我觉得你对我们还有所隐瞒，没准到了我们队长那儿，你就什么都招了。”

我的胃开始抽搐，反上来一股酸水。“我……”我大口喘着气，“我这是被逮捕了吗？”我快速扫视四周，想找一个垃圾桶，以免吐到地上。

另一位警官叉着腰，腰间挂着手铐。“你丈夫跟你的婚姻出现了问题，正在死亡线上挣扎，因为喝了你给他的毒药，而你口中的‘研究笔记’上还提到什么‘致命剂量’。”他特意重点强调了最后四个字。我看到他一边从腰间取下手铐，一边继续道：“这是我们在你的笔记本上发现的，对吧，帕斯韦尔夫人，是你本人写的，没错吧？”

第二十七回
奈拉

1791年2月11日

如果我只是暂时离开药房，我一定会从柜子里，尤其是我母亲的柜子里，找些值得纪念的东西带走。

但是，既然我已经决定一死了之，那拿那些身外之物还有什么意义？

我当然不能把我真实的打算告诉伊丽莎。她帮我系好外套的纽扣，谢天谢地，吃了乳香丸后我总算恢复了点体力。我们俩来到门口，准备各自离开，我强迫自己表现出有朝一日还会重新回到这里的状态。

我看到墙上的划痕，那是伊丽莎第一次来我这儿时留下的，整面墙已被熏得黢黑，只有划痕的部分看得出砖墙本来的颜色。我喘了口气，突然意识到原来这孩子从一开始就在冥冥之中挖掘出了真实的我。

“您什么也不拿吗？登记簿也不拿？”她指了指我刚刚合上的登记簿，上面记录了多年来我开出的成千上万种药方，有无毒无害的薰衣草水，也有掺了砒霜的布丁，关键还有我那些女顾客的名字，随便翻到一页，我都能清晰地回忆起她们的遭遇。每个人有每个人的疾苦，有的是病痛，有的是黄水疮，有的是背叛。

这本登记簿记录了我一生的痕迹，我帮助过的人、我谋害过的人，还有我开出的药方，有汤药、膏药和药水以及剂量，还有经办人的姓名。我着实应该把它带走，这样一来，所有的秘密就可以跟我一起葬身泰晤士河底。经年累月，上面的字迹会模糊不清，纸张也会溶解，所有的真相就会彻底销毁，上面所有的女性就都安全了。

可是，这也同样意味着我要将她们从历史上彻底抹去。

这些女人不是什么皇亲国戚，没有显赫的身世，她们都是普通人，她们的名字永远也无法出现在精致的家族谱系图中。我母亲之所以保留这个登记簿，一方面是要记录她治病救人的药方，但更重要的是她想保留对这些女人的记忆，这恐怕是她们存活在这世上唯一的痕迹了。

所以，我决不能让它跟我一起消失。我不能抹杀这些女人存活在这世上的痕迹，不能像销毁第一批甲虫一样也将她们付之一炬。历史或许会将她们遗忘，但我不能。

“不带了，”我回答她说，“它放在这儿很安全，警察不会找到这儿的。孩子，没有人能找到这儿。”

就这样，几分钟以后我们走出密室，来到了储藏间，我把身后的暗门锁好，摸摸伊丽莎的头，她的头发非常柔软，摸上去暖暖的。我很庆幸乳香丸不仅麻痹了我的骨骼，也缓解了我的紧张。我呼吸平稳，没有丝毫的伤心绝望，即使面对即将把我吞噬的湍流，我也无所畏惧。

这就是我的命，临了临了，帮助我的还是这些我摆弄了一辈子的瓶瓶罐罐，要是没有乳香丸，我恐怕连出门的力气都没有。无论是生是死，我都离不开这些瓶子里的药，它们留给我更多的还是美好的记忆。我见证的出生比死亡要多，我拯救的生命比谋害的要多。

在这生死攸关的时刻，给我安慰的不仅是乳香丸，还有身边的伊丽莎。虽然是她的过失造成了今天的局面，但我对她没有丝毫的怨恨，只是后悔接了克莱伦斯夫人那单生意。真的，如果不是她家世显赫，她的侍女心机算计，我不可能沦落到今天的下场。

可是，现在说这些还有什么用呢？对于即将离开人世的我来说，伊丽莎的好奇心和活力让我感到了些许的温暖和安慰。我此生与自己的女儿无缘，她如果能长大成人，应该跟我身边这个小姑娘差不多。我搂着伊丽莎的肩膀，把她揽进了怀里。

我和伊丽莎回头看了药房最后一眼，最终出了储物间走上了小巷。一出门我就感觉寒风刺骨，于是赶紧加快了脚步。“往这边，”我指了指通往大路的巷口，“你沿着这条路一直往前走就是安维尔家，或者你还有别的地方想去，不过我要往这边走了。”

我用余光看到伊丽莎点了点头，我走到她跟前，心里默默地跟她道别。

可是万万没想到，我们刚走了几步就看到三个穿着深蓝色制服的警察径直朝我们走来，个个面色凝重。其中一个警察警觉地拎着警棍，好像巷子里有什么可怕的东西，随时会向他发起攻击一样，我隐隐约约看到他左脸上有一道疤。

伊丽莎一定也看到了对面的警察，我们俩一句话也没说，甚至连眼神都没交换就开始拼命往警察相反的方向跑。我们一路向南，朝着泰晤士河的方向跑啊跑啊，两个人就连呼吸的节奏都惊人的一致。

第二十八回
卡洛琳

时间回到现在，星期三

那位警官刚把手铐从腰带上摘下来，房间里就传来了手机的铃声。我愣在那里一动不动，等着看是哪位警察把电话接起来，结果听了半天才意识到响的原来是我的电话。

“可能是关于詹姆斯的电话。”我弯腰去拿我的包，也没想到了这个节骨眼警察还会不会让我接电话。“那我接了，”我把电话放在耳边，心里做好了最坏的打算，“您好？”

电话那头的人轻松的语气中略带一丝担心。“嗨，卡洛琳，我是盖尔娜，打电话是想问问你丈夫现在怎么样了？没事了吧？”

上帝呀，她可真好，还想着这事儿，可这电话打得太不是时候了。领头的警员目不转睛地盯着我，跷着二郎腿，还一直抖个不停。“嗨，盖尔娜，”我语气生硬，“嗯，没事了，我……”我想了想，意识到自己每说一个字都必须十分谨慎，不仅被密切监控，还可能被录音。“我这边有点事，我忙完了第一时间给你回电话啊。”

我看了看身边的警官，他已经为我准备好了手铐。我把目光落在他左边腰间的警徽上，那是权威和地位的象征。突然迎面吹来了一股新鲜的空气，我意识到盖尔娜在图书馆工作的事实或许可以帮到我。

“是这样，盖尔娜……”我把手机凑到耳边，“或许你可以帮我个忙。”

“当然没问题，”她说，“我很乐意。”

“现在我在圣巴塞洛缪。”讲这话时，我看到警员都在用怀疑的目光盯着我。

“圣巴塞洛缪医院吗？你那边还好吧？”

“我没事，我现在在三楼重症监护室这边，能麻烦你来一趟吗？说来话长，我回头再跟你解释。”

“没问题，”她说，“我过几分钟就出发。”

我长舒了一口气，“打电话的是我的同事，我们也是朋友，”我挂上电话跟警官们解释道，“她在大英图书馆工作，一直在帮我研究我的项目。不管你们是否执意要逮捕我，我希望你们至少先听听她的看法。”

两位警察面面相觑，坐在我对面的那位在本子上做了记录。过了几分钟，他看了看手表，开始不耐烦地用手指敲打桌子。

这是我最后的机会了，可盖尔娜并不知道我潜进了女药剂师的药房，也不知道我给登记簿拍了照片，我们俩一起研究的过程并不涉及我笔记本中记录的鸦片、烟草、砒霜等药材。我心想，等一下盖尔娜到了，警察千万不要给她看我的笔记本，但这谁能说得准？如果真到了那一步，我干脆就把实情告诉盖尔娜，惹她不高兴总比被警察带走要好。

终于，盖尔娜来了，警察把她从等候区带到我们所在的房间，进门时我看到她一脸惶恐，或许以为是詹姆斯凶多吉少。我不想害她胡思乱想，但这种场合我也没办法跟她多做解释。

“嘿，”她看到我，“怎么回事？你没事吧？你丈夫也还好吧？”

“请坐！”领头的警官开了口。

他指了指我旁边一个空座位，示意盖尔娜坐下。盖尔娜坐下后，紧紧抓着自己的包。我注意到她的目光落在了我的笔记本上，但隔了那么远的距离，我想她应该看不清上面具体写了什么。

“我们正打算把帕斯韦尔夫人带回局里进一步审问，”警察解释道，“今天早上她丈夫误服了有毒的东西，我们又刚好在她的笔记中看到有关毒药的内容。”

我摇摇头，盖尔娜就坐在我身边，我似乎感觉有了点底气，“不是的，我都跟您说了，我的笔记跟我丈夫的中毒一点关系也没有。”

盖尔娜朝我伸出手，似乎想要抓住我的手，我也不知道她是想安慰我，还是想安慰她自己。

警察俯身靠近盖尔娜，隔着桌子我们也能闻到他嘴里的烟味。“帕斯韦尔夫人说你或许能证明她与此事无关。”听到这话，盖尔娜的神情发生了变化，刚刚她似乎还对我无比同情，现在却警觉地端起了肩膀。“我们听说你在大英图书馆上班？”

盖尔娜迅速瞥了我一眼：“这跟我在哪儿上班有什么关系？”

我后悔死了，我让盖尔娜来医院，本以为她能帮上忙，拯救我于水火，但我突然意识到自己的做法多么愚蠢。老天呀，盖尔娜肯定觉得是我把她骗到这儿的，她本本分分的什么坏事也没做，还一直尽心尽力地帮我，结果却被我牵连，还要跟我一起接受警察的审讯。

我深吸了一口气，“他们不相信我在做一项关于女药剂师的研究，所以我就跟他们说你在图书馆工作，”说着，我把脸转向领头的警官，“我先后两次去图书馆查阅资料，还用那儿的电脑上过网……”我特意说“我”，而不是“我们”，就是想让盖尔娜和整件事情撇清关系，我真不希望她无故受到牵连。

时间一分一秒地过去，我看着墙上的时钟，叹了一口气。詹姆斯命悬一线，而我却在这儿接受审讯。“这些警官，”我跟盖尔娜继续道，“以为我丈夫中毒跟我有关，而事实是他今天有点感冒，所以我建议他用点桉树油。本来应该擦在喉咙处的，结果没想到他给喝了。桉树油有毒，结果他就中毒进了医院。”我警觉地看了一眼我的笔记本，真希望它能凭空消失，我真希望自己从来没找到过那个瓶子，从来没听过关于那位女药剂师的一切。

我把双手放在桌上，盼着盖尔娜能替我做证。“医护人员发现了我的研究笔记，于是就给警察打了电话。你能帮我说说吗？告诉他们我为什么去图书馆，我先后两次去图书馆就是为了查阅关于女药剂师的相关资料。我说的都是实情，没有撒谎，你能帮我跟他们说清楚吗？”

盖尔娜的反应让我多少感到些心安。随着事态的发展，她似乎慢慢了解了我的困境，真是无巧不成书！我们头顶的荧光灯依然忽明忽暗，所有人都在等待盖尔娜开口。我心想，或许她不需要看我笔记本上的内容就可以直接帮我做证，这样的话，我甚至不必跟她解释我之前瞒着她的新发现。

盖尔娜喘了口气，还没等她开口我们对面的警官就把手放在了我的笔记本上。这下惨了，他把它转向盖尔娜这边，示意让她看一下。

我真想纵身跃起，把笔记本扔到一边，跳到桌子对面一把掐死他。他知道盖尔娜是来帮我做证的，所以打出了笔记本这最后一张王牌。

事已至此，我别无选择只能面对，盖尔娜的视线在翻开的那一页上来回游走，我仔细留意着她的反应。事实终于大白于天下，我从女药剂师的登记簿上摘抄的内容都一览无余：毒药的名称、日期、人名等，没有一样是我之前跟盖尔娜一起在图书馆查到的内容，最解释不清的当然还是那句话：无毒药材的致命剂量。

我想这一切必将预示着我们友谊的终结。盖尔娜完全可以否认跟我做过如此深入的研究，任何理智的人都会这么做。她只要稍有含糊，警察就会更加怀疑我讲话的真实性，那样的话，我就彻底说不清了。我坐在那里一动不动，心想，完了，等待我的恐怕只有冰冷的手铐了。

盖尔娜深吸了一口气，盯了我半天，像是在用眼神与我交流。这时的我早已热泪盈眶，我真后悔向她隐瞒我所发现的一切，内心只剩下愧疚，甚至宁可让警察把我带走。我想立刻离开这里，无法再承受警察质问的表情和新朋友失望的眼神。

盖尔娜拿过自己的包，“嗯，我可以证明这确实是她的研究项目。”她从包里拿出钱包，从里面抽出一张卡片，递给其中一位警官说，“这是我的员工卡，我证明卡洛琳最近几天确实先后两次来过我们图书馆，调查女药剂师的事。如果你们这边需要进一步的证据，我可以让图书馆提供监控录像。”

我万万没想到盖尔娜竟然完全站在我这边，她显然已经知道我有事瞒着她，却还是毫无保留地帮我做证。我张口结舌，不知说什么才好，整个人瘫软在椅子上。此时此刻，我无法跟她多做解释，甚至无法向她道谢，这样只能增加警察对我的怀疑。

对面的警官摩挲了一下盖尔娜的员工卡，好像在甄别卡片的真伪。他应该没发现什么异常，便把它扔回桌子上，卡片借着惯性滑到了我们这边。突然，他口袋里嗡嗡作响，他从里面把手机掏了出来。

“喂？”他的语气非常精悍，我能隐约听出打电话的是位女性，但听不清她说话的具体内容，只看到警察的脸色越来越难看。等他挂了电话，我就能知道电话是否与我有关了，我心想。“帕斯韦尔先生说要见你，”他站起身对我说，“你跟我们来吧。”

“这也就是说他没事了吧？”我小声嘀咕。

盖尔娜再次拉起我的手，轻轻地捏了一下。

“这个我还说不准，”警官回答我，“但他至少已经恢复了意识。”

警官带着我去看詹姆斯，房间里只留下盖尔娜一个人。出门的路上，一位警官竟然从背后推了我一把，我挺了挺后背对他说，“您不用推我，我自己能走，我知道詹姆斯在哪儿。”

那警官轻蔑地对我说：“让你自己去，那不可能，我们还没审完呢。”

我停下脚步，但心里的恐慌却没有因此而停止，我真的会被逮捕吗？护士到底跟警察说了什么？他为什么不允许我一个人去看我老公？

我们穿过医院的走廊，一路上安静得可怕，除了警察的皮靴声，其他什么声音也没有，我的心情衰到了极点。詹姆斯的病房就在前面不远处，越是靠近我越是害怕，他到底想要跟我说什么，我不得而知，押着我的警察不会又借此抓住我的什么新把柄吧！

第二十九回
伊丽莎

1791年2月11日

刚出巷子我就跑不动了，只感觉两腿发酸，左脚好像也磨起疱了，每走一步都疼痛难忍。我大口喘着粗气，岔气导致我胸腔剧烈刺痛。我捂着肚子，真的一步也跑不动了，身体的每个部位都在向我发出信号，让我马上停下来。

可身后的警察距离我们只有二十几步远，或许还更近，他们是怎么找到我们的呢？是一路跟着我从克莱伦斯夫人家找到了药房吗？我当时想到可能有人尾随，可特意兜了好几圈才回到药房的啊！紧跟在我们后面的只有两个警察，第三个要么是被安排守在了原地，要么是实在跑不动被落在后面。我们一路跑，他们一路追，我和奈拉像两只逃命的兔子，他们则像两只追捕猎物的狼。

奈拉这会儿要是能把狼毒乌头带在身上多好！

好在我们一路领先，穿着沉重的制服和腆着巨大的啤酒肚，身后的警察想要追上我们也没那么容易，就连虚弱的奈拉跑得也比警察快。他们追的时间越长，跟我们拉开的差距就越大，三步变成五步，五步变成六步，总之他们被我们越落越远。

我出于猎物的本能突然来了个急转弯，拐进了左边的巷子，并示意奈拉跟上我。终于跑到了巷子尽头，我们发现这次警察似乎没有跟上我们。眼前是一小段鹅卵石通道，走过去就是另一条巷子，我抓住奈拉的手，拉着她拼命往前跑。她疼得龇牙咧嘴，但我也管不了那么多，我太害怕了，已经没了同理心，只想拉着她往前跑。

我本想回头看看警察是不是跟上来了，是不是马上就要逮到我们了，但我没有那么做。眼下，一直往前跑才是最明智的做法。啊，是什么东西咬了我吗？为什么我的脖子钻心地疼，我低下头，想看看是不是蜜蜂或是其他什么咬人的虫子，但即使这时，我也没忘了继续跑。并不是什么虫子，是我贴身塞在衣服里的药瓶硌了我一下，好像在提醒我时间过得很慢，还没到施魔法的时间。

我抬头看见一个马车棚，后面是一个马厩，马厩上面有棚顶，所以里面光线很暗，干草堆得至少有两个我那么高。我径直朝那儿走去，不忘一路拉着奈拉，她的表情告诉我她确实疼得受不了了，刚才她还跑得面红耳赤，现在却面如死灰。

我和奈拉绕过马车房，跌跌撞撞地穿过一道木门进了马厩。中间的马棚里站着一匹高头大马，看到我们靠近，它似乎很是紧张，一个劲地大口吐着气。我们走到最左侧的一个马棚，那里应该更安全，一半空间都被马车房挡住了。

终于，我跟奈拉停下了脚步，瘫坐在了铺满干草的地上。我感觉自己像是回到了斯温顿。小时候，我为了逃避劳动，总爱躲在马棚里睡大觉。我看到地中间有一堆马粪，特意挑了个离那儿尽量远的地方，但奈拉根本不在乎，随便找个地方就坐下了。

“您还好吧？”我上气不接下气地问她。

她虚弱地点点头。

我蹲下来，想在墙上找个洞看看外面的情况，结果只在几乎贴着地面的地方找到了一个硬币大小的孔。我把脏乱的干草踢到一边，整个身体趴在地上，透过小孔往外看，似乎没有什么异常。我松了口气，没有警察在周围搜查，更没有警犬四处闻味，甚至连干活的马倌也没有。

当然，我也没有幼稚到以为我们俩就此安全了，我索性一直趴在地上观察外面的情况。我大口吸气，调整呼吸，透过小孔密切监视外面的动向。我回头看了奈拉一眼，她坐在地上一动不动。自打我们离开药房，她还没有跟我说过一句话。

她呼吸微弱，我看到她伸手拂去脸上凌乱的头发，这让我想起我们抓甲虫后躲在马厩的那晚，她就是那晚向我吐露了心事：她对弗雷德里克的爱、对方对她的背叛，以及她是如何一步一步走上了毒害男人的道路。她害过的男人很多，身份各异，兄弟、丈夫、东家和儿子，总之都是男人。

我又看了一眼外面，突然发现好像有东西在动。墙上的孔太小，任凭我怎样调整角度，还是看不清具体的状况。我的心一下子提到了嗓子眼儿，怦怦直跳。

“他们很可能会找到我们，伊丽莎。”我身后传来奈拉沙哑的声音，她声音很低，但我仍能感觉到她的疼痛，这让我十分难过。“如果他们找到我们，你就说你不认识我，不要承认来过我的药房，明白吗？这些事跟你无关，你就告诉警察你是受我胁迫，说我把你当成人质，强行控制在这儿的，还有……”

“嘘。”我告诉她别说了，上帝呀，她太虚弱了，看来乳香丸的药效已经没了。我的正前方，也就是马车房那儿聚了一小撮人，我虽看不太清，但还是能分辨出有几个年轻人正聊得热火朝天，比比划划地指着马厩的方向，吓得我连大气都不敢喘。

我趴在地上，全凭两只胳膊支撑身体才能保持眼睛在墙洞的高度。这会儿我的胳膊已经开始剧烈抖动，但我又不得不继续撑在那儿，否则就看不到外面的情况了。

如果外面的人进来逐一搜查马棚，那我们很快就会暴露。我回头看了看马棚的后墙，大概有一米半高，翻过去应该不成问题。我又看了一眼奈拉，她脸上似乎恢复了点儿血色，她还能翻墙吗？我不太确定。说实在的，我现在完全可以自己翻墙离开，留下她独自面对警察。但我怎么能这样做呢，要不是因为我，她怎么会面临这样的危机，我一定要带她一起离开。

“奈拉，”我低声对她说，“我们得翻过后面那道墙，你能行吗？”她没有回答我，慢慢站起身，“稍等，先别站起来，车房那儿有人。”

她肯定没听清我说什么，兀自开始往墙头爬，我还没来得及阻止她，她已经爬到顶上，又摔到了另一侧，刚从地上站起身，便疯狂地往前跑。

我听到后面有人大喊，她也太鲁莽了，我非常生气，这不是自投罗网吗？想这些已经没用了，于是我也敏捷地翻到墙那边，朝着奈拉的方向一路追过去，她已经落了我好几步远。她一瘸一拐地一路往南，穿过一条小路，前方不远处就是冰冷的泰晤士河，河水幽深，河面泛着光，她径直朝泰晤士河的方向跑了过去。

她和几分钟前几乎判若两人，之前一直是我拉着她跑，这会儿她好像积蓄了无穷的力量，又或许是因为内心极度的恐惧，竟然把我落得老远。河水越来越近，她跑上了水街，我觉得她是要往黑衣修士大桥那边去。

“不要去那边！”我朝她大喊，她似乎根本听不见我说什么，自顾自地往前跑，穿过建筑物黑色的阴影。“那边太开阔了！”我已经没有力气把我的想法说给她听，我们身后跟着那么多人，逃命的唯一办法就是躲在建筑物的黑影里穿街走巷。如果运气好，或许还能找到一户没锁门的人家，躲在里面应该还能度过此劫。伦敦太大了，罪犯想逃跑也不是太难，奈拉应该知道这一点，她做了一辈子的毒药，不是一直隐藏得很好吗。“奈拉，”我忍着腹部岔气的刺痛跟她说，“那边太开阔了，警察一眼就能看到咱们。”

可她仍对我置之不理。距离黑衣修士大桥越来越近，桥上有很多人，有过路的一家老小，也有牵着手散步的情侣。奈拉这是疯了吗？桥上的人会看到警察在追我们，万一哪个勇猛之人帮警察把我们拦住，而我们根本敌不过他，我们不就彻底完了吗？奈拉都不想想吗？可是，她还是不管不顾，一直跑啊，跑啊，头也不回。

她究竟要跑去哪里？究竟要做什么？

桥中间的一个钟楼吸引了我的注意，我眯起眼睛，看到分针的位置指向了两点十分，已经过了七十分钟！我配制的汤药已经可以用了。

我回头看了一眼，身后确实跟着警察，已经跟着我们上了桥。我把手伸进束身衣，摸出两个光滑的小药瓶。我准备两瓶是以防万一，如果一瓶跑丢了，至少还有一瓶备用。但现在看来两瓶我是带对了，如果魔法有用，我和奈拉都可以逆转不幸。

我小心翼翼地把其中一个小瓶从衣服里拿出来，抬头一看，奈拉突然在大桥中间站住了，她手扶着栏杆，大口喘着粗气，胸部也伴随着呼吸起伏下落。我放慢脚步，与她近在咫尺，我们身边有几十人经过，都穿着黑色或灰色的衣服，根本没人留意我们俩的存在。

我们肯定是跑不了了，估计再过十五秒、二十秒警察就追上来了。

我拔掉瓶塞，把瓶子递给奈拉，“赶紧把这个喝了，”我恳求她，“喝了它一切就都解决了。”我希望她喝了汤药后就能想出一套对付警察的合理说辞，或者干脆信口雌黄，彻底把警察搞晕。我也不知道我的魔法会发挥怎样的魔力，但没关系，如果当初魔法能让汤姆·佩珀起死回生，眼下也一定帮得了我们。

奈拉看了一眼我手里的东西，看到是个药瓶，她脸上一点惊讶的表情也没有，或许她早就知道我趁她去集市在药房里煮的根本不是茶，或许她早就知道那两杯茶不过是个幌子。

她浑身抖得厉害，对我说，“我们俩必须分开，小伊丽莎，你去往人多的地方跑，混在里面，警察认不出你，快跑，”她气喘吁吁地说，“我会把他们引开，他们要是想追我，就跟我一起跳河吧。”

跳河？

我刚才一直都想不明白她为什么要往泰晤士河这边跑，我怎么这么笨，怎么没有看穿她的想法？现在我知道了，她根本是想一死了之。

警察已经跟上来了，正挤过人群往我们这边跑。跑在最前面的警察距离我们也就几秒钟的距离，近到我能看到他皲裂的嘴唇和左脸上的疤，我当即认出他就是我在克莱伦斯夫人家见到的警察。

他离我们越来越近，死死地盯着我，一脸仇视的表情，好像在说，看你们这下往哪儿跑？

第三十回
卡洛琳

时间回到现在，星期三

我被两名警察押着来到詹姆斯的病房门口，当班护士看了一眼门上贴着的患者信息，告诉我们说我丈夫的情况已经基本稳定，可以从重症监护室搬到普通病房了，只是詹姆斯坚持说要先见我一面再说。

我轻轻推开门，不知道里面是什么情况，警察也跟着我进了门。我深呼一口气，看到詹姆斯虽然面容憔悴，但多少恢复了血色，此时正躺在床上，身后靠着好几个枕头。看到他情况好转，我十分开心，而他，看到我身后的警察，脸上写满了惊讶。

“嗯，出什么事了？”他扭头看了一眼站在他身边的警官。

“他们怀疑是我给你下的毒。”我抢在警察前面回答了詹姆斯的问题。我走到他的床边，靠在那儿。“关键你还跟医护人员说咱们的婚姻出现了问题。”我看了看他手臂上吊着点滴，上面粘了一块胶布，以免针头错位。“你都没仔细看看桉树油瓶子上的警示贴吗？怎么会喝下去呢？”

他长长地吐了一口气，“我没看，我觉得自己就是活该。”说罢，他转向病房里的两位警官继续道，“卡洛琳跟我中毒这件事一点儿关系也没有，完全是我个人疏忽才导致事故发生。”

我两腿发软，悬着的心终于落了下来，他们应该不会逮捕我了。其中一位警察高挑着眉毛，流露出失望的表情，本来以为证据确凿，结果却只是一场误会。

“我这么说可以吗？”詹姆斯问他们道，“还是说我得写一份情况说明？”他显然既难过，又疲惫。

领头的警察把手伸进衬衣口袋，拿出一张名片，用名片敲了敲门口的桌子，放下后准备开门离开。“如果情况有变，帕斯韦尔先生，如果您现在说话不方便，您可以给这个号码打电话。”

“好的。”詹姆斯嘴上应和着，眼睛却翻了个白眼。

最后，警察朝我的方向瞥了一眼，毫无歉疚地开门走了。

痛苦的拷问终于结束了，我心存感激地在詹姆斯的床边坐下。“谢谢你，”我低语道，“你醒的正是时候，要是再晚一点儿，你就得到监狱去看我了。”我看了一眼他床头的监视器，上面显示着各种曲线，还有一些我根本看不懂的数字。不过有一个数据我看得懂，是他的心率，看上去十分稳定，应该没什么危险了。我本来不想说，但这时候已经谈不上什么所谓尊严，于是我开口道，“我以为会失去你，以为永远见不到你了。”

詹姆斯嘴角微微上扬，“我们永远不会分开的，卡洛琳。”他握紧我的手，脸上洋溢着对未来的憧憬。

这话说完后是一段长时间的沉默，我们两个都没说话，只是默默地盯着对方的眼睛。那一刻，我们的未来似乎完全取决于我对他的回应，我们真的永远不会分开吗？

“我想出去透透气，”我终于开了口，同时把目光从他身上移开，

“我很快就回来。”我轻轻放开他的手，走出了病房。

出了詹姆斯的病房，我壮着胆子沿着走廊走到候诊室，里面一个人也没有。我在角落的沙发上坐下，看到旁边桌子上除了一束鲜花还放着一大盒纸抽。这时候我需要的正是纸抽，我的眼里噙满了泪水，蜇得我像针扎一样疼。

我倚在靠垫上低声抽泣，纸巾擦去的除了眼泪，还有刚刚百感交集的心情：詹姆斯终于脱险了，但他的不忠仍然令我心痛不已；警察对我不公的审讯也已结束，但我心里还有未与他人道出的秘密。

秘密！

事实是我并非毫无过错。

我真的是在昨晚一个人潜到了后巷吗？时间好像过去了很久，像是上辈子的事。我真想不明白詹姆斯怎么可能背着我跟人搞了好几个月的外遇？我心里的秘密瞒着詹姆斯、警察和盖尔娜才不过几个小时，就已经感觉整个人都快爆炸了。

人为什么要保守秘密？是为了保护自己或他人吗？那位女药剂师已经离开人世两百多年，我为什么还要替她保守秘密呢？

我的秘密和詹姆斯的秘密像两个犯了错的孩子，在游戏室并排站在我的面前，让我不知如何评判。

泪水不断地涌出，一张纸巾根本不够用。我的心情非常复杂，女药剂师的秘密让我焦头烂额，詹姆斯的背叛令我耿耿于怀，万般情绪中还有我和詹姆斯多年来未曾向彼此吐露的心声，或许我们婚姻还算幸福，但着实虚度了人生。

以前我以为鱼和熊掌不能兼得，但现在我知道，一个人在维系幸福婚姻的同时也能实现自我价值。之前的我，为了家庭选择了一份稳定的工作，但那份工作根本不是我的心之所向，我在内心深处一直因为无法实现自我价值而痛苦。之前的我，一直在为我们的小家而努力，但除了家庭，我似乎再没做过任何值得骄傲的事。我怎么会直到现在才意识到原来幸福和成就根本就是两码事。

是谁在身后轻轻按了一下我的肩膀？吓了我一跳。我放下手中的纸巾，抬头看到是盖尔娜。我差点儿忘了她还一直留在那间小小的审讯室里等着我的消息。我收拾好心情，深吸了一口气，朝她笑了笑。

她递给我一个棕色的小纸袋，“你得吃点东西。”她声音温柔，很自然地在我旁边坐下。“哪怕只吃几块饼干也好。你尝尝，这个味道不错。”我看了一眼纸袋里面，有一个火鸡肉三明治、一小份凯撒沙拉，还有一块夹着巧克力碎的饼干。

我点点头，心里充满了对她的感激，眼泪又不由分说地涌了出来。人海茫茫，我竟在异国他乡遇到这样一个真心待我的朋友。

我一口气吃光了所有东西，一点儿也没剩，还喝了半瓶水。我又抽出一张纸巾，擤了擤鼻子，我必须坚强起来。我知道这个场合并不适合跟盖尔娜道出实情，但我不想她再继续误会我。

“对不起，盖尔娜，”我鼓足勇气开了口，“我绝不想拉你下水，你刚好在警察审问我时打来了电话，我当时只是想你或许可以帮我做证。”

她双手交叉放在膝上，“不用道歉，换作是我，我也会请你帮忙的。”她深吸一口气，非常小心地问我说：“前几天你老公去哪儿了？为什么你从未跟我提过他？”

我低头看着地板，之前对詹姆斯的担心此刻已经被对盖尔娜的愧疚所取代。“我和詹姆斯结婚十年了，本来这次来伦敦是来庆祝我们结婚十周年的，但就在出发之前，我发现他在外面有了别人，所以我就一个人来了。”我闭上眼，感觉自己身心俱疲。“我来伦敦是想逃避现实，不想面对他和他的出轨，但没想到他昨天突然追到这儿来，事先也没跟我说一声。”盖尔娜露出惊讶的表情，我点点头继续道：“剩下的你就知道了，他今天上午身体出了问题。”

“难怪警察会怀疑你，”她稍有迟疑，不过还是继续说道，“这样的周年纪念肯定跟你事先想的不一样。不过，如果有什么我能帮到你的……”她没把话说完，或许不知道该怎么说下去，我也不知道。事情好像到了无法挽回的地步，詹姆斯或许会浪子回头，但我们的关系无论如何也回不到过去了。我想象着和詹姆斯一起回到辛辛那提，然后努力解开心结，但总觉得这样的结果不是我想要的，就好像本来一部很好的电影，如果结局牵强，总会让人感觉不爽。

盖尔娜从她的包里拿出我的笔记本，我竟然把它忘得干干净净。我跟警察走出审讯室一同前往詹姆斯的病房时，我的笔记本就留在桌子上，是盖尔娜把它收了起来。“我没看，”她说，“我想你会找机会跟我解释的……”她神情紧张，好像又不太想听我道出全部实情，或许知道得越少才越安全。

这是我最后的机会了，只要对她据实以告，我不仅不用再忍受内心的煎熬，而且还有可能挽回我们的友谊。如果我跟她编个瞎话，也可以绕开我非法入侵那段经历，不管怎么说，那里都是历史遗迹啊。若我告诉她实情，谁知道她听后会怎么做呢？她或许会跑出去追上那两位警官，向他们告发我，也可能因为我的重大发现而大捞一笔，或者再也不想跟我做朋友，从此拒绝跟我联系。

盖尔娜究竟会怎么做我无法左右，我能解决的是我的心理负担。如果说我最近几天有什么收获，那就是我明白了藏有秘密的人生往往都是悲惨人生。我要向她坦白一切，告诉她我如何偷偷潜入密室。比起我刚才险些被控诉谋杀的经历，这个罪名应该不太严重，我要告诉她我发现的惊天秘密。

“我想给你看些东西。”经过内心的挣扎，我终于做了决定。开口前我环顾四周，确定房间里没有别人。我拿出手机，找到我拍摄的女药剂师的登记簿。她趴在我肩上仔细看着每张照片，我把我的发现一五一十地告诉了她。

等我再次回到詹姆斯的房间已经是大下午了。他的状态跟我离开时一样，只是现在睡得很熟。等会儿他醒了，我得跟他说几件事。

我想先去趟洗手间，回来好坐在窗边好好歇会儿。谁知，我刚站起身，整个人就僵住了。我下意识地低下头，确信下面有东西流出来，我赶紧夹紧双腿，飞快跑到詹姆斯病房里的浴室，脱下裤子坐在马桶上。

感谢上帝，我终于有了答案，我并没有怀孕，根本没有怀孕。

好在病房的浴室备有护垫和卫生棉条，我赶紧撕开一个棉条收拾好残局。我提好裤子，洗了手，看了看镜子里的自己。我伸手触摸镜子，脸上露出了微笑。不论未来我们的婚姻是何走向，没有孩子问题就不至于太复杂。我和詹姆斯正处于人生的转折点，我们都需要重新认识、界定自己，如果这时候有了孩子，对孩子来说是不公平的。

我在詹姆斯旁边的椅子上坐好，仰头靠着身后的墙，想着要不要找个舒服的姿势睡一小觉。阳光晒得我暖暖的，我放松地坐着，这让我想起早上和盖尔娜坐在咖啡馆的场景。对了，她给了我两篇关于女药剂师的报道，第二篇我还没看完。

我皱皱眉，伸手拎过自己的挎包，从里面把那篇报道拿了出来。刚才我想什么呢，警察怀疑我的时候，我为什么不把这些证据拿给他们？说真的，我已经把这两篇报道忘干净了。眼前有那么多焦头烂额的事，我哪儿还有心思想这些。

我翻开那两页纸，上面一页是较早的那篇报道，时间是 1791 年 2 月 10 日，说的是克莱伦斯勋爵的死，以及小熊标识的蜡模。因为我已经读过第一篇，所以直接翻到了第二篇，时间为 1791 年 2 月 12 日。

光看标题就把我吓了一跳，我终于明白之前在咖啡馆盖尔娜为什么说克莱伦斯勋爵的死预示着女药剂师的终结了。

文章的标题是“杀人女药剂师绝望跳下大桥，以自杀的方式了断罪恶一生”。

我攥着报道的手不停地发抖，好像被宣布死亡的并非一个二百年前的药剂师，而是我的旧相识。

第三十一回
奈拉

1791年2月11日

我和伊丽莎站在大桥中间，身后的警察距我们只有三步远。死亡近在咫尺，我能切实地感受到它的靠近，甚至能感受得到死神冰冷的手臂正在将我环绕。

临终的瞬间跟我之前想的完全不一样，我的脑海里并没有出现对母亲的记忆，也没有想到我那未曾谋面的孩子，甚至没有想到弗雷德里克。我脑子里回放的只有一件事，虽然也不太清晰，那就是小伊丽莎。我想起她第一次来我店里时的模样，她穿着破旧的披风，戴着劣质的小帽，站在我的门口，嫩嫩的小脸蛋吹弹可破，像新出生的婴孩。老实讲，她绝对算得上一个完美杀手，很懂得伪装自己。我接触过伦敦很多谋害自己东家的仆人，但谁能想到一个十二岁的小孩儿竟有胆量给东家早餐的鸡蛋下毒？

没人能想到，包括我。

然而眼前发生的一幕，更是让我没想到。我们两个站在桥上，就在我准备纵身跳下去的关头，就在我慌乱中让她快跑的关头，她竟然先于我抬腿迈上了黑衣修士大桥的护栏。她回头瞅了瞅我，目光温柔，泰晤士河面吹起的微风拍打着她裙子的下摆。

她这是要干什么？是我看错了吗？我身体里的邪祟最终连我宝贵的视力也一并夺走了吗？我也迅速爬上栏杆，想要抓住她，但我的动作太慢了，追不上她。我恼羞成怒，她怎么可以抢了我的先，我的时间已经不多了，我这把老骨头必须要在警察抓住我之前爬上护栏。

伊丽莎一手抓着护栏，一手紧紧攥着刚刚要给我的蓝色小药瓶。她把药瓶送到嘴边，像一个饥饿的婴儿，里面的东西被她一饮而尽，而后她随手将瓶子扔进了泰晤士河。

“这是魔法，我不会有事的。”她嘴里念叨着，一边说，一边一根一根松开抓住护栏的手指，她像一根彩带，轻盈地从大桥护栏上滑落下去。

身体发肤，因果相承，不被唤起即被遏制。

这是我母亲教给我的道理，也是天然药材治病的原理。这句话源于伟大的哲学家奥鲁斯，只可惜我们对他知之甚少，有人甚至质疑他的存在，更不会承认他是这句话的出处了。

看着伊丽莎的身体不断坠落，我脑子里唯一想到的就是他的这句话。我以前从未从这个角度见识过人体下落，她的头发一直向上飘，好像是我在上面用一根绳子提溜着，她两手紧抱在胸前，好像要护住胸口的什么东西，她目视前方，看着绵延的滔滔河水。

我把全部希望寄托在奥鲁斯的话上，毕竟之前他的话在我身上都应验了，弗雷德里克把精油、汤药和药剂混在一起让我服下，我的身体就起了反应，从此子宫受损，再也无法怀孕。你看，它连你最宝贵的东西都能带走。

除了身体的因果反应，它还会在你心里种下痛苦、仇恨和复仇的种子，会唤起你邪恶的一面，让你的骨骼腐烂，让你的关节错位。

可如果做对了呢？如果喝了对的东西，人类可以遏制死亡吗？

还没等我想明白眼前发生的一切，伊丽莎已经先于我落入水中，消失在了茫茫的泰晤士河。我没有时间伤心难过，动物的本能驱使我先要应对眼前的危机。警察近在咫尺，他也伸出手想要抓住坠落的小姑娘。既然选择跳桥，伊丽莎必定与案子脱不了干系，她一定知道是谁把毒药掺进了克莱伦斯勋爵的利口酒。

我们周围人头攒动，一个心事重重的女人提着一篮子生蚝，一个男人赶着几只羊一路向南，几个小孩子像小老鼠一样来回乱窜。这会儿，他们都向我这边围拢过来，黑压压一片，带着看客病态的好奇，盯着眼前发生的一切。

警察转过头来看着我："你跟她是一起的吗？"他指了指桥下。

我不知该如何回应，我的心已经被小伊丽莎的坠河撕得粉碎。我身下是湍流的河水，像是在为伊丽莎的死怒吼。死的人怎么会是她？应该是我呀！要不是我一心向死，我也不会把她一路带到桥上。

警察朝我吐了口唾沫，"你还不打算开口交代吗？"

我倚靠着护栏，两条腿已经不听使唤，只能靠两只手抓住冰冷的栏杆。

后面跟上来的那位警察看上去比第一位警察还要魁梧，一路追我们看来是累坏了，面红耳赤地大口喘着粗气。"她跳下去了？"他四处打量，脸上一副难以置信的神情，最终把注意力转移到了我的身上。"帕特南，这个肯定不是我们追的人，"他扯着嗓子大喊，"你看她，站都站不稳，我们追的那两个人跑得多快呀，凭借衣服也判断不出谁是谁，大家穿得都差不多。"他扫了一眼周围的人，似乎想要找到一个也穿着披风，但精气神明显要好过我的人。

“克劳，就是她！”帕特南毫不示弱，他可不想让眼看到手的大鱼从手边溜走。“她能站住，她现在吓得腿软是因为她的同伴跳河了。”

他说得没错，我感觉自己成了他已咬钩的大鱼，他只想让我把钩咬得更深些，这样收起线来才会更稳妥。

克劳走到帕特南跟前，压低声音对他说：“你确定她不是路人吗？”他一边说一边指了指围观的群众。周围每个人都跟我有着相似的装束，一眼看上去，的确看不出我跟别人有什么区别。“她如果跳下去，你真的觉得她是罪有应得吗？长官，毒害人的凶手已经死了。”他看了看桥下，“这会儿已经沉底了。”

帕特南的脸上闪过一丝疑虑，虽然只有一瞬间，但却没能逃过克劳的眼睛。“我们把老鼠逼出了洞，亲眼看到她从桥上跳了下去，咱们就此结案吧，报告写成这样也足以交差了。”

“那克莱伦斯勋爵就这么白死了？”帕特南提高了嗓门，憋得满脸通红。他突然转向我：“你认不认识勋爵？知不知道是谁给他下的毒？”

我摇摇头，用尽浑身力气吐出来几个字。“不，我不认识，更不知道什么下毒的事。”

人群突然一阵骚动，又一名警察跟了上来。我认出他也是巷子里追我们的其中一位，他对另外两位警察报告说，“那边一切正常，两位长官。”

“你说具体点！”帕特南非常暴躁。

“我进了那两个女人出来的房子，里面什么也没有，就是一个储物间，只有一缸发了霉的粮食。”

即使是在这样危急而痛苦的时刻，我还是对自己密室的设计心生一丝骄傲，我的登记簿连同里面无数个人名彻底安全了，所有相关的女性也都安全了。

帕特南指了指我："这个人你看着眼熟吗？是我们最开始追的人吗？"

第三位警官犹豫了一下，回答道："说不准，长官，我们当时距离她们有点远。"

帕特南无奈地点点头，看得出他很不情愿接受现在的结果。克劳拍拍他的后背，"你想起诉这个女的恐怕不太容易，我的长官。"

帕特南朝我这吐了口唾沫："快给我滚，贱人！"三个警察最后看了一眼护栏，彼此点点头，转身朝桥下走去。

他们走后，我探头往河面上看，想看看水面上有没有漂着的衣服，或泡得发白的皮肤。可除了湍流污浊的河水，下面什么也没有。

她真的不该这么做，她幼小的心灵肯定以为既然是她的过失给我们带来了灾难，那她必须代我受过。或许还不止如此，我知道她恐惧鬼魂，或许她怕有朝一日我的魂魄也会去找她索命。我多希望自己当初能对她温柔点，好好安抚她对安维尔先生冤魂的恐惧；我多希望我能对她和颜悦色，能获得她的信任，告诉她幻想与现实的差别；我多希望时间能够倒转，让她重新回到我的身边。我向后打了个趔趄，两条腿一点力气也没有，心中的悔恨压得我完全喘不过气来。

对于小伊丽莎，我除了悔恨还有不满。

沉到河底的本该是我啊，一死了之的本该是我啊。伊丽莎，你让我带着失去你的痛苦如何在这世上苟活？

人群各自散去，他们不再往前挤，不再关心究竟发生了什么。如果我能强迫自己忘记伊丽莎坠河的惨剧，周遭人的态度甚至会让我觉得这一切未曾发生。最终，我还是要独自面对一切，面对我的结局。

我紧闭双眼，回想这一生我所失去的一切。我爬上护栏，俯瞰着下面暗潮汹涌的泰晤士河。

第三十二回
卡洛琳

时间回到现在，星期三

詹姆斯躺在病床上，呼吸缓慢而均匀。我坐在床头的椅子上，腿上放着刚刚读完的报道。虽然我连女药剂师的名字都不知道，但她自我了断的结局还是令我十分揪心。我感觉脑袋嗡嗡直响，本能地身体前倾抱住了头。

我当然知道她本来就生活在二百多年前，从我最开始听到她的那一刻就知道她已经死了，但看了报道，得知了她的死法，我还是无比震惊。

或许因为我也去过她纵身跃下的泰晤士河边，所以脑海中能想象当时的场景，又或许因为我进入过她的密室，感受过她曾经生活、呼吸和制药的地方，所以我总觉得我与她之间有着某种特殊的联系。

我闭上眼，想象着第二篇报道中描述的场景：在克莱伦斯勋爵谋杀案之前的那些受害者的家人和朋友看到第一篇报道后纷纷拿着瓶瓶罐罐前来举报，每个瓶子上面都刻着一样的小熊图案。警察立刻意识到他们调查的是一个连环杀手，于是他们连夜召集地图绘制人员，所有可疑的巷子都被他们翻了个遍。

2月11日，三位警官刚好搜到后巷，他们来得如此突然，女药剂师只能仓皇逃跑，她跑啊、跑啊，直到跑到黑衣修士的大桥才停下脚步。

报道也提到了后巷，不过篇幅不长，只是说女药剂师逃跑后，第三位警衔最低的警官并没有继续追捕，而是留在后巷，对女药剂师的药房进行了搜查。对，女药剂师就是从后巷三号跑出来的。结果他进去后发现里面不过是一个废弃的储物间，除了一缸发了霉的粮食和几个空架子，房间里什么也没有。

报道中描述的那个地方跟我昨晚见到的一模一样，储物间最里面的墙上钉着几个破烂不堪的架子。只是那位警察不晓得，那一墙的破架子后面才是女药剂师的真实世界。那道暗墙就像化装舞会上人们戴着的面具，不过是一种伪装，暗墙后面的才是真相，才是女药剂师制毒的场所。在这份两百多年前的报道中，当局信誓旦旦地向公众承诺，他们不会善罢甘休，一定会继续追查女药剂师的真实身份，以及她的制毒地点。不过从我昨天晚上看到的密室情况来看，警察应该是食言了，女药剂师密室的那道暗墙依然坚定地守护着里面的真相。

不过有件事很奇怪，虽然报道的篇幅很长，但对女子跳河的部分却处理得过于轻描淡写，完全没提到女药剂师的相貌特征，甚至连她头发是什么颜色都没写，只是说她穿了一件深色、厚重的长袍。报道里也没提到她跳河前有没有留下什么话，只说当时情况混乱，现场围了很多人，女药剂师混在人群里，还一度消失于警察的视线，要不是她最终爬上大桥护栏，警察很可能空手而归。

报道上说，投河女子正是克莱伦斯勋爵谋杀案的始作俑者，警方也认定之前一系列杀人案都与这位女药剂师有关，系列杀人案就此宣布告破。那天天气寒冷，泰晤士河水湍急，裹挟着块块浮冰，流向下游。自从那女子落水后，警察便在河边布控，但并没看到她浮出水面。从此以后，伦敦城再也没人见过她。

至于说她究竟姓谁名谁，报道表示，这始终是个未解之谜。

暮色降临，天光渐暗，詹姆斯翻了个身，转向我这边，他慢慢睁开眼，笑盈盈地小声对我说了声“嗨”。

刚刚在候诊室的哭泣比我想象的还要治愈，我好像把心中的委屈都发泄了出来。今天早上我那么担心失去詹姆斯，此时我的心也软了下来。当然，我对他的所作所为依然十分生气，但我至少用不着躲他躲得远远的，现在的我已经可以平心静气地跟他相处。我拉住他的手，心里琢磨这会不会是我此生最后一次跟他牵手？

“嗨。”我跟他说。

我给詹姆斯身后塞了几个枕头，想让他靠得舒服些。他坐好后，我把医院餐厅的菜单递给他，问他想吃什么。我跟他说我并不是不愿意跑出去给他买他爱吃的东西，但医院的餐食看上去确实还不赖。

他点了餐，我祈祷他不要问我关于警察的事，我担心他问我警察为什么会怀疑是我给他下了毒，如果他追问下去，我肯定会给他看我的笔记本。可除了盖尔娜，现在这件事我还不想让其他人知道。

对了，说回盖尔娜，我给她看了我在密室拍的照片，她答应我不会把我的话透露给第三个人。她可能觉得我跟詹姆斯的关系已经让我心力交瘁，所以不想再给我找其他麻烦。另外，她并没有直接参与潜入药房的事，所以下一步具体该怎么做，她觉得自己没有发言权。不过，她还是提醒我说我的发现具有宝贵的历史价值，我应该好好想想下一步该怎么做。她说这话我完全能够理解，毕竟她是在大英图书馆上班的公职人员。

眼下知道全部真相的只有我和盖尔娜两个人，只有我们知道两百年前那位杀人女药剂师的药房究竟在哪儿，那里尘封着无数宝贵的信息。等我处理完自己的家庭危机，我还有几个重大决定要做，比如公布哪些信息、如何公布，以及向什么部门公布等，我还要想想整件事对我自己会有怎样的影响，我那久违的研究历史的热忱该如何安放？

看来我的担心是多余的，詹姆斯对几个小时前发生的事似乎并无兴趣。我坐在他床边，他喝了口水对我说：“我要回去了。”

我不解地看着他：“你不是昨天晚上刚到吗？咱们返程的机票是八天后呢。”

“没关系，反正有旅行保险，”他解释说，“我都住院了，肯定可以索赔，保险公司至少会支付我的返程费用。等我出院了，我就改签我的航班。”他手里捏着被角，抬头看着我：“你要跟我一起回去吗？”

我叹了一口气，“不了，”我温柔地回答他说，“我还是想按照原来的行程返航。”

他眼中闪过一丝失望的神情，但很快就恢复了平静。“嗯，我理解，你需要个人空间，我本来就不该来这里打扰你，我现在明白了。”过了一会儿，一位医院员工来到詹姆斯的病房，手中的托盘上盛着詹姆斯的餐食，她把托盘放下便离开了。“只有八天，你至少需要这么长的时间，我理解。”詹姆斯狼吞虎咽地吃了起来。

我呼吸加快，就趁现在吧，我心想。我盘腿坐到他的床尾，把被角搭在我的腿上，我们俩好像回到了俄亥俄的家，回到了曾经的日常。但是，我们哪能真的回到过去？

“农场的工作，我不想干了。”我说。

詹姆斯没说话，叉子叉着一块土豆正要往嘴里送。他放下叉子：“卡洛琳，我知道最近我们之间发生了很多事，你不想……”

我从他床边站起身，不想再听他给我讲什么大道理。

“你听我把话说完。”我语气温柔。我看了一眼窗外，整座城市是历史和现代的完美结合，时尚的橱窗折射着圣保罗大教堂的珍珠白穹顶，红色的旅游巴士在悠久的古建筑中间来回穿梭。如果说我来伦敦的这几天真的有什么收获，那就是我明白了一个道理，人类必须揭开尘封的古老真相，并赋予它新的意义。我的这次伦敦之行、我发现的小蓝瓶和女药剂师的秘密就充分说明了这一点。

我转过身看着詹姆斯，“以后我要为自己而活，”我搓了搓手继续道，“我不想再以你的事业和尚未出生的孩子为重，我不想再考虑什么生活稳定不稳定，我也不想在乎别人对我的期待，我只想做真实的自己。”

詹姆斯一脸懵懂：“我不明白你在说什么。”

我看了看自己的挎包，里面装着那两篇关于女药剂师的报道。“过去的十年，我不知从何时起丧失了自我，十年前我对自己未来的期待和现在的现实生活大相径庭，我连当时的梦想是什么都快忘干净了。”

“人总是会变的，卡洛琳，过去的十年你成长了，学会了以大局为重，人人都会改变，你……”

“没错，人人都会改变，”我没等他说完，“改变没错，但是掩盖、压抑真实的自我就不对了。”我不想把话说得太明白，他应该能意识到我也在影射他对我掩盖的真相，这个时候，我不想提到那个所谓的第三者。我不想再纠结他的过错，只想跟他谈谈我的梦想。

“好，我明白你的意思，你是想辞了工作好好备孕吗？”詹姆斯喘了口气，“你究竟想怎么样？”我感觉他想问的不仅是我对工作的打算，还有我对我们婚姻的态度。他的语气，虽不能说多傲慢，但的确带着某种质疑的口吻。十年前，他问我学历史能找什么工作时，语气也是如此。

当下，我站在人生的十字路口，我不敢回首来时的路。十年来，我的生活一成不变，我却不自知，终日沾沾自喜，以为自己很幸福，我做的每个决定都是为了不辜负身边人的期许，那我自己的梦想呢？

“我不想再逃避现实，现在的生活根本不是我想要的，我想……”我犹豫了一下，因为我知道，下面的话一旦说出口就再也无法收回了。“我想一个人待着，不只是未来八天的伦敦行程，接下来的一段日子我都想一个人过，咱们分居吧。”

詹姆斯的脸顿时垮了下来，他把面前的托盘慢慢推开。

我再次坐回到他身边，把手放在纯棉的白色被子上，上面还残留着他的体温。“我们的婚姻有很多潜在的问题，”我低声道，“你和我都需要时间好好想一想，但只要我们还在一起，就很难冷静考虑清楚，最终一定会重蹈覆辙，现在面临的问题未来还会重演。”

詹姆斯用双手蒙住脸，不停地前后晃脑袋，“我不信。”声音从他的指缝中传出来，手背上还吊着点滴。

我指了指周围，这里灯光昏暗，但应该消毒得十分彻底。“詹姆斯，虽然我们现在在医院，但我始终忘不了你出轨的事实。”

他依然捂着脸，我几乎听不太清他讲话。“即使我病入膏肓，”片刻过后，他继续道，“无论我怎么做……”他哽咽了一下，后面说了什么我没再听清楚。

我皱皱眉：“你说‘无论你怎么做’是什么意思？”

他终于把手拿了下来，眼睛看着窗外：“没什么，我只是需要……需要些时间，你说的这些话对我来说太突然了。”他似乎不想正面回答我的问题，但我心里有个声音告诉我要刨根问底。他的话并非空穴来风，他这个人说话做事从来都不会没有缘故。

我回想起那瓶桉树油，瓶子外面明晃晃地贴着有毒的警示帖，他怎么可能看不见。病房里吹过一阵凉风，我心中顿时升起一丝疑惑。如果真是我想多了，那我的猜测会显得我特别无情，但我无法压抑自己的猜疑，终于还是抛出了我的疑问。

“詹姆斯，你不会是故意喝下桉树油的吧？”

我之前从来没想过这种可能，现在想想，我真是后怕。我为了丈夫的病情担惊受怕，甚至还遭到警察的严厉拷问，难道这一切就是因为詹姆斯明知桉树油有毒还故意喝下去吗？难道这都是他的苦肉计吗？

他转过头看着我，目光充满了内疚和失望。不久前，我刚刚看过他这样的表情，在我发现他手机上的暧昧消息时，他就是这副模样。“你不应该轻易放弃，”他说，“我们俩一定能破镜重圆，所有的问题都能解决，只是你不要把我拒之门外，让我跟你一起解决我们的问题，好吗，卡洛琳？”

“你还没回答我的问题。”

他突然挥舞手臂，吓了我一跳。“这时候讨论这个还有什么意义？反正我怎么做你都不高兴，我又做错了，你把它直接加到我的罪状里就好了。”他用手指比画了一个对钩的手势。他承认了，是呀，他先是对我不忠，而后又擅自做主来伦敦找我，之后又搞出了中毒事件。

“你怎么敢！”我声音虽然很小，但也无法掩盖语气中的愤怒。我又开口问了这几天一直萦绕在我心头的问题，“为什么？”

事实上，我早就知道答案，这不过是他的又一次手段，是他的策略。詹姆斯一直擅长算计，总在想方设法规避风险。如果他明知桉树油有毒还选择喝下去，那只能说明他已经黔驴技穷，为了挽回我，这是他的最后一搏。一个对妻子不忠的人，怎么可能让自己置身于如此危险境地？他或许以为我对他的担心可以战胜我自己的心碎，我对他的可怜可以让我原谅他对我的背叛。

他差点儿就得逞了，只可惜最后事情败露。此刻，我格外冷静，我可以把自己放在一个纯粹旁观者的角度，重新看待他，重新看待整件事。

我仿佛看到了他的真实嘴脸，看到了他在婚姻中对我的欺骗和轻视。

“你是想让我可怜你吗？”我再次站起身。

“我不想，我最不想的就是你可怜我，”他语气冰冷，“我只是希望你看清现实，如果你执意离开我，终有一天你会后悔的。”

“不，我不会后悔，”我一边说，一边摆手，我不想再拐弯抹角，“你搞出这么多事不过是想让我自责，你的不幸、你的小三，还有你现在的中毒，好像都是我一手造成的。”我不自觉地提高了嗓门，我看到他脸色非常难看。“今天以前我还以为我这次来伦敦根本解决不了什么问题，我也做不出什么最终的决定，但现在看来我错了，我现在特别清楚地认识到你的出轨、你的不幸都不是我造成的。分开的这几天，我对婚姻的认识比跟你在一起的十年来得还要真实和清晰。”

门外轻轻的敲门声打断了我们的谈话，这样也好，我真怕再说下去我会激动得昏过去，怕自己摔倒在病房潮湿的地面砖上。

敲门的是一位年轻护士，微笑地看着我们俩。“我们现在要给您转到普通病房，”她告诉詹姆斯，“您准备好了吗？”

詹姆斯机械地点点头，整个人看上去疲惫不堪。随着我激动的肾上腺素慢慢消退，我发现自己也没了力气。跟刚到伦敦那晚一样，我现在只想穿上睡衣，点个外卖，安静地待在酒店房间享受独处的时光。

护士把詹姆斯的监控设备都拆了下来，他跟我尴尬地道了一句再见。护士再次表示他明天就可以出院，于是我跟他说明天一早我会来医院帮他办理出院事宜。就这样，我离开了詹姆斯的病房，完全没有跟他提起有关女药剂师和她药房的发现。我关上病房沉重的门，径直走出了医院。

我回到酒店房间，偎在床上，看着我刚点的泰餐外卖，我真想大哭一场，我的世界终于清静了。房间里只有我一个人，没有警察的审问，也没有医院哔哔哔响个没完的各种仪器……关键是，没有詹姆斯。我连电视都不想开，每嚼一口面条，我就闭一会儿眼睛，靠在靠枕上，我充分享受着难得的宁静。

吃了碳水化合物，我觉得自己有了些力气，看了看时间，还不到八点。我从地上拎起挎包，掏出里面的手机，又拽出我的笔记本和盖尔娜给我的两篇报道。我把两篇文章摊开来，按亮床头灯，心想着再把两篇报道好好读一遍，手机上的照片我也应该再看仔细些。

我翻回到最前面的几张照片，拍的是密室里面的摆设，因为曝光过度根本看不清，即使我已经调了曝光和亮度，依然看不清照片的前景拍了什么。相机的闪光灯聚焦的应该是房间里悬浮的灰尘，看来手机还是有局限，这么重要的东西，要是用相机拍，效果应该不会让我失望。也怪我，怎么没想着拿一个手电呢？我真恨不得给自己一巴掌。

我翻到后面的几张照片，拍的是女药剂师的登记簿。我一共拍了八张，匆忙中随机翻了几页，拍了两张比较靠前的部分，两张中间的部分，剩下的拍的是最后几页。就是这几张特写照片给我带来了麻烦，因为照片拍得清楚，我才可能把看不懂的内容抄在笔记本上，差点儿害我锒铛入狱。

相机中的最后一张照片拍的是放在登记簿旁边的一本书的扉页，我只能看清“药方”一词。我上网一查，得知这第二本书应该是一本用药指南，应该也很难得，但我还是对女药剂师手写的登记簿更感兴趣。

我翻到拍摄的登记簿的最后一张照片，将其放到最大，看到内容的记录模式和之前的如出一辙，有时间、有服药人的姓名。我仔细看着上面的每一条记录，忽然想起来，如果这真是登记簿上最后一页记录，就意味着女药剂师做这几条记录的时间与她最后的死亡时间相隔不久。

我一下看到克莱伦斯勋爵的名字，倒吸了一口凉气，于是认真把整条记录看完。

伯克韦尔小姐，克莱伦斯勋爵的表妹兼情妇，斑蝥毒，1791年2月9日，经办人：克莱伦斯夫人。

我俯身拿起第一份报道，1791年2月10日的那份，我的心狂跳不止，仔细比对报道中和登记簿上的人名和时间，报道上说的克莱伦斯的死和登记簿上记录的时间一致。我虽然一直相信自己发现的药房就是杀手药剂师的工作地点，但苦于没有证据。这回证据确凿了，我的这张照片就是她炮制毒药毒害克莱伦斯勋爵最有力的证据。

不过，不对呀，我又仔细看了一遍登记，上面记录的第一个名字是伯克韦尔小姐，服毒的应该是她呀。克莱伦斯勋爵名字的出现，不过是为了注明伯克韦尔小姐的身份，她是他的表妹。记录上写的最后一个名字是经办人，也就是买毒药的人，写得十分清楚，买药的是他的妻子——克莱伦斯夫人。

我又读了一遍第一篇报道最后的部分，里面对伯克韦尔小姐只字未提，文章说得很清楚，死者是克莱伦斯勋爵，只是当局不太确定给他下毒的到底是他的妻子还是别的什么人。可女药剂师的登记簿上记录的毒害对象明明不是他，而是他的情妇伯克韦尔小姐啊。

根据我目前掌握的资料来看，克莱伦斯勋爵的死属于误杀。除了克莱伦斯夫人、女药剂师和我，还有其他人知道此事吗？我或许没有获得历史专业的高学历，但此时却因自己的重大发现而心生出无限的骄傲。

至于说克莱伦斯夫人要毒害伯克韦尔小姐的动机，记录也说得十分清楚，伯克韦尔小姐既是克莱伦斯勋爵的表妹，又是他的情妇，克莱伦斯夫人要害死丈夫的情妇，这逻辑十分合理。我还记得当初得知詹姆斯有外遇时，自己也恨不得立即找那个小三去寻仇。这样看来，克莱伦斯夫人的冲动似乎也情有可原。我只是想知道，当她得知自己的计划误杀了自己丈夫时会做何感想。看来真是天不遂人愿。

天不遂人愿……

我忽然想起之前在网上查到的医院记录，上面不是也说过类似的话？我激动得两手直发抖，赶紧翻出圣托马斯医院的记录，记录的时间是 1816 年 10 月 22 日，我重新读了一遍最后一行的内容。

只可惜，天不遂人愿。

在医院留下这段话的人会不会就是克莱伦斯夫人呢？我惊讶得捂住嘴，“不可能吧。”我低声对自己说。

医院的记录很符合我对整件事的了解：要怪就怪我的丈夫，他罪有应得，谁让他管不住自己的欲望，觊觎本不属于他的东西。这是不是她一语双关，既在说克莱伦斯勋爵喝了本不属于他的毒酒，又在说他觊觎妻子之外的其他女人？

我来不及多想，当下就给盖尔娜发了信息。她在咖啡馆时就说过，她已经确认了克莱伦斯勋爵的教会死亡记录，或许她也能查出克莱伦斯夫人的死亡时间，从而最终确认医院记录到底是不是克莱伦斯夫人的遗言。“嗨，又是我！”我给盖尔娜发去消息，“你能帮我再查一个死亡证明吗？也是姓克莱伦斯，但是位女性，死亡时间大概是 1816 年 10 月。”

我想在收到盖尔娜的回复以前，我再怎么瞎琢磨也没有用，还不如干点别的。于是我喝了一大口水，蜷起双腿，把脸凑近手机，将拍摄的最后一条记录放到最大。

还没等我开始研读这条记录，我已经起了一身鸡皮疙瘩，这是女药剂师逃跑前留下的最后一条记录，只可惜她最后用跳河的方式结束了自己的生命。

我读了一遍记录的内容，心中大为不解，最后这条记录的笔迹跟之前的似乎不太一样，运笔很不流畅，好像是颤抖着写下来的。或许，她病了？感染了风寒？又或是情急之下的潦草记录？又或许我被自己的大胆猜测吓到了？记录这条的根本不是女药剂师，而是另有其人？

房间厚重的窗帘敞开着，我看到街对面一栋大楼的一户人家刚刚开了灯。我突然意识到别人也能看到自己，于是赶紧从床上下来准备把窗帘拉上。窗外的伦敦街头，车水马龙，人头攒动：相约去酒吧的好友，刚刚加完班走在回家路上的白领，推着婴儿车的小夫妻，大家都在朝着泰晤士河的方向前进。

我坐回到床上，总觉得最后一条记录哪里不对劲，但具体是哪儿我又说不上来。于是，我又看了一遍，咂吧着嘴仔细斟酌上面的每一个字，哦，我知道了。

最后一条记录的时间是 1791 年 2 月 12 日。

我拿起第二篇报道，里面讲述了女药剂师投河的始末。根据这则报道，女药剂师投河的时间是 2 月 11 日。

手机莫名其妙地从我手中掉到地上，我捡起来，坐回到床上，心里有种异样的感觉，好像房间里突然多了一个我看不见的鬼魂，正默默注视着我，期待我进一步的发现。看到我离真相越来越近，它似乎比我还要激动。不论 2 月 11 日从桥上跳下去的是不是女药剂师，有一点可以确定，那就是在那之后又有人回到了药房，而且还做了最后一条记录。

第三十三回
奈拉

1791年2月11日

我抬腿想迈过护栏，但却迟疑了。我想到我所失去的一切，它们像糊在我坟头的泥，一层又一层，已经把我压垮，注定让我痛苦一辈子。但此刻我不是仍在呼吸吗？微风拂过我的脖颈，我听见河水湍流不息的声响，感觉到嘴里的苦涩，我并非真的一无所有。

我从栏杆上爬下来，睁开眼睛看着远方的世界。我究竟该追随失去的一切，还是好好珍惜此刻的拥有？

伊丽莎替我做了了结，这是她给我最后的宝贵礼物。她骗过了警察，让他们把她当成了害人的杀手。我怎么可以让她的牺牲付之东流？

我站在桥上，看着滚滚东流的泰晤士河，又想起了一个人——安维尔太太。伊丽莎每天把太太挂在嘴上，再过些时日，她就会回到伦敦，到时候她会发现伊丽莎走了，而且彻底消失不见。因为丈夫的死，她要佯装悲恸，但她若得知小伊丽莎不辞而别，定会感到撕心裂肺的痛。这件事可能会困扰她一辈子，不明就里的她肯定以为自己被一个她一直真心对待的孩子抛弃了。

我一定要告诉安维尔太太事情的真相，告诉她伊丽莎不是抛弃她，而是悲惨地离开了人世。我会想办法安慰这个女人，用我所知道的最有效的办法——用黄芩给她熬制汤药，她喝了或许可以缓解心痛，毕竟从今以后，小伊丽莎再也无法帮她写信了。

想到这些，我转回身，强忍住眼泪。我不能哭，还不是时候，等回到药房，我再好好祭奠伊丽莎。我事先怎能想到自己还有机会回去密室？

自伊丽莎跳河已经过去了二十二个小时，将近一天一夜。这期间，我已经准备好一小瓶黄芩熬制的汤药,我会找机会把它送到安维尔宅邸。一想到伊丽莎，我还是难掩内心的悲恸。天气寒冷，我仿佛还能听见她落水的声响，还能看到她被河水吞噬的凄凉。

我离开黑衣修士大桥后直接回到了后巷三号——我的药房，我能够嗅到警察来过的气味，他一定在储物间来回走了好几遍，但却什么也没发现，所以只好无功而返，可他却留下了难闻的汗臭味。我在米缸里发现了一张新的字条，可能是我去集市买东西、伊丽莎在密室里熬药时留下的，好在警察没有发现这封信。

我手里攥着信，闻了闻，信纸上并没有薰衣草或玫瑰的味道，字迹也不太工整，留给我的信息很少，只是说她是一位家庭主妇，遭到了丈夫的背叛。

所有请我帮助的女人，都有着大同小异的遭遇。

准备她需要的东西并不复杂，我手边就有一瓶好用的氢氟酸，把药配好是分分钟的事。或许，这将是我最后一次制毒，或许，做完这次我就会获得内心的安宁，就能把弗雷德里克对我的无情伤害放下。

之前，我一直以为只有报复他人我才能治愈自己的伤痛，但这个逻辑根本就行不通，历来如此。伤害他人只能让自己伤得更深。这样想着，我再次拿起那封信，抚摸着上面的字迹，从椅子上站了起来。我俯下身，迈开僵硬的腿，喘着粗气朝火炉边走去。炉子里只剩下一根柴火，火苗已经非常微弱，我把那封信轻轻扔进跳动的火焰，看着它瞬间燃烧成为灰烬。

对，我不想再满足这位女士的需要了，我不想这世上再有任何人因我的缘故而死去。

既然做了这样的决定，那我的药房也再没有了存在的意义。炉中的火焰在噼啪声中熄灭，最后一封信也随之燃尽。我再也不用熬制膏油，不用配制毒药，不用搅拌汤剂，也不用采摘药材。

我俯下身，开始咳嗽，一个血块冲出我的肺，喷射到我的口中。从昨天下午开始我就一直在咯血。被法警追赶，翻越马棚的外墙，目睹我的小伙伴坠河，对，全程我一直在咯血。被法警追赶的那几分钟耗尽了我一年的力气，我真切感受到死亡正在向我逼近。

我把血块吐进炉灰，懒得喝口水漱漱口中的残留。我不渴也不饿，几乎一天没上厕所，我知道这不是什么好事，人如果连饿也感觉不到，连厕所也不想上，那就离死不远了。我知道这些是因为我有亲身经历，应该说是亲眼看见的经历，我母亲临死之前就是这个状态。

我知道留给自己的时间已经不多了，所以必须马上去安维尔家，我可以把信和药留给他们家的用人。伊丽莎跟我说过，安维尔太太还要好几个星期才能从外地回来，所以我肯定见不到她。从她家出来后我要去泰晤士河边坐坐，我想在那里静静等待死神把我带走，我知道自己不需要等太久。

在我永久离开我的药房之前，我还有最后一项工作要做。

我拿起羽毛笔，把登记簿拉到跟前，开始认真登记最后一条记录。我不知道她给自己配了什么药，不知道里面的成分，但我不能不祭奠她的离去。

伊丽莎·范宁，伦敦，药物成分不详，1791 年 2 月 12 日。

笔尖划过纸张时，我的手抖动得非常严重，写出来的字一点也不像我曾经的笔迹。

真的，我甚至觉得房间里有鬼，它想阻止我写下这些字，不让我记录小伊丽莎的死。

第三十四回
卡洛琳

时间回到现在，星期三

读完最后一条登记我惊讶地捂住了嘴。

伊丽莎·范宁，伦敦，药物成分不详，1791 年 2 月 12 日。

2 月 12 日？这不对呀，女药剂师 2 月 11 日就投河了。报道说了，河水寒冷刺骨，裹挟着块块浮冰，即使摔不死，落入这样的河水，冻也会冻死。

还有一点非常奇怪，最后一条记录中只说被害人是伊丽莎·范宁，并没有经办人，难道她是自己给自己买的毒药？她知道自己是药房最后一位顾客吗？她与女药剂师的死是否有所牵连？

我浑身发冷，赶紧拉过毯子盖住腿。真的，这最后一条记录令我毛骨悚然，会不会是女药剂师记错了日子，或是笔误写错了字，我的大惊小怪是否毫无道理？

除了时间，还有一点也说不过去，那就是药物成分不详，这怎么可能？

女药剂师自己配了什么药，她怎么可能不知道？

除非登记最后一条的根本不是女药剂师本人，而是别的什么人。可药房的密室掩藏得那么好，怎么可能有人在女药剂师死后潜进密室，写下这条含糊的记录？这样一番分析下来，我认为写下最后这条记录的不可能是别人，只能是女药剂师本人。

但是，如果写下最后一条记录的人是药剂师，那投河自尽的人又是谁呢？

过去这几分钟，整个事件令我感到谜团重重，我先是好奇，而后产生了强烈的无力感，好多问题都解释不通。首先，第一篇报道中呈现的受害者与登记簿中记录的受害人不一致；其次，最后一条记录中内容晦涩、笔迹奇怪，还用了药物成分不详的措辞；最后，还有一点最为蹊跷，登记的日期竟然是报道宣布女药剂师死亡之后的第二天。

我彻底蒙了，眼前摆着这么多信息，而我却束手无策，女药剂师到底把多少秘密带进了坟墓？

我走到小冰箱前面，从里面拿出一瓶香槟，不假思索地直接打开瓶塞，举起酒瓶喝了一大口。

我本以为喝了酒我会打起精神，没想到却更加疲惫了，整个人头晕目眩。女药剂师的事纠缠了我整整一天，我现在一点继续奋战的力气也没有了。明天再说吧。

不过睡前我想还是应该把今天困扰我的几个问题都记下来，明天等詹姆斯走了我再好好深入研究。于是，我拿过笔和本，翻开全新的一页。我心中至少累积了十多个疑问，我要把它们一一记录下来。

手里握着笔，我盘算着该先写哪个呢。嗯，有一个问题最令我费解，最解释不通，我最想知道答案。只要解决了这个问题，其他的问题就都迎刃而解了。

于是，我在笔记本上写下了下面几个字：

伊丽莎·范宁，何许人也？

第二天一早，我帮詹姆斯办理了出院手续。而后，我们俩回到酒店房间，一起坐在小桌旁，我手里握着一杯淡茶，他拿着手机查询返程的航班。打扫卫生的人还没来，所以我昨晚喝剩下的半瓶香槟还摆在咖啡壶旁，没人收走，这也帮我为自己的头痛找到了原因。

他从口袋里掏出钱包，“我找到一趟四点从盖特威克机场起飞的航班，”他说，“时间比较充裕，我收拾完行李可以坐火车赶过去，我最晚一点从这儿离开就行。”

我们俩中间还摆着他昨天给我订的蓝色绣球，大部分花朵都枯萎了，蔫头耷脑地垂在瓶口。我把花瓶推到一边，仔细打量着他。“你感觉好些了吗？头还晕不晕？”

他放下钱包，“不晕了，至少坐飞机回家一点儿问题都没有”。

过了一会儿，詹姆斯站起身走到窗边，打包好的行李就放在脚下，这一幕似曾相识，他刚抵达时也是如此。我坐在桌边没有动，随意翻看着女药剂师登记簿的照片，心里琢磨要不要跟他解释我这几天的行踪。他马上就要走了，现在不说就再没有机会了。

“我都收拾好了。”詹姆斯拍了拍牛仔上衣，确认护照就装在口袋里。我们俩之间的床上的被子堆得乱七八糟，这几晚都是我一个人睡，本来浪漫的结婚纪念旅行怎么会变成这样？就在几天前，我还以为在伦敦可以跟詹姆斯共浴爱河，孕育我们爱的结晶，可如今……我已无法想象再跟对面的人发生关系。

现实中的纪念日之旅跟我事先的设想简直是天差地别，但这或许是件好事。如果这次我没发现詹姆斯的婚外情，还跟他孕育了爱的结晶，等孩子出生后我再发现这一切，那才真叫我左右为难。又或者，我们两个会慢慢心生积怨，做着一成不变的工作，过着一成不变的日子，终有一日问题还是会爆发，那时候再拆散我们一家三口岂不更痛苦？我们的婚姻早就出了问题，这其中当然有詹姆斯的责任，但我真的一点问题也没有吗？我其实也对生活不满，如果有一天婚姻中出轨的人是我，如果犯下不可挽回错误的人是我，我又该怎么办？

我看了一下时间，差五分一点。“稍等一下。”我放下手机，从椅子上站起身，詹姆斯不知我是何用意，他已经拉着行李箱准备出门了。我蹲下来打开自己的行李箱，把清沟时我穿的那双运动鞋推到一边，在箱子里翻找我一直藏在里面的东西，它个头不大，刚好可以抓在我手里。

我把它拿在手中，冰凉而扎实，对，就是我要送给詹姆斯的复古名片夹，这就是我一早就为他准备好的结婚十周年的礼物。从那天下午我发现他出轨到现在，我还是第一次把它从箱子里拿出来。

我走到他跟前，“这不是说我已经原谅你了，”我语气温柔，“或是愿意跟你重归于好。这是我买给你的礼物，所以还是送给你，这礼物现在送好像更应景。”我把名片夹递给他，他接过去时手分明在抖。“锡制品，”我解释说，“据说是结婚十周年的传统礼物，锡代表了力量和……”我深吸了一口气，我真希望自己能预见未来，五年或十年后，我们的生活会是什么样子？“代表了力量和坚韧，我当时之所以买这个给你，是希望我们的婚姻可以像锡铁一样牢固，可以像锡铁一样长长久久。不过现在这些都不重要了，我希望咱们两个可以各自坚强，毕竟前路漫漫，我们还得努力活下去。”

詹姆斯紧紧抱着我，我们两个就这样站了好久，时间应该已经过了一点，但他还没有放开我，又过了一阵子他终于松开了手，用颤抖的声音对我说，“我们很快就会再见面。”他声音很低，手里攥着我给他的礼物。

“嗯，回去见。”我没想到自己也有些激动。我把詹姆斯送到门口，我们看了彼此最后一眼，而后他转身离去，从外面帮我带上了房门。

就这样，房间里又剩下我独自一人，我内心的自由来得如此真实而强烈，我站在原地半天没有动，我被自己的感受吓到了。我低头看着地板，等着恐惧来袭，等着孤独将我吞噬，等着詹姆斯跑回来，让我再给他一次机会；我等着电话铃响，等着警察或医院打电话给我，哪怕告诉我的都是坏消息也没关系；我等着自己后悔，后悔好多事瞒着詹姆斯，我没告诉他女药剂师的事，没告诉他自己擅自进入隐藏的密室，没告诉他我在伦敦遇到的人和事，包括盖尔娜、光棍阿尔弗还有所谓的连环杀手。所有这些，我对他只字未提。

我在门口站了很久，等着愧疚和遗憾的心情将我淹没，但我竟发现我的内心毫无波澜，我没有打不开的心结，没有任何心理负担。

我从门口走回房间，手机响了一下，是盖尔娜发来的消息：对不起才给你回复！教会记录显示，碧·克莱伦斯夫人因患肿瘤于 1816 年 10 月 23 日卒于圣托马斯医院，身后无子嗣。

我盯着手机，一脸疑惑。我爬上床，心里思忖着盖尔娜发来的信息。这么看来，我查到的医院记录就是克莱伦斯遗孀的临终忏悔，她或许一直受着良心的谴责，所以才在克莱伦斯勋爵死后二十五年做出了上述忏悔。

我拿起电话，打给盖尔娜，我要告诉她我的新发现。

我先跟她说了伯克韦尔小姐是谁，这个信息我是从女药剂师的登记簿上发现的。听了我的话，盖尔娜在电话那头沉默了片刻。

我把我知道的所有信息都告诉了盖尔娜，除了登记簿上那条关于伊丽莎·范宁的记录，登记的时间是女药剂师死后的第二天。

我觉得还不到告诉她这个信息的时候。

“简直太不可思议了。”盖尔娜终于开了口。我也觉得整件事难以置信，但恰恰这说明我的发现很了不起，我甚至能想象电话那头盖尔娜震惊的表情。她肯定想不到，我在短短几天竟然能有这么多发现。“天哪，所有这些都源于你在河边捡到的一个小药瓶，卡洛琳，你太厉害了，你简直是个神探，哪家私人侦探公司要是雇了你，他们可就发达了。”

我谢过她的夸赞，不过提醒她说，我近几天已经跟警察打了太多交道，当侦探什么的还是免了吧。

“嗯，那倒也是，你要是不想做私家侦探，”她继续道，“也可以到图书馆做个研究员。”我知道她在开玩笑，但却触碰到了我的敏感神经。“我看到了你身上的潜质。”她补充说。

要是我能一直待在伦敦就好了，可过不了几天我就得回俄亥俄了。“我也想啊，”我回答她说，“可是我得回家，家里有一堆烂摊子等着我收拾……至少得先处理好我和我丈夫的关系。”

盖尔娜喘了口气，“卡洛琳，我们俩刚刚认识，我不该对你的婚姻妄加评论，要是咱俩有机会一起喝上几杯，酒过三巡后没准儿我会指手画脚，”电话那头的她咯咯地笑，继续道：“不过有一件事我是清楚的，那就是一个人一定要追逐自己的梦想，唯一能阻止你追逐梦想的人就是你自己。你要问问自己，内心真正喜欢的东西究竟是什么。”

我不假思索地脱口而出道：“探索历史，挖掘真实人类的真实生活，破解他们遗留的秘密，了解他们过往的经历。事实上，我当初大学本科毕业时差点儿申请去剑桥研究历史……”

“剑桥？”盖尔娜十分惊讶，“你说的是距伦敦一小时车程的剑桥大学吗？”

“这世上就这一所剑桥大学吧？没错，就是它。”

“差点儿申请，那为什么后来没有申请呢？”她温柔地问我。

我咬了咬牙，憋半天憋出了答案：“因为我结婚了，我丈夫的工作在俄亥俄，所以……”

盖尔娜咂吧了一下嘴：“嗯，你或许看不出来，但我能，你特别有天分，聪明能干。再说了，你别忘了，现在你在伦敦有我这个朋友了。”她喘了口气，我想象着她在电话那边抱起肩膀，表情严肃而坚定：“你天生就是研究历史的料，你要牢记这一点！”

第三十五回
奈拉

1791年2月12日

我朝着安维尔宅邸的方向走啊走啊，快到时我开始两眼发花，整个伦敦在我眼中变得五彩斑斓，晃来晃去，像浮动的城池。我把沾满血的手帕塞进口袋，看着在我身边经过的人潮，有些人看到我嘴上的血渍似乎非常担心，而有些人则飘然而过，对我视而不见，好像我根本不存在一样。我一度怀疑自己是不是已经变成了孤魂野鬼，又或者，这世上存在一个半人间、一半阴间的中间地带，在这里既有死人也有活人，大家生活在一起。

我的另一个口袋里装着一个小纸包，里面是我给安维尔太太的黄芩汤药和一封信。信中，我跟太太解释了伊丽莎的情况，告诉她伊丽莎不是不辞而别，不是不在乎太太的感受，她只是为我牺牲了自己，她是一个勇敢无私的姑娘。信中我还提醒太太别忘了按照正确剂量服用汤药。很多年前她去过我的药房，当时我给她开的是治疗手抖的药，我也告诉过她该如何服用。我本来还有很多话想跟她说，想写在信里，但我已经没有时间了，信纸上的一滴血或许能告诉她我的无奈。我甚至没时间把我给她开的黄芩药方写进我的登记簿。

安维尔宅邸离我越来越近，那是一栋砖红色的三层小楼，框格的窗子，每扇窗上有十二块玻璃，也可能是十六块，很多事我现在都判断不清了。真是到了弥留之际，看什么都朦朦胧胧的，向前每迈一步都异常艰难。可我必须得坚持，我一定要走到她家门口，把手里的东西放在黑色的大门前。

我瞥了一眼房子的人形屋顶，在云朵的映衬下屋顶变了形状。烟囱里没有烟冒出来，看来太太还没有回来。这样也好，反正我也没有力气跟她说话。我可以放下东西直接离开，一路往南，走到河边找个离我最近的台阶，那里将是我最终的归宿。希望我还有力气走到那儿，或者爬过去也行。

突然间，一个小女孩笑着跑到我跟前，拽着我的裙子围着我转了一圈又一圈，让我出现了幻觉，感觉她就是我素未谋面的女儿。她来得快，去得也快，我泪眼婆娑，她的面庞渐渐模糊，像幽灵一般离我越来越远。当初伊丽莎跟我说这世上有鬼我还不信，我还跟她说什么所谓鬼魂都是我们残留的记忆，都是我们自己的想象，现在想想，我可能是错了，鬼魂似乎真实存在，而且看得见摸得到。

东西，我一定得把东西放下。

我最后一次抬起头，看了一眼房子顶楼的窗子，那里应该是仆人住的地方。我希望刚好能有人透过窗子看到我在门口留了一包东西，并能把它收好，等安维尔太太回来交给她。

没想到，真的有一个用人看到了我！我也清楚地看到了她，她站在窗前，一头浓密的黑发，高昂着头。

马上就到门口了，我把东西拿出来，"咚"的一声扔在地上。那窗子里面站着的不是用人，而是幽灵，是我的小伊丽莎的幽灵。

我站在原地动弹不得，甚至呼吸异常艰难。

那身影一闪，快速离开了窗口。我扑通跪倒在地，咳嗽不止，眼前的伦敦城瞬间变成了黑色，我眼前一片漆黑，我知道自己大限将至……

弥留之际，可能是回光返照，我眼里的色彩又回来了，我又看到小伊丽莎那明亮灵动的双眸，她走出房门朝我的方向飘了过来。玫瑰色的玻璃瓶，我皱紧眉头，努力让双眼对焦，没错，伊丽莎手里拿着一个小药瓶，跟她在桥上递给我的小瓶子很像，大小形状都一样，只是那个瓶子是蓝色的，而现在她手里的是珠光粉色。她一边朝我这边跑，一边拔下瓶塞。

我伸手去迎她，那感觉跟我对幽灵的想象完全不一样：她面颊红润，开心地咧着嘴，根本不像什么鬼魂。

她活生生站在我面前，如此真实。

她的样子一点没变，跟她纵身投河前一模一样。

第三十六回
卡洛琳

时间回到现在，星期五

第二天一早，我第三次走进大英图书馆，沿着熟悉的路线走过前台接待处，爬上楼梯，径直走到三楼。

地图阅览室对我来说已经轻车熟路，像我对伦敦的地铁线路一样熟悉。我看到盖尔娜正站在阅览室中间的一排架子边分拣脚下的图书。

“嘿。”我蹑手蹑脚地走到她跟前。

她吓了一跳，转过身，看到是我：“嗨，看来我是甩不开你了。”

我咧嘴笑了笑：“我有一个消息。”

“又有消息？”她压低声音对我说，“你可千万别跟我说你又上哪儿破门而入了。”看到我笑容可掬的脸，她松了一口气。“哦，感谢上帝，看来不是，这次又是什么消息？还是关于女药剂师的吗？”她从地上捡起一本书放到了架子上。

“不是关于女药剂师的，是关于我的。”

她停下手头的工作，捧着一本书看着我。“快说！”

我深吸一口气，还不太确定自己的大胆决定。这个星期的伦敦之行，我经历了太多惊心动魄的事，但最令我惊讶的是我刚做的这个决定。“我昨天晚上申请了剑桥的研究生。”

听了我的话，盖尔娜热泪盈眶，折射出头顶明亮的灯光。她把手中的书放下，扶着我的肩膀对我说：“卡洛琳，我真为你骄傲。”

我嗓子一紧，咳嗽了一声。我刚给罗丝打电话告诉了她我的这个决定，她听了也为我流下了喜悦的泪水，还说我是她所认识的最勇敢的女性。

勇敢？在俄亥俄州，我无论如何也不敢说自己勇敢。但现在，我觉得她说得没错，我的决定的确很勇敢，甚至有点疯狂，但这才是真实的我。当下，我跟罗丝的生活虽然有着天壤之别，但她对我还是一如既往地支持，这让我明白真正的朋友并不会因为选择不同而渐行渐远。

我看着盖尔娜，感谢她给予我的宝贵友谊。我想起第一次来这里找她，当时我被淋得像只落汤鸡，内心极度痛苦，看不到前进的方向。我贸然找到盖尔娜，那时的我们素昧平生，口袋里装着我刚从泥里捡来的玻璃瓶。此时此刻，我再次站在她面前，跟当初落魄的我判若两人，虽然我内心依然痛苦，但我更清楚地认识了自己，还找到了前进的方向，那是我多年前心心念念的方向。

“不过，我申请的不是历史专业，而是英语研究的硕士学位。”我解释说。“十八世纪与浪漫主义研究方向，课程包括古籍研究、文学作品以及研究方法之类的。”我觉得英语研究能把我对历史、文学和研究的兴趣有机地贯穿起来，“毕业前我要完成一篇毕业论文。”我补充说，说到“毕业论文”这几个字时我明显有些激动。盖尔娜津津有味地听着我的计划，“女药剂师之谜—她的药房、登记簿、她不为人知的药方，我希望把这些作为我最终的研究课题，我想用保护主义的研究方法撰写一篇学术论文，把我的发现公之于众。”

“上帝啊，你已经很专业、很学术了。”她笑着继续道，“你这个思路非常好，用不了多久你就能完成。到时候我们庆祝一下，出去散散心，坐火车去趟巴黎怎么样？”

我当下就动心了：“当然好啊，研究生课程明年才开始，我们还有很长时间可以做出行计划。”

我虽然迫不及待想去剑桥读书，但我知道就算申请顺利，也要等到六个月后才能入学。在那之前，我要做通好几个人的思想工作，首先就是我的父母和詹姆斯。此外，我还要帮父母的农场找一个接替我的人，跟她做好工作的交接。另外，我还得在剑桥申请一个学生宿舍，我要把夫妻分居的各种手续办好。事实上，我昨天晚上已经开始填写各种相关表格。

盖尔娜好像知道我在想什么，她扳弄着手指用试探性的语气问我说：“我知道这不关我的事，但你丈夫知道你的决定吗？”

“我跟他说要分开一段时间，但他还不知道我处理完跟他的事情后会再回到英国求学。今天晚上我会给他打电话，告诉他我申请了剑桥大学的研究生。”

我也打算打电话给我父母，告诉他们我和詹姆斯之间发生的变故。几天前我是想要瞒着他们的，我不想让他们替我担心，可现在想想，我的想法不对。盖尔娜和罗丝都跟我说过，只有得到身边人的支持和鼓励，我才可能感受到真正的幸福。这么多年我错失了太多亲人的鼓励，是时候重新将它们找回来了。

盖尔娜继续着她分拣图书的工作，一边忙一边问我：“你的研究项目一共要持续多长时间？”

“九个月。”

九个月，想想跟孕育胎儿的时间一样长。我笑了，感觉人生真是讽刺，近期我不可能有自己的小孩了，不过好在我找回了曾经的梦。

我跟盖尔娜道了声再见就跑到了图书馆的二层，希望她没看到我钻进了人文阅览室。老实讲，我是有意躲着她的，我要查寻的事情还不想让人知道，哪怕人家只是想帮我，我也觉得不妥。

我走到阅览室最里面的一台电脑前坐下，这台机器跟前几天盖尔娜带我一起查资料的电脑一模一样，只不过当时我们是在三层——她负责的地图阅览室。我大致记得该如何检索图书馆的资料，于是打开大英图书馆的主页，点击搜索主目录功能，找到数字化报纸资源，当时我跟盖尔娜查寻杀人药剂师的相关信息时用的就是这个资源，结果什么也没查到。

我计划一整天都待在这儿查资料，因为我要查的信息可能并不好找。我坐下来，把一条腿蜷放在椅子上，翻开我的笔记本，最后一页上写着：“伊丽莎·范宁，何许人也？”

两天前我在本子上就记了这么一个问题。

我在英国报纸文献搜索栏敲进了伊丽莎·范宁几个字，然后点击了回车。

下面立即出现了几条搜索结果，我快速浏览了一遍，貌似只有最上面一条是我想找的内容。我把文献点开，整篇文章立即呈现在屏幕上。

文章的发表日期是 1802 年夏天，报纸名为《布莱顿新闻》。我又打开一个浏览器界面，搜索布莱顿，得知布莱顿原来是英格兰南部的一座海边城市，距离伦敦只有几个小时的车程。

文章标题为“伊丽莎·范宁（娘家姓范宁）成为其亡夫魔法书店的唯一继承人”。报道的内容如下：

二十二岁的伊丽莎·佩珀，生于斯温顿，1791年搬来布莱顿郊区居住，是其亡夫汤姆·佩珀所有财产的唯一继承人，包括其在城北的那家远近闻名的书店。商店出售各种魔法和玄学相关的图书，欧洲各地顾客纷纷前来寻求解决疑难杂症的各种解药和秘方。

根据本篇报道，汤姆·佩珀先生虽然帮助了很多人，很不幸却无法为自己的病痛找到解药，他最近患上了胸膜炎，妻子伊丽莎一直陪在身边悉心照顾，无奈他最终还是撒手人寰。为了彰显佩珀先生的丰功伟绩，商店举办了一场纪念活动，出席该活动的有几百人，大家都想亲自到场缅怀佩珀先生。

活动结束后几位记者采访了佩珀夫人，问她打算如何处理继承的商店，她一再表示会将商店继续经营下去。

“如果没有魔法，我和汤姆都不可能活到今天。”她跟记者表达了魔法书店对于她和汤姆的重要意义，而后又讲述了很久以前在伦敦，魔法是如何拯救了她的性命。“那时候，我还是个小姑娘，我所熬制的第一服汤药就是从魔法书上学来的方子。为了一个非常特别的朋友，我冒险把汤药喝了下去。我很庆幸自己的决定，时至今日，我的这个朋友还一直在给我鼓励和指导。”佩珀夫人继续道，“或许是因为我年少无知，死亡来临的那一刻，我竟然一点恐惧也没有，我手里攥着蓝色的小药瓶，我的体温把它捂得滚烫。喝下它后，我浑身灼热，冰冷的深渊反倒让我感到无比舒缓。”

报道称，记者听了她的回答后对她更是穷追不舍，一位男记者问她：“‘冰冷的深渊’究竟是什么意思，希望佩珀夫人能说得再详细些。”但是伊丽莎并没有就这个问题多做解释，只说感谢记者的提问，说她还有事情要回去处理。

说完，她伸出胳膊，一手牵着一个四岁的孩子——那是她和丈夫生下的一对龙凤胎，回到了亡夫的书店，书店的名字是“黑衣修士魔法书和饰品商店”。

我在大英图书馆待了不到一个小时就走了出来，午后的阳光明亮而炽热。我从街边小贩那儿买了一瓶水，找了树荫下的一个长椅坐下，盘算着天黑前还能做点什么。我本来以为自己会在图书馆耗一下午，没想到竟一下子就查到了想找的信息。

现在我明白了，投河的并非女药剂师，而是她的小朋友伊丽莎·范宁，这就解释了为什么登记簿上会有一条2月12日的记录，因为真正的女药剂师根本没有死，警察的判断完全是错的。不仅女药剂师没有死，伊丽莎也活得好好的，不知道是她的汤药起了作用，还是她的运气好，总之坠河后她竟然活了下来。

不过，那篇关于伊丽莎的报道并没有解除我心中的所有疑惑，比如，为什么女药剂师不知道汤药的成分，警察是否知道伊丽莎这个人的存在，女药剂师是否也和伊丽莎一样相信魔法，以及伊丽莎和女药剂师究竟是什么关系，等等，这些问题我还是没有答案，甚至到最后我还不知道女药剂师的名字。

伊丽莎年纪轻轻为什么会卷入毒药杀人事件？她对女药剂师的生死起到了什么样的作用？在报道中，她只是说她为了一个特别的朋友冒险把汤药喝了下去，还说那个朋友时至今日还一直给她指导，这难道是说女药剂师并没死，而是离开伦敦和伊丽莎一起去了布莱顿？还是说伊丽莎指的并非真实的药剂师，而是更玄妙的境界，比方说女药剂师的灵魂？这些我都无从知晓。

或许，有朝一日等我开始正式的研究，我可以和其他历史学家、科研人员一道名正言顺地回到那家药房的密室，到时候我或许能够梳理出更多的信息。那间小小的密室里隐藏着巨大的秘密，我的这些疑问，特别是关于两个女人间微妙关系的疑问，在旧报纸和文献中不可能找得到答案。历史永远不会记载女人之间复杂的关系，那将是女人间永远的秘密 。

我坐在大榆树下，听着云雀在枝丫间的啾鸣，心里开始纠结瞒着盖尔娜关于伊丽莎的一切究竟是对是错，她还不知道 1791 年 2 月 11 日跳桥的人的真实身份，更不知道那人竟幸运地活了下来。在盖尔娜看来，投河自尽的不是别人，就是女药剂师本人。

我其实没有必要向盖尔娜隐瞒真相，但我想保守伊丽莎的秘密。即便我已做好打算，要深入探索女药剂师的药房和她的一生，但我想把伊丽莎的故事留给我自己，那将成为只有我一个人知道的秘密。

如果我在毕业论文中揭露真相——投河自尽的不是女药剂师，而是伊丽莎，我一定会一炮而红，我的论文可能会被各大知名学术期刊收录，但我不想出名。伊丽莎不过是个孩子，她跟我一样，人生出现了重大转机；她跟我一样，改变人生的也是一个蓝色小药瓶；她跟我一样，也曾面对冰冷的深渊……最终，她勇敢地跳了下去。

我坐在图书馆外面的长椅上，从挎包里拿出笔记本，从最后一页往前翻，从女药剂师的谜题翻到最前面我当初计划的和詹姆斯一起的行程。我发觉自己几个星期前的笔迹怪里怪气的，行文中还时不时矫情地画上一颗爱心。就在几天前，我还完全没有勇气翻看我亲手记下的行程，甚至连计划中的景点都不敢去。而此时再看当初的计划，我发现所有的景点都让我兴趣斐然：伦敦塔、维多利亚和阿尔伯特博物馆，还有威斯敏斯特大教堂，我每个都想参观。若是放在前几天，我无论如何也不可能独自一人前往这些景点，想想都让人难过。但现在，我却兴致勃勃、跃跃欲试。再说了，没准儿盖尔娜愿意跟我一起去转转呢。

不过想想，博物馆什么的我还是明天再说，眼下我有更重要的事情要做。

我搭乘地铁从图书馆前往黑衣修士站，从地铁出来后，我沿着狭窄的滨河步道往千禧桥的方向走。我的右手边就是泰晤士河，千百年来一直顺着同一个方向静静地流淌。

我沿着半米高的石头堤坝走了一段，而后终于看到通往河边的混凝土台阶。几天前我走过那儿，我就是从这段台阶下到河边开始了我的清沟冒险。我再次走下这段台阶，周围寂静无声。第一次来时我也是这种感受，周围一个人也没有，没有人在礁石上逗留，没有旅者，没有小孩，也没有参团的游客，真是太好了。

我打开包，从里面拿出那个淡蓝色的小药瓶，我现在知道这就是伊丽莎用来装魔法药水的瓶子，它曾以它独特的方式救过她的命，后来又救了我的命。根据女药剂师登记簿上的记录，二百年前药瓶中的药水药物成分不详，若是放在以前，我肯定不喜欢“不详”这个说法。可如今我明白了，很多事就是因为“不详”，才孕育出无限的机会，才给人以无限的刺激。我想当初的伊丽莎肯定也曾为它而激动不已。

对我和伊丽莎来说，小药瓶代表了我们人生的分界线，标志着旧生活的结束和新人生的开始，它是我们人生的岔路口，走过这个路口，我们就将放下心中的秘密和痛苦，就能拥抱事实的真相，拥抱人生的魔法。神秘的魔法啊，它对每个人来说都具有强大的诱惑力，像童话故事一般令人心驰神往。

我手中的小药瓶跟我当初捡到它时一模一样，不过更干净了些，上面还留下了我的指纹。我用拇指的指甲划过小熊图案的边缘，回味着它教给我的宝贵人生经验：最残酷的真相永远不会停留在事物表面，要想揭开谜题，我们需要深挖历史，涤垢洗瑕后才能让它重见天日。

突然，周围有了动静，两位女子从很远的地方朝我这边走来，她们应该是从别处的台阶下到了河边，我有自己要做的事，对她们没多留意。

我把小药瓶捂在胸口，伊丽莎在跳下黑衣修士桥之前可能也是如此。过了一会儿，我又把药瓶高高举起，用尽全部力气将它扔进河水，看着它在河面上划出一道弧线，然后落入河中，溅起了小小的水花，泛起不过一层涟漪，就被水浪吞噬，消失了踪影。

这是属于伊丽莎的药瓶，也是属于我的药瓶，是我们俩共同拥有的东西。有关它的真相将成为我心中永远的秘密，我不会与任何人分享。

我突然想起光棍阿尔弗带领我们到清沟时曾经说过的一句话，他说："你在河水中能发现什么都是命中注定的。"当初我还不以为然，但现在我信了，是命运让我发现了这个蓝色的小药瓶，给我的人生带来了巨大的转机。

我爬上台阶准备离开，临走前再次望了一眼那对朝我走来的女子。她们应该离我很近了，但我环顾四周，怎会空无一人，难道是我出现了幻觉？我笑了。

我一定是看错了，我周围根本一个人也没有。

女药剂师

奈拉·克莱温格

卡洛琳·帕斯韦尔论文节选
剑桥大学哲学硕士研究生
十八世纪与浪漫主义研究方向

注释及药方的相关信息
源自在熊巷收集的日志

熊巷地址：英国伦敦菲灵顿街
邮编：EC4A 4HH

背景说明

用毒害人能成功，主要是因为加害人和被害人之间拥有相对亲近的关系，存在相互信任的基础。无奈，这种亲近关系常常被人利用。在十八和十九世纪的英格兰，用毒害人的案例屡见不鲜，被指控的投毒者中有很多是母亲、妻子和女仆，年龄多在二十岁到二十九岁之间。投毒原因五花八门：对老板有积怨、想除掉碍事的配偶或爱人、利益瓜葛等，也有人因为没能力抚养孩子而将其毒死。

遥想当年，要想在人体组织中验出毒药并非易事。直到十九世纪中叶，专家才能相对准确地做出判断。基于这一原因，我把《消失的药剂师》这部作品的时代背景设定在十八世纪末的伦敦。如果时间再错后五十年，整个故事则难以成立，奈拉的用药就算再隐蔽，也很难逃过五十年后的尸检。

至于说佐治亚时期的伦敦究竟有多少人（不论其阶级地位）因中毒而死，我们很难得出一个明确的数字。当时还没有出现法医这一职业，所以十八世纪的死亡证明中很少看到中毒这一死因，不管是意外中毒还是蓄意谋害，都十分罕见，其中一个主要的原因就是缺乏有效的检测手段。鉴于当时投毒的隐蔽性，我大胆推测中毒死亡的人数要远远高于当时记载的数字。

从 1750 年到 1914 年的数据来看，当时最常用的毒药是砒霜、鸦片和马钱子，此外狼毒乌头这类生物碱，以及从动物身上提取的有机毒药，如斑蝥所造成的死亡人数也不在少数。

有些常见的毒药，如家用老鼠药，可以说是唾手可得，而有些毒药则不然，非常罕见。至于说它们的来源，有哪些药店出售此类毒药，我们尚未得出明确的结论。

烹饪食谱

汤姆·佩珀的热茶饮

既可舒缓喉咙，亦可放松身心。

1.4 打兰（1 茶匙）生蜜

16 打兰（1 盎司）威士忌

1/2 品脱（1 杯）热水

3 根新鲜的百里香

杯中加入蜂蜜和威士忌，

将其充分搅拌后注入热水，加入百里香，

浸泡 5 分钟后趁热饮下即可。

黑衣修士止痒膏

用于缓解因蚊虫叮咬导致的皮肤瘙痒。

1 打兰（0.74 茶匙）蓖麻油

1 打兰（0.75 茶匙）杏仁油

10 滴茶树油

5 滴薰衣草精油

把上述 4 种油倒入容量为 2.7 打兰（10 毫升）的玻璃瓶中，加水至瓶口，盖上瓶盖，每次使用前将其摇匀，涂于患处即可。

迷迭香黄油曲奇饼干

传统黄油饼干，味美香甜，人畜无害。

1 棵新鲜的迷迭香
1/2 杯加盐黄油
2/3 杯白糖
2 又 3/4 杯通用面粉

将迷迭香的叶子摘下来，切成细末（约 1 茶匙或视口味而定）。

将黄油软化后与糖充分搅拌，加入迷迭香和面粉，充分混合并揉成面团。烤盘中铺上两层烤纸，把面团分割成直径 1.25 英寸的小球，并将其按扁成 0.5 英寸厚的小饼，然后将其放入冰箱冷藏室静置 1 小时。

将烤箱预热至 375 华氏度，烤制 10 到 12 分钟直至小饼底边呈现金黄色，注意不要烘焙过度，凉置 10 分钟后便可食用。

致谢

如果没有我的经纪人兼法律顾问斯蒂芬妮·利伯曼的坚持，这本书不可能与我的读者见面。斯蒂芬妮为人爽快，总是言出必行，行之必果。另外，我还要感谢她的得力干将亚当·霍布斯和莫莉·斯坦布莱特。

我要感谢我的编辑，帕克·罗图书公司的娜塔莉·哈拉克，她曾反复提醒我，发展出版业的中坚力量就是那些热爱好书的读者，因此我们要为他们提供好的故事。正是她的温暖、乐观和远见，一直支撑我不断前进。我同样要感谢帕克·罗图书公司的其他工作人员，还有哈利圭恩和哈珀·柯林斯出版社的工作人员，包括艾瑞卡·易兰妮、艾莫·弗朗德斯、兰迪·陈、希瑟·康纳、希瑟·弗伊、瑞秋·哈勒、艾米·琼斯、琳奈·金、玛格丽特·奥尼尔·马布里、琳塞·里德、瑞卡·鲁宾、贾斯汀·沙和克莉丝汀·蔡，你们都是我心中最闪亮的明星！感谢你们！我要感谢凯瑟琳·卡特，感谢你在这样一个艰难时期还不知疲倦地为推广图书而奔忙。

我要感谢菲奥娜·戴维斯和希瑟·韦伯，诚挚感谢你们在我写作生涯的关键转折点为我提出的最宝贵、最全面的指导意见。作家是我身边最好的一群朋友，你们不断激励我要坚持下去，反复告诉我努力终有回报。

我要感谢安娜·本尼特、劳伦·康拉德、苏珊·斯托克斯·查普曼和克莉丝汀·德菲，谢谢你们读过我的初稿后提出的宝贵意见。我要感谢布鲁克·艾伦，谢谢你愿意做我的听众，愿意做我的朋友。

我要感谢我的姐姐凯莉和我的婆婆宛淇，感谢你们对我矢志不渝的爱和支持。我要感谢帕特和梅丽莎·伊凯尔，在我遇到创作瓶颈时，是你们的支持帮我走出了困惑，谢谢你们一直以来对我的鼓励。

我要感谢凯瑟琳·史密斯和劳伦·佐帕蒂，没有你们的帮助，我不可能在日常工作和梦想之间找到一种平衡。

我要感谢我一生志同道合的伙伴艾梅·韦斯特豪斯，你是这世上唯一一个看过我的网络搜索记录后，不会惊讶的人。我这一生磕磕绊绊，感谢一路上有你陪伴。接下来，我还要感谢四位大美女，她们是我生活在佛罗里达州的好朋友——瑞秋·拉弗雷尼埃、罗克茜·米勒、莎伦·桑塔纳和劳蕾尔·乌伯利兹，谢谢你们愿意成为我最初的读者。

接下来我想对那些喜欢撰写历史小说的朋友们说句话："当你被某个研究方向吸引，终日为某个研究素材牵肠挂肚时，那就说明你找对了研究方向，你一定要坚持下去。"

我要感谢《中毒的人生》的作者凯瑟琳·沃森和《神秘投毒者》的作者琳达·施特拉特曼，感谢你们在我调研、撰写这部作品时一直给我鼓励，让我一直处于一种血脉喷张的兴奋状态。

我要感谢那些很久以前就读了这部作品第一章的朋友——玛尼·德弗罗、卡米拉·斯曼诺夫斯卡、克莉丝汀·韦伯、温蒂·路易斯、艾莉森·贝克汉姆 和阿曼达·卡拉罕。你们和我一样，都有过清沟的经历，感谢你们鼓励我把作品完成。我要特别感谢盖尔娜·哈克洛斯，你是热情最高的一位，我甚至给书中的一个角色起了你的名字。我也要特别感谢弗洛丽·埃文斯，我们是在 2019 年泰晤士河边清沟时认识的，感谢你当时悉心教我如何鉴别真正的代夫特陶器。如果有读者对此感兴趣，不妨在 Instagram 上加她好友，她的账号是 @flo_finds。

我要感谢所有图书经销商、图书管理员、评论家和读者，没有你们，就没有图书的过去、现在和未来。当今这样一个时代，图书要想发展，更离不开你们的支持。我想代表所有作者向你们道一声诚挚的感谢。

我要感谢我的丈夫马克，在我把自己关在书房为梦想而战时，是你一直在隔壁默默支持、守护我，没有人比你更懂得我这一路走来的艰辛，谢谢你一直相信我，要是没有你，我的创作生涯将变得了无生趣。

我开篇就写了“谨以本书献给我的父母”，最后，我要再次对我的父母表示感谢。

我亲爱的妈妈，身为您和爸爸的女儿，我深刻地认识到这世间有一种幸福和热情只能从父母那里获得。感谢您一直陪在我身边，陪我走过风风雨雨，始终对我不离不弃。亲爱的爸爸，2015 年就永远地离开了我们，我从您身上学到了太多东西，坚韧、固执和对语言的敏锐，这些都是您遗传给我的珍贵特质。如果没有这些特质，我根本不可能完成这部作品。谢谢你们，永远爱你们的女儿。

图书在版编目（CIP）数据

消失的药剂师 /（美）莎拉·彭纳著 ; 陈晓颖译
. -- 北京 : 中译出版社, 2022.3
书名原文: The Lost Apothecary: A Novel
ISBN 978-7-5001-6990-1

Ⅰ. ①消… Ⅱ. ①莎… ②陈… Ⅲ. ①长篇小说—美国—现代 Ⅳ. ①I712.45

中国版本图书馆CIP数据核字(2022)第043916号

著作权合同登记号：图字 01-2022-0231

出版发行 / 中译出版社
地　　址 / 北京市西城区新街口外大街 28 号普天德胜科技园主楼 4 层
电　　话 / （010）68005858，68358224（编辑部）
传　　真 / （010）68357870
邮　　编 / 100088
电子邮箱 / book@ctph.com.cn
网　　址 / http:// www.ctph.com.cn
策划编辑 / 范　伟
责任编辑 / 郑　南　贾晓晨
营销编辑 / 曾　頔
版权支持 / 马燕琦　王立萌
封面设计 / 潘　峰
排　　版 / 柒拾叁号工作室
印　　刷 / 山东临沂新华印刷物流集团有限责任公司
经　　销 / 新华书店
规　　格 / 900 毫米 ×1270 毫米 1/32
印　　张 / 9.625
字　　数 / 239千字
版　　次 / 2022年3月第一版
印　　次 / 2022年3月第一次
ISBN 978-7-5001-6990-1　　定价：59.00元
